光文社文庫

ドンナ ビアンカ

誉田《ほんだ》哲也

KOBUNSHA

光　文　社

目次

序章

いっそ、虫けらにでも生まれたら、どうだったんだろう。

俺はときどき、漠然《ばくぜん》とそんなことを考える。

仕事が性に合わないとか、収入が少ないとか、人間関係が上手《うま》くいかないとか。そんな、考えても仕方ないことばかり気にするのは、自分が人間だからに違いない。仮にもしハエだったら、道端の犬の糞《ふん》にへばりついているだけで、お菓子の家を手に入れたような、最高に幸せな気分になれるのだろう。なんだったらクモでもいい。自らひり出した糸で巣を張り、あとは獲物が掛かるのを待っていればいい。他にするべきこともなければ、したいこともない。ただ食って、生きる。そこに不満も疑問も抱かない。少し木の生えた公園にでも巣を構えられたら、もう食うには困らない。それだけでいい——むろん、逆に食われてしまうこともあるのかもしれないが。

それとも、そんなのは人間の勝手な思い込みで、奴らには奴らなりの悩みや苦しみがあるのだろうか。ハエなんてどれも同じに見えるけれど、実は案外、器量良しと不細工とでは周りの対応が違ったりするのだろうか。中には、どうしても餌《えさ》が見つけられない甲斐性《かいしょう》なしもいるのだろうか。そういえば、たまに俺の部屋にも落ちている。餓死して干涸《ひから》びたハエの死骸《しがい》が。どこかから迷い込んで、あちこち物色はしたが食えるものが見つけられず、でももう自分がどこから入ってきたのかも分からなくなり、彷徨《さまよ》っているうちに事切れ、色褪《いろあ》せた畳に転がった。そんなところだろうか。

まあ、似たようなもんか。人間だって——。

自分は、どうしてこんなふうになってしまったのか。そんなこと、自分でも分からない。たまたまこの世界に迷い込み、大した目的もなく生き、ちょっとした喜びを見つけはするものの、またすぐ見失ってしまう——そんなことばかり、自分は繰り返してきたように思う。

「はい……こちら、お通しね」

カウンター席に座った俺に、向かいから小鉢が出される。入っているのは、タコとワカメとキュウリの酢の物だ。俺はこういう、定食屋と居酒屋の中間みたいな店が好きだ。好きというか、馴染《なじ》みがある。なんとなく落ち着ける。子供の頃に、よく連れてこられたからだろう。

俺の母親は千葉県松戸《まつど》市内の、小さな繁華街のはずれにあったクラブで働いていた。だから、平日は朝でも息が酒臭かった。パーマで盛大に膨らませた頭は寝癖でひしゃげていた。そこらに脱ぎ捨てた昨夜の服は強烈にタバコ臭かった。

そんなふうでも、朝飯だけは何かしら作ってくれた。

「……お握りは、おかか？　昆布《こんぶ》？」

「昆布」

「はいよ」

薄汚れた冷蔵庫から昆布の佃煮《つくだに》を取り出す。しかし、なぜあの頃の子供というのは、お菓子のオマケシールを冷蔵庫に貼《は》りたがったのだろう。そしてなぜ、親たちはそれを許していたのだろう。友達の家にいっても、冷蔵庫の扉はたいてい似たような状態だった。キラキラしたプラスチックのシールは耐久性があるからまだいい。駄目なのは紙のやつだ。いつのまにか日に焼けて絵柄が消えてしまい、ただの白い楕円《だえん》や雲形《くもがた》になってしまう。それでもあえて剝《は》がそうとはしない。いま考えると、実に不思議な美的センスだ。

握り飯一つを頰張った俺は、いってきますと勢いよく家を飛び出した。学校は嫌いじゃなかった。勉強は苦手だったが、足が速く、運動は全般的に得意だったので、当時は今ほど社会的弱者ではなかった。母子家庭というハンディも、悪戯《いたずら》をする勇気と逃げ足だけで充分埋め合わせ可能だった。

母親の勤めていたクラブは日曜が定休日だった。そんな日は、よく外に飯を食いにいった。そう。いくのは決まって、定食屋と居酒屋の中間みたいな、良くいえば庶民的な、悪くいったら貧乏臭い店だった。

俺は酒のツマミみたいなものをおかずに白飯を食った。焼き鳥、しめ鯖《さば》、ホッケとか海藻サラダとか、そんなものだ。母親は同じものを食べながらビールを飲んでいた。二人とも、鶏《とり》の唐揚げが好物だった。今もあれを食べると、子供の頃にいった店のことを思い出す。焼き物とタバコの煙、油と醬油《しょうゆ》とアルコールの混じった臭《にお》い。店主や、知らない客たちと見上げたテレビ。巨人戦や大河ドラマ。歌番組を観た記憶もある。演歌は、今も当時もあまり好きではない。

「はい、お待ちどおさま。生姜《しょうが》焼き定食です」

肉の載った皿と、味噌汁《みそしる》、白飯、菜っ葉と油揚げの煮浸し、冷奴《ひややつこ》と、最初の小鉢。これにレモンサワーを二杯足して、ちょうど千二百円。

やはり、俺にはこういう店が一番合っている。

サワー二杯で気分がよくなったのか、それともいよいよ頭がイカレてきたのか。なんだか天地がぶわぶわと歪《ゆが》んで見える。階段も、よほど注意しないと転げ落ちてしまいそうだ。

街灯の向こうに、ベンチがあるのが見える。なんとかあそこまでたどり着いて、腰を下ろそう。すれ違うカップルたちは、怪訝《けげん》そうに俺を見ては通り過ぎていく。気にするな。ただの酔っ払いだ。勢いでカノジョに抱きついたりしないから、そんな目で見るな。俺はそこまで危ない人間じゃない。

なんとか、ベンチまでは転ばずにこられた。少し乱れていた息を整える。ああ、そう、携帯電話。電源を入れて、どうにかしなければ。

数メートル先には柵《さく》があり、その向こうは海だ。暗い、夜の海。遠くには煌《きら》びやかな街の明かり、ライトアップされた橋、船の影も少し見えるが、海そのものは真っ黒だ。寄り集まり、重く沈み、絶えずうねり続ける暗闇《くらやみ》。どんなものでも呑《の》み込んで、なかったことにしてくれそうな大きさだ。

あそこに投げ入れちまおう、と考えはしたものの、なかなか右手が思ったように動いてくれない。疲労か、それとも精神的なものか。分からないが、腕にまったく力が入らない。代わりに、女の顔がぼんやりと脳裏に浮かんでくる。白い、小さな顔だ。

目は、ぱっちりというほど大きくない。鼻は、ちょっと丸い。唇は少し厚ぼったくて、でも小さい。こう並べるとなんだか不細工に思えてくるが、そんなことはない。充分に可愛《かわい》い顔だ。そう、頬骨から顎《あご》への曲線が美しかった。綺麗《きれい》な三角形をしていた。

折れそうなくらい、細い体だった。安物のブラウスのすぐ下に骨があった。薄い背中。力を込めて抱き寄せるのが怖いくらいだった。壊してしまうかもしれない。いや、壊してしまいたい。壊れる瞬間の、苦しげな表情を見てみたい。そう思う一方で、彼女の悲しむ顔は見たくないとも思う。欲望と破壊、羨望《せんぼう》と恋慕《れんぼ》が入り混じり、甘く脳を痺《しび》れさせる。

香水をつけていないときの彼女は、不思議と生米《なまごめ》のような匂《にお》いがした。ふんわりとした、白い匂いだ。少し粉っぽいような、くすぐったいような、優しい匂い。

連れてって、くれますか——。

ごめん、約束、守れなかった。いや、どうだったかな。あのとき俺は、君にきちんと約束したんだっけな。必ず連れていくよ。そんなふうに、男らしく返事ができていたかな。

思い、出せないんだ。

なんだか、上手く、思い出せない——。

1

三月四日、警視庁練馬《ねりま》警察署。

魚住久江《うおずみひさえ》は、後輩刑事の峰岸《みねぎし》巡査長と六階の食堂で昼食をとっていた。久江は味噌ラーメン、峰岸は日替わりランチの生姜焼き定食。

付け合わせのキャベツにソースをかけながら、峰岸が呟《つぶや》く。

「……原口《はらぐち》さん、今日は忙しそうですね」

原口巡査長は峰岸より一つ年上の、彼にとっては最も身近な先輩刑事だ。原口は今日、宿直の「本署当番」に当たっており、そういう日に発生した事案は基本的に当番員が処理する決まりになっているので、運が悪いとやたらと忙しくなる。今はたぶん、早宮《はやみや》方面の変死体事案の処理にいっているのではなかったか。

「もしかすると……昨夜うっかり、刺身でも食べたのかもね」

「なんですか、それ。刺身って、よくないんですか」

峰岸はこの練馬署で初めて刑事になった。つまり強行犯捜査に限っていえば、同係長の宮《みや》田《た》警部補、久江と里谷《さとや》デカ長（巡査部長刑事）、あとは原口の四人しか刑事を知らない。当番で同じ課の知能犯係や盗犯係、組対（組織犯罪対策係）などと一緒に動くことはあっても、日々の仕事のイロハを学ぶのはやはり同じ係の先輩刑事から、ということになる。

中でも久江が一番よく峰岸の面倒を見ている。そこは、自他共に認めるところだろう。

「刺身とか、赤身のお肉ね。そういうものを食べると血腥《ちなまぐさ》い事件がつく、ってジンクスがあるの……でも、今の人はあんまり言わないかな。どうなんだろ」

比べて久江は、こと強行犯捜査に関してはそこそこのキャリアを持っている。二十七歳のときの池袋署刑事課強行犯捜査係を振り出しに、二十九のときには警視庁本部に引き上げられ、刑事部捜査一課殺人犯捜査係員を二年務めた。昇任試験に合格し、巡査部長になってからは八王子《はちおうじ》署、上野署、練馬署と所轄勤めをしてきたが、いずれも所属は刑事課か刑組課（刑事組織犯罪対策課）の強行犯捜査係だった。

「そう、なんですか……自分、知らないで食べてたかもしれないです」

「それ言ったら、これもダメだけどね」

久江は赤いスープの中から、麺をひと口分すくい取ってみせた。

「蕎麦《そば》、うどん、ラーメン……いわゆる『長シャリ』は事件を『長引かせる』から、特に本部の刑事は嫌うよね」

峰岸が大袈裟《おおげさ》に眉《まゆ》をひそめる。

「じゃあ、本部の捜査員って、麺類、全然食べないんですか」

「まあ、全然ってこともないだろうけど。でも初動捜査の三が日は、みんな食べないかな。在庁待機の間は、逆に食べた方がいいかもね。在庁が長引きますように、って」

ははは、と峰岸は軽く笑った。心なしか、刑事になりたての頃より表情が豊かになったように思う。たまには冗談も口にする。

「だったら逆に、在庁のときにわざと刺身を食べる人もいそうですね。いい事件に当たりますように、って」

確かに。殺人犯捜査員にとっては、派手な殺しこそが「いい事件」だ。血腥いのは大歓迎。

「うん、いるかもね、そういう人。私は違ったけど」

いつの頃からか、久江は誰かの死の謎を解くことより、誰かが死なずに済むような、そんな仕事をしたいと思うようになった。とはいえ一介の警察官が事件を予測し、防犯に動くことなど滅多《めった》にできはしない。せいぜい、喧嘩《けんか》で留置した若者が二度と同じ過《あやま》ちを繰り返さないよう説教するとか、当番で扱った薬物事犯者に、こんなことをしていたらどうなるか、手を替えネタを替え教え込むとか、そんな程度だ。

久江はレンゲでひと口、スープをすくって口に運んだ。味噌ラーメンに入っているコーンとモヤシが、久江は案外好きだ。特に、スープに沈んで見えなくなっていたコーンを発見すると、ちょっと得した気分になる。

そういえば、あの人も味噌ラーメン、好きだったな――。

ふいに甦《よみがえ》った記憶を、久江は慌《あわ》てて打ち消した。

何も今、金本《かねもと》のことを思い出す必要はない。


午後は、昨日の深夜に逮捕、留置されたわいせつ犯の取調べを予定していた。補助者は峰岸。取調べを直《じか》に見せるのは何よりの後進育成になる。

まずは留置係にいって被留置者出入簿に必要事項を記入し、

「二十二番、田上芳彦《たがみよしひこ》をお願いします」

被疑者を留置場から出してもらう。

昨夜、一般市民によって逮捕され、地域課員が連行してきた田上芳彦は、弁解録取書の作成、写真撮影と指紋採取、身体検査は終えているものの、調べに関してはまだまったくの手付かず状態だという。

やがて男性留置場から田上が連れ出されてくる。青白い顔をした、ちょっと仕事場で怒られたら、すぐにでも引き籠《こも》ってしまいそうな感じの、二十五歳の青年だ。

「さ、いくぞ」

峰岸を先頭に、田上、久江という順番で留置係を出る。練馬署の留置場は刑組課と同じ二階にあるので、移動に階段やエレベーターを使ったりしなくていいのは楽だ。

今日はデカ部屋の端にある、第一調室を使う。

「奥に入ってください」

田上を机の向こうの席に座らせ、腰縄を椅子に結《ゆ》わえてから手錠をはずす。久江は田上の向かい、峰岸はその後ろに座った。

「今日から、あなたの調べを担当します、魚住久江です。まず、あなたが逮捕された事案の内容について確認しますので、よく聞いていてください」

この調室には記録用の机がない。なので、書類もノートパソコンも直接、久江が自分の手元に置いている。

久江が現行犯人逮捕手続書と弁解録取書の記載内容を読み上げる間、田上はずっと、ノートパソコンの背面辺りに視線を固定していた。表情には、若干諦《あきら》めの色が見えるものの、疑問や反発の色は見受けられなかった。内容も、ちゃんと理解しているようだった。

「以上で、間違いありませんね」

「……はい。間違い、ありません」

「すべてこの通り、ということで、大丈夫ですね」

「はい……それで、大丈夫です」

田上が認めた事案の内容とは、こうだ。

昨夜十一時三十分頃、田上は桜台《さくらだい》二丁目にあるアパート、ニュー桜台ハイツの一〇二号室の浴室を覗《のぞ》いていたところを、内部にいた一〇二号室の賃借人、佐藤喜和子《さとうきわこ》、二十三歳に発見された上「チカン」と騒がれ、逃走した。しかし、そこにたまたま通りかかった会社員、山本正明《やまもとまさあき》、二十九歳によってまもなく取り押さえられた。その際、暴れた田上は山本の顔面を二回殴り、下半身を五回蹴飛ばし、全治一週間の怪我を負わせている。それでも山本は、田上をがっちりと抱え込んで放さなかった。なぜそんなことが山本に可能だったのか。それには、ちゃんとした理由がある。山本はなんと柔道三段。しかも、元自衛隊員だったのだ。

「分かりました……では、これから具体的な取調べに入りますが、その前に。あなたには、供述拒否権というものがあることをお伝えしておきます。こちらの質問に対して、答えたくなければ答えなくてもいい、ということです。それは、あなたの自由です。分かりますか？」

はい、と小さく頷《うなず》く。

これまでのところ、田上は比較的素直な対応を見せている。今後も、本件の被疑事実については素直に供述するだろう。むしろ、問題なのは余罪の方だ。この手のわいせつ犯は、窃盗《せっとう》犯と同じで常習性を持っている場合がある。特に覗きは、気づかれさえしなければ相手を不快にすることがない。強姦《ごうかん》や傷害と違って相手を傷つけることもない。なので、かえって罪を意識させづらく、反省するまで持っていくのが難しい。軽微な刑罰では再犯の可能性を残すことになる。午前中に確認した限りでは、田上に前科はない。初犯では送検しても起訴《きそ》猶予《ゆうよ》になる可能性が高いが、しかし余罪があれば話は変わってくる。

さて、どうやってその有無を確かめようか。

「では、始めます……最初に確認しておきたいのは、田上さん。あなたが、今回の被害者である女性を知っていたのか、ということです。どうですか？　あなたは、あなたが覗きをしたときに浴室にいた女性を、知っていましたか？」

数秒置いて、田上はかぶりを振った。

「……いえ」

「知らない女性の入浴を、覗きたいと思ったのですか」

「……はい」

「あら。それって、ちょっと変じゃないですかね。知らないってことは、覗いてみたら、実はものすっごいおバアさんかもしれないし、オジさんかもしれないわけですよね。実際あの部屋の並びには、八十歳近いおバアさんが住んでいます。隣に住んでいるのは、五十代の男性です。ひょっとして、裸だったら五十代の男性でもよかったんですか？」

むろん久江も、そんなはずはないと思って訊《き》いている。

「……えっ、そうなの？　皺々《しわしわ》のおバアさんでも、毛むくじゃらのオジさんでも、あなたは裸なら誰でもいいの？　じゃあひょっとして、あなたは猥褻《わいせつ》目的で銭湯にいったりもするの？　男湯でも、そこそこ興奮したりできるわけ？　それって、相当アブナい部類に入りますよ。裁判で、ちゃんとそのこと、明言できる？　自分で言える？　おバアさんでもオジさんでも、僕は裸が大好きなんですって」

さすがに、そこまでの変態扱いはされたくないらしい。

田上は不味《まず》そうに唇を歪めた。

「……そんなはず、ないでしょう」

「だよねぇ。やっぱり、覗くんだったら若い女の人がいいよねぇ。それも、できれば自分好みの女の人がいい……田上さんは、どういう女性がタイプなの？　芸能人でいったら、どういう感じ？　アイドルでも女優でもいいけど」

また違う形に、田上の唇が歪む。ほうれい線が深くなり、小鼻に変な力が入る。無精《ぶしょう》ヒゲの生え始めた人中《じんちゅう》が縮こまり、上唇が嫌らしくめくれ上がる。正直、見ていると寒気がしてくるニヤけ方だ。

「……黒瀬《くろせ》、倫子《りんこ》とか」

意外なほど素直に答えてくれたのはいいが、よりによってあの女優か、と思った。そういえば被害者の佐藤喜和子は、ちょっとそれっぽい雰囲気のある女性だった。

「なるほど。黒瀬倫子ね……」

つまり田上は、自分好みの女性があの部屋に住み、そこの浴室が覗き見可能な造りであることを知った上で、昨夜犯行に及んだと考えられる。

これは案外、ボロボロ余罪が出てくるケースかもしれない。あるいは、佐藤喜和子に対するストーカー行為を働いていた可能性も考えるべきだろう。

そんなことを思ったときだった。背後のドアがココンと鳴り、峰岸が「はい」と立ち上がった。

久江は田上から目を離さずにいたが、ドアが開くとすぐに「魚住、ちょっといいか」と宮田係長の声が聞こえた。峰岸と、視線を引き継ぎながら振り返る。

「はい、なんでしょう」

「ちょっときてくれ。緊急だ」

いつになく宮田の表情が険《けわ》しい。事案の大小に拘わらず、女性が絡むと「久江ちゃん、頼むよ」と聴取を押し付けてくるときの甘え顔ではない。

久江は「はい」と応じながら立ち上がった。目で峰岸に「よろしく」と伝え、調室から出る。

ドアから二、三歩離れると、宮田は眉をひそめ、声を低くして言った。

「……中野署管内で所在不明事案が発生した。誘拐《ゆうかい》の可能性が濃いらしい。指定捜査員の招集がかかった。至急向かってくれ」

中野で、誘拐。

2

母親が水商売だったのと、決して無関係ではないのだろう。俺も高校を卒業してすぐに始めたのは居酒屋でのアルバイトだった。ちょうどバブル景気が始まったばかりで、当時はバイトでも充分に食っていけるという考え方が広まりつつあった。俺も、それで一生いけると思っていた。

母親が体調を崩して入退院を繰り返すようになったのは、もう少ししてから。俺が二十歳か、二十一の頃だ。水商売にありがちな肝機能障害だった。

自分の食い扶持《ぶち》だけならいざ知らず、母親の治療、入院費となると、さすがに居酒屋のバイトだけでは賄《まかな》えなくなった。昼間も工事現場で働くようになり、夜は二時か三時まで居酒屋のホールに立った。それでも稼ぎはすべて綺麗《きれい》に消えていった。いま考えても、あの二年半はキツかった。母親が死んだときはもう、悲しいとか寂しいとかより、むしろ「やり遂げた」という満足感の方が大きかったように思う。

その後もしばらくはバイトを掛け持ちしていたが、やがて居酒屋の方を辞め、工事現場を転々とするようになった。現場では主に建築資材の積み下ろしなどをやっていた。だが、たぶん社会的にはバブル崩壊が始まった頃だったのだろう。手に職のない俺が入れるような現場は、少しずつ減る傾向にあった。それでも、なんら焦《あせ》ったりはしなかった。仕事のない日が週に三日、四日と増えていっても、それでいいと思っていた。あれは、今でいう「燃え尽き症候群」だったのかもしれない。たった一人の家族の最期《さいご》を看取《みと》り、それと同時に自分の役目も終わってしまったような、変な満足感と脱力感の中にあった。

こういうと、よほど俺が母親想いの息子だったように思われそうだが、実際のところはよく分からない。確かに女手一つで高校卒業まで育ててくれたことには感謝している。あまりベタベタと触れ合うのが好きな人ではなかったので、俺もできるだけ甘えないようにはしていたが、それでも充分に愛情は注いでもらったと思っている。ただ一方で、ああいう生き方しかなかったのかな、暮らししかあり得なかったのかな、という疑問はあった。そもそも俺は、父親が誰かもきちんとは教えてもらえなかった。死んだんだよ。そうぶっきら棒に言われただけで、何者だったのかも、いくつで、なぜ亡くなったのかも聞けずじまいだった。

男親がいたら、俺たちの人生はまったく違っていただろう。母親も水商売などしなくて済んだかもしれない。水商売さえしなければ、肝臓ガンなんかで死ぬこともなかった。俺だって、もうちょっとまともな教育を受けていれば、少なくとも大学くらい出ていたら、水商売か肉体労働かという二者択一にはならなかったはずだ。

まあ、相手が分からないのだから、こんな恨《うら》みはどこにぶつけることもできない。逆に恨まずに済むのだから、知らなくて正解だったとも言える。過ぎたこと。そう言える程度には、俺も大人になっていた。

工事現場での仕事が途絶《とだ》えた俺は、仕方なくまた水商売の世界に戻った。ホール、皿洗い、キャッチ、なんでもやった。一時期はバイト仲間の紹介で百貨店の配送所に勤めたこともあったが、どうも性に合わず、すぐに辞めてしまった。食品加工場で廃油を取り出す仕事もしたが、長続きしなかった。結局また水商売に戻り、バーテンや厨房《ちゆうぼう》の手伝いなどをした。

この頃になると、徐々に母親の気持ちも分かってくる。男としてではなく、そういうところで働く女の心理が分かってくるのだ。

酒を注《つ》ぎ、適当に話を合わせ、手を叩《たた》いて笑う。それだけで金がもらえるのだから楽な商売だ。少なくとも、昼のどんな仕事よりも楽だと俺は思う。

水商売の女は言う。男たちの日々の疲れを癒《いや》してやっているのだから、その分の金はもらって当然だと。だが実際、男の側はそこまで女を上には見ていない。少なくとも「癒してもらっている」とは考えない。むしろ「金で女を買う」という支配欲を満たしていると言った方がいい。たとえ体を買わなくても、精神的には買っている。本当にあんなところで心が癒されるのであれば、そいつは何かしら依存症の気《け》があると思った方がいい。

いや、依存云々《うんぬん》を言ったら、むしろ女の方かもしれない。世間は「商売女」と冷たい目で見、後ろ指を差すが、自分たちはこの仕事で立派に感謝されている。役に立っているし、頼られている。誇《ほこ》りを持ってやっているし、後ろめたくなど思っていない――要は、チヤホヤされて金をもらうことに慣れ過ぎて、肝心の「買われている」というところから目を背《そむ》けるようになってしまうのだ。俺の母親もああだったのかな、とときおり思う。まあ、松戸の場末のクラブの女が、どの程度チヤホヤされていたかは知る由《よし》もないが。

そう。俺はいつのまにか「水商売」を疎《うと》みながら、でもその腐臭に誘われ、離れることもできずにブンブンと近くを飛び回る、一匹のハエになっていた。

三十代の半ば頃。俺は水商売そのものではなく、飲食店に卸売りをする酒屋で働くことになった。きっかけは、当時勤めていた洋風居酒屋にビールなどを配達にくる、後藤《ごとう》という男との立ち話だった。歳は三十過ぎ。ちょうど俺と同じくらいだった。

「いや、ほんといつも、遅くなっちゃってすみませんね」

一応、厨房が仕込みを始める午後三時前にきてくれるよう頼んでいたのだが、たいてい彼は四時過ぎに配達にきた。

「大丈夫です。中も、いま一段落したんで……でも、いつも大変そうですね」

後藤は体力もありそうだし、仕事の手際《てぎわ》もいいのに、何かいつも慌てている様子だった。

「そうなんですよ……うち、慢性的に人が足りないんですよ。ここんとこ、いろんな居酒屋チェーンができてるでしょう。それで、営業が張り切って注文とってくるのはいいんですが、こっちのね、出荷とか配送の許容量も考えてくれ、って話ですよ……あ、こんなこと、お客さんに愚痴《ぐち》っちゃマズかったかな」

へえ、景気いいんですね、と俺が言うと、後藤は何か閃《ひらめ》いたように目を大きく見開いた。

「そうだ。よかったら、誰か紹介してくださいよ。普通免許持ってて、体力があって、ある程度酒のこと分かってる人だったら大歓迎ですから」

免許なら俺だって持ってる。体力にだって自信はある。

「それって、もしですけど……俺でも、いいんですかね」

「えっ、興味あり？　いや、嬉《うれ》しいな……って、ここの人に聞こえちゃったらアレだけど、ほんと、よかったら面接にきてよ。待遇は悪い会社じゃないから。給料だって、三十万弱は出ると思うし。気マズけりゃさ、このお店を担当しなけりゃいいわけでしょ」

そんな気兼ねをするほどこの店に恩はない。特に先々月、店長が代わってからは職場の雰囲気が格段に悪くなった。それでホールが二人、厨房スタッフも一人辞めていた。

「あの、その話、もうちょっと詳しく聞かせてもらっていいですかね」

実際に俺が向こうの会社、越田《こしだ》酒店株式会社に話を聞きにいったのは翌週のことだった。

「……それで、村瀬《むらせ》さん。いつからこれる」

幸い、社長にも気に入られたようだった。俺にしてみれば、時間外手当を除いても確実に二十万を超える月給は魅力的だった。

「じゃあ……来月から」

「うちは明日からでもいいんだけどね。実際人は足りてないし、あなたなら飲食店の内部事情にも明るいから、即戦力になる。案外ね、料理人とかホールスタッフとのコミュニケーションって、初めての人には難しいんだ。声の出し方、声をかけるタイミング、そういう空気が分かる人は、こっちも嬉しいんだよ」

「そう、ですか……じゃあ、来週末から、きます。一応、いま出てるシフトだけはこなさないと、向こうにも迷惑かかるんで」

いいね、と社長は俺の肩を叩いた。まだ五十代初めの、いかにも働き盛りといった感じの男だ。叩くのにも本気の力が入っている。

「そういう真面目《まじめ》さ、俺は好きだよ」

なんとなく、この会社でなら上手くやっていけそうな気がした。


業務内容はいたって単純。前日に入った注文を当日、あるいは指定された日に得意先まで届ける、というものだった。

出勤は朝六時。

「おはようございます」

この段階では、まだ営業やその他の事務系社員はきていない。倉庫スタッフ三名と、後藤や俺のような配送スタッフのみである。配送は城北《じょうほく》地区担当が六名、城南《じょうなん》地区担当が三名。

俺は後藤と共に城北地区担当に割り振られた。

もう初日から、二トントラックに積めるだけ積まれ、伝票を渡されて「いってこい」という具合だった。誰かの補助とか研修とか、そんなことを言っている場合ではないらしい。

俺は主に池袋、板橋《いたばし》、十条《じゆうじよう》、赤羽《あかばね》辺りを回った。

「おはようございます、越田酒店です」

三日にいっぺんでいい店もあれば、ほとんど毎日のようにいく店もあった。配送スタッフが代わったことなどまったく気づきもしない店もあれば、

「あれ、後藤さんじゃないの？」

そんなふうに声をかけてくる店もあった。

「はい、新しく入りました村瀬です。今週からこちらを担当させていただきます。よろしくお願いします」

「あ、ほんと。こっちこそよろしく。うちは、ビールはそっち、冷蔵庫の空いてる棚に入れられるだけ入れちゃって。入ってる棚には入れなくていいから、余ったのは脇に置いといて。先入れ先出しで。分かるよね……ソフトドリンクはあっち、カウンターの向こう、生ビールは」

「バーカウンターですね。じゃあ樽《たる》はそちらに」

「うん……ムラタさんだっけ。話早いね」

「村瀬です。よろしくお願いします」

そんな調子で、一週間もやれば自分の担当店舗は大体把握できた。

問題は池袋のような大きな繁華街だった。搬入が昼間だと、車を停めるスペースが非常に確保しづらい。だが慣れてくると、それなりに対処法ができてくる。あの焼肉屋の前は停められないから、角を曲がった路地に入れてしまった方がいいとか。同じように配送がかち合う雑居ビルの前では、諦めて一服して場所が空くのを待つしかないとか。

たまには繁華街特有の、闇の部分を垣間見《かいまみ》てしまうこともある。

ホールの端で、黒いパーカと、白いジャージの男が二人、中華料理店の店長と立ち話をしている。立ち話というか、口調はほとんど説教に近い。まあ、要は因縁《いんねん》だ。

「だからさァ、じゃあヤクザもんがこの店で揉《も》め事起こしたら、あんたはどうするつもりなんだって言ってんの」

黒いベストに蝶《ちょう》ネクタイの店長は、ヘソの前で手を組んだまま直立不動だ。

「……その場合は、警察に、通報します」

「そういう連中は、警察くる前にズラかるよな、普通。でそのあと、警察は営業時間中、ずっとこの店を警備してくれんの？　んなわけねえだろ？　警察なんて当てになんないよ。揉め事があったって、こんな店には飛んでこないからね。そういうのは、知り合いの店だけだから。こういうさ……ビザの切れた留学生を平気で使う店なんて、連中はぜってー相手にしねえから。逆にアレだよ、下手《へた》に繋《つな》がっちゃったら面倒臭いよ。やれ従業員名簿見せろだとか、あの娘はどういう在留資格で日本にいるの、とか、根掘り葉掘り訊《き》かれてさ。そのうち、あの娘とイッパツ姦《や》らせろ、そうしたら全部見逃してやるとか、平気で言うからね、ああいう連中は。そんなさ、犬の皮かぶったハイエナなんか頼っちゃダメだって。そういう面倒はさ、全部俺らが片づけてやるから」

ああ、中国人マフィアか、と俺は察した。日本語が流暢《りゅうちょう》なので、おそらく在日二世か三世だろう。

ああいう連中は、シノギのネタにならない外部の堅気《かたぎ》を嫌う。

俺はある程度話が見えてからいったん外に出、まるで今きたばかりといった体《てい》で再び店に入り、声を張り上げた。

「おはようございますゥーッ、越田酒店ですゥーッ。配達に伺いましたァーッ。ビール三ケース、紹興酒《しょうこうしゅ》ワンケース、その他ソフトドリンク等お届けにあがりましたァーッ。いつものところにお入れしてよろしいですかァーッ」

いつもは大声で品名など読み上げないが、今日は別だ。

紹興酒のケースを持ち上げて見せると、数秒遅れて店長が応《こた》えた。

「ああ、はい……すみません、いつものところに」

「はい、失礼しまァーす」

置き場の方にいき、さも忙しそうにまた外に出る。本当は誰も待ってなどいないのに、適当に声を出す。

「すみませーん、もうちょっと待っててくださァーい。もうすぐ終わりますんで。そしたら車入れ換えますすんでエーッ」

時間が悪かったと悟ったか、マフィアらしき二人はまもなく表から店を出ていった。それを見届けた店長は、こっちに飛んできてすがりつくように俺の腕を掴《つか》んだ。

「……村瀬さん、助かったよぉ。私、オーナーには絶対にああいう連中、相手にするなって言われてるから。ほんと、どうしようかと思ったよ」

「ええ。そうじゃないかと思って、ちょっと声、大きめにしてみました」

仕事が終わって、一杯飲みながらその日の顚末《てんまつ》を後藤に話すと、えらく感心された。

「ムラさんて、案外肚据《はらす》わってるよね。俺だったら、絶対その店飛ばしちゃうけどな。最後に回しちゃうよ」

「いや、据わってるとか、そんなんじゃないよ。水商売長かったから、そういうのに慣れてるだけ。そりゃ、ああいう連中にひどい目に遭わされる店もあるけど、そういうのはほら、ある程度儲《もう》かってる、しゃぶり甲斐のあるところだけだから。俺みたいなのがちょっと首突っ込んだからって、こっちにトバッチリがくるとか、そういうのないから」

まあ、そんな話をすることで、俺もちまちまと自尊心を満足させていたのかもしれない。

基本的に配達は夕方までに終えるものだが、たまには夜までかかることもある。

越田酒店で働き始めて四年ほど経《た》った頃だ。その日も、四時過ぎに会社に戻ると、倉庫スタッフが慌て顔で俺に伝票を持ってきた。

「村瀬さん、これ悪いんだけど、今からいってくれないかな。瓶ビール四ケース、あとシャンパンとかウイスキーとかブランデーが三箱あるんだけど」

伝票を見ると、池袋のキャバクラからの注文だった。

「ああ、いいですよ……でも、今からだと車停められるかな。あの辺、五時過ぎちゃうと人通りが多くて、なかなか店の前までいけないんですよ」

「そこをなんとかさ、お願いしますよ。先方もさ、急で申し訳ない、みたいに言ってるんだ」

「分かりました。じゃあ、とりあえず……積みますか」

注文の品をすべて積み込み、途中ちょっとした事故渋滞にあったため、現地に着いたのは六時過ぎだった。この「アンジェリカ」という店は、他店より一時間早い六時オープンを売り物にしている。つまり、もう店は開いてしまっているということだ。

しかも店舗は二階で、ちょうど裏口の左右にトイレとバックヤードの出入り口があるという、この手の客商売にしては極めて配慮に欠けた間取りになっている。開店してからの搬入には、非常に気を遣《つか》う。

「……失礼いたします、越田酒店です。遅くなりました」

ひと声かけると、黒服を着た店長がバックヤードのドア口に顔を出した。

「ああ、酒屋さん……悪いね。なんか、マネージャーが飲酒運転で事故ってパクられちゃってさ。発注とかどうなってるのか、全然分かんなくなっちゃって。もう最悪。滅茶苦茶だよ」

あのマネージャーか。確かに、ちょっといい加減そうな人だった。

「それは、大変ですね……あの、いいですか、入れさせていただいて」

「うん、よろしく。もう、ここまででいいから。あとは若いのがやるから」

「はい。承知しました」

俺はとりあえず注文の品を車から下ろし、非常階段で二階まで持って上がって、裏口から運び入れた。中では別の黒服がそれを引き取り、バックヤードに引っ張り込む。店にはすでに何組か客が入っているらしく、カンパーイだの、いただきまーす、といった声がホールから聞こえてきていた。

何往復かして、俺がシャンパンやウイスキーを詰め込んだ箱を抱え、裏口を入ったときだった。正面から、スーツ姿の男が通路を進んでくるのが見えた。こっちはできるだけ客と顔を合わせないようにしていたが、まあ、こういうことはむしろ起こって当然だった。

俺はせめてもと思い、裏口から後退《あとずさ》りしてトイレの出入り口を譲った。

「失礼いたしました。どうぞ」

だが、なぜかその男は怪訝そうな目で俺を見た。顔ではなく、俺が着ている作業用ジャンパーを見ている。

「あれ。ここも、越田さんから入れてるんだ」

「越田」でピンとくるということは、この男も飲食業界の関係者か。

「あ、はい……お世話になっております」

「俺んとこも、こっち方面ではずっと越田さん使ってるんだ。分かる？」

分かる、わけがない。営業部の人間なら分かるのかもしれないが、配送スタッフは、荷物の受け取りに出てくる店員以外とはほとんど面識がない。

「申し訳ございません。まだ日が浅いもので、不勉強でして」

むろん、そんなのは方便だ。

俺は正直、さっさとトイレに入ってくれ、と思っていた。しかし男はそうせず、内ポケットからパスケースのようなものを取り出し、中から名刺を一枚出して俺に向けた。俺は箱を床に置き、両手でそれを受け取った。

【富士見フーズ株式会社　専務取締役　兼　営業部統括　副島《そえじま》孝】

驚いた。富士見《ふじみ》フーズといったら、居酒屋チェーン「紗那梨《しゃなり》」や中華レストラン「点点《てんてん》楼《ろう》」の親会社だ。「紗那梨」なら俺も池袋で二店、十条で一店、赤羽で一店担当している。

「あッ……申し訳ございません。富士見フーズさんの、専務さんとは存じ上げませんでした。

大変、失礼いたしました」

「いやいや、こういうのもさ、何かの縁だから。ま、うちの店もよろしく頼むよ。ちょっとは、値段も勉強してやって」

「はい、帰りましたら、営業に伝えます、はい」

そろそろ副島が用を足した頃と思ったか、ロングドレスを着た女性が向こうからお絞りを持って歩いてきた。確か「ヨウコ」と呼ばれている女の子だ。俺を見て「こんばんは」と笑《え》みをくれる。でも、その発音がちょっと妙だった。よほどの田舎者なのか、それとも実は外国人なのか。見た感じは普通の、二十代の日本人女性だが。

「はい、副島さん」

手に持っていた、紫色のお絞りを副島に差し出す。

「いや、まだ入ってねえんだよ」

「あらそうですか。じゃ私、ここで待ってます」

やはり、ちょっと発音がおかしい。中国人か、あるいは韓国人か。

まあ、そんなことはどうでもいい。ようやく副島がトイレに入ってくれたのだ。

「……あの、ちょっと、いいですか」

俺が荷物を持ち上げて示すと、ヨウコは一瞬きょとんとした顔をしたが、すぐに自分がバックヤードのドア口を塞《ふさ》いでいると気づき、慌ててそこから飛び退《の》いた。

「ああ、ごめんなさい。私、気づかなかった、全然。ごめんなさい」

「いえ、こちらこそ、すみません。もうすぐ終わりますんで」

その箱をドア口に置き、またなんとなく互いに謝り合ってすれ違い、だが次に俺がブランデーの箱を持って戻ったときには、もう副島もヨウコもそこにはいなかった。

ただ、香りの強い石鹸《せっけん》のような、ヨウコの匂いが仄《ほの》かに残っているだけだった。

3

久江はバッグ一つを持って練馬駅に向かった。中野署の最寄駅、中野坂上《なかのさかうえ》までは大江戸線を使えば五駅、歩きを入れても二十分くらいでいけるはずだ。

それにしても、誘拐事件とは大事《おおごと》だ。中でも身代金目的の誘拐は、数ある犯罪の中でも最も捜査体制が大規模化し、かつ無事解決するのが難しい事案である。

まず、その他の刑事事件と違って、誘拐は現在進行形の犯罪であるという点。むろん、どんな事件でも早期に解決できるに越したことはない。窃盗だろうが殺人だろうが、その点に変わりはない。だがどんなに急いだところで、最初の事件は起こってしまっている。窃盗ならば、最初の被害者はすでに死んでしまっている。窃盗ならすでに金品は盗まれている。殺人ならそこはもう、警察にもどうしようもない。

しかし身代金誘拐を含む特殊犯事案は、発生した段階ではまだ決定的な被害は出ていない場合が多い。単に誘拐というだけならば、身柄を拘束されただけで怪我をしたわけでも、ましてや殺されたわけでもない。逆に言えば、警察が対処さえ間違わなければ、人質を無傷で取り戻せる可能性があるということだ。

それだけに、捜査陣営にかかるプレッシャーは大きい。仮に人質が殺されでもしようものなら、交渉に失敗したのではないか、犯人の捕捉《ほそく》態勢に不備があったのではないか、そもそも特殊犯事案に対処でき得る組織作りができていなかったのではないかと、徹底的に糾弾される。批判だけが警察のダメージではないが、警察不信は容易に治安を悪化させる。それはなんとしても避けなければならない。

また同じくらい、身代金を取られるのもマズい。仮に人質が無事解放されても、それでは犯人の意のままに犯罪が成立してしまったことになる。実際には身代金を取られていないケースでも、実は金を渡したから解放されたのではないか、つまり警察は、犯人と裏取引をしたのではないかとマスコミは疑ってかかる。それだけに警察は、人質の命を守り、かつ被害者の財産を守り、なお速《すみ》やかに犯人を逮捕しなければならない。それも刻一刻と変化していく状況に柔軟に対応しながらのオペレーションになる。はっきり言って、まったくの失点なしに事件を収束させるのは至難の業《わざ》だ。それでも、絶対にやり遂げなければならない。それが誘拐事件の捜査というものだ。

今回、久江は練馬署の「指定捜査員」という立場での捜査本部参加になる。指定捜査員とは誘拐事案が発生した際、警視庁管内各署が最低でも一名ずつ派遣する、誘拐事案への対処訓練を受けた女性捜査員を指す。久江も年に二回、必ずこの訓練を受けている。中でも厳しいのが、被害者になりきって電話交渉をする演技訓練だ。母親役、妻役、娘役といろいろある。それを「もっと泣け」「激しく動揺しろ」「親の気持ちになりきれ」「なってねえぞバカッ」と怒鳴られながら繰り返し演じなければならない。中には特殊犯捜査の管理官に殴られて、本気で泣き出す捜査員もいる。だがそれくらい、誘拐事案の現場は決死の覚悟が必要なのだ。

ようやく中野署に着いた。

庁舎警備に立っている私服警察官に一礼して玄関に入り、正面受付で身分証を提示すると、制服を着た係員は目礼で応じながら「四階の講堂にお願いします」と小声で告げた。誘拐事案のオペレーションは極秘裏に行われる。いちいち「誘拐の指揮本部ですね？」などと口に出す馬鹿《ばか》はいない。

あえてエレベーターは使わず、久江は階段を上り始めた。途中、刑組課が二階にあるのは確認したが、指揮本部はデカ部屋並びの会議室などには収まらないということだろう。久江も二階は素通りした。

四階に着き、廊下に入るともう、左手の講堂内部が異様にざわついているのが分かった。

一応ノックはしたが、応える者はいない。

「……失礼します」

一礼しながらドアを開けると、いきなり凄《すさ》まじい光景が久江の目に飛び込んできた。

正面窓際に並べられた会議テーブルには、十台以上の無線機がずらりと並べられており、その各機にヘッドホンをした無線担当員が張り付いている。講堂の中心にはやはり会議テーブルを合わせた島ができており、いわゆる「指揮デスク」になっている。周りを囲んでいるのは警視庁本部、刑事部捜査一課の管理官たちだろう。何人か知っている顔があったが、とても声をかけられる状況ではない。みんな、眉を逆八の字に吊り上げている。さらにその周りにも大勢人がいる。捜査一課特殊犯捜査係、同殺人犯捜査係、中野署刑組課は当然として、他部署や隣接署から集められた捜査員もかなりいるようだ。通常の特捜（特別捜査本部）より女性警察官の割合が多いのは、久江のような指定捜査員が含まれているからだろう。

ここが、本件の前線基地。

入り口脇にテーブルがあり、そこに座る銀縁《ぎんぶち》メガネの男が久江を見上げた。

「お疲れさまです。所属をお願いします」

「はい。練馬警察署、刑事組織犯罪対策課強行犯捜査係、魚住久江巡査部長、四十三歳です」

男は即座に手元に広げた名簿を当たった。

「練馬、練馬……魚住さん……はい、練馬の指定ですね。よろしくお願いします。名刺を三枚置いて、指示があるまで待機していてください」

言われるまま、久江は自分の名刺三枚を彼に渡してその場を離れた。そうこうしている間にも、「野方署《のがた》、タダ巡査部長、ヨシカワ巡査部長、こっちにお願いします」「代々木署《よよぎ》、キモト巡査長、いますか」と次々捜査員に声がかかる。久江は講堂下座、まだ下命がなく待機している捜査員の集団に加わった。いずれは捜査一課の管理官か係長辺りが事案の説明をしてくれるのだろうが、現時点では、少なくともここから見ている限りではどこの誰が誘拐され、どういう要求がされているのかもまったく分からない。

ふいに、ポンと肩を叩かれた。

「……あ」

振り返ると、実によく知った顔がそこにあった。

「よう、魚住。早かったな」

金本健一《けんいち》。もうかれこれ十六、七年来、久江が池袋署にいた頃から付き合いのある先輩刑事だ。付き合いというか、ほとんど腐れ縁に近い。

「お疲れさまです……っていうか金本さんって、今どこの所属なんですか」

こういう大きな捜査本部で出くわすと、どういう立場でここにいるのかは訊かなければ分からない。久江の知らないうちに殺人班（殺人犯捜査係）から特殊班（特殊犯捜査係）に異動になっている可能性だってあるし、いつのまにか本部から出て、この署の地域課辺りで担当係長になっている可能性もある。

「相変わらず殺人班だ。今は七係」

なるほど。三係から七係に横すべりか。

まあ、腐れ縁でもなんでも、よく知った人がいると分かると少しほっとする。

「あの……私、状況とか全然分かんないんですけど。金本さん、なんか知ってます？」

金本は、広い肩幅をすぼめるようにして腕を組み、変な形に唇を歪めた。

「ウチも、臨場だァって勢い込んできてはみたものの、あんまり詳しくは説明されてねえんだ。ただどうも、誘拐されたのは一人じゃなくて、二人らしいな」

よりによって、二人も。

「年齢、性別は」

「一人は男性で会社役員だ。フジミフーズ専務取締役、ソエジマタカシ、四十七歳。もう一人はまだ分からない」

とりあえず、久江は聞いたことのない会社名だ。

「ひょっとして、もう一人というのはその、ソエジマの子供とかですかね」

「いや、同じ会社の社員じゃないかって話だ。何しろ、社長の携帯に、おたくの専務とその連れを誘拐した、二千万円用意しろ、ってメールが入ったきり、何もないみたいでな。もうちょっとでマル害（被害者）の社と自宅、社長宅への配置が完了するから、そうしたらデスクから正式な説明があるだろう」

そうか。現状はまだそういう段階なのか。

何しろ、久江も本格的な誘拐事件は今回でまだ二度目なので、正直、経験はほとんどないに等しい。しかも、捜査一課時代に係わった最初の事案では、二日くらい指揮本部で待機したのち、ようやく身代金授受現場が設定されたということで現地の最寄駅で待機していたら、突如無線から《マル被（被疑者）確保ッ》と聞こえてきて、そのまま事件は解決してしまった。その後に勤務した八王子署、上野署では指定捜査員にならなかったので、誘拐事件が起こってもお呼びがかからなかった。

「……二千万っていうのも、なんだか微妙な額ですね」

久江がそう言うと、金本は器用に片眉だけをひそめた。柴犬みたいにあちこちが細く尖《とが》った作りの顔なのに、妙に表情が豊かなところは昔とちっとも変わらない。

「なんで二千万だと微妙なんだよ」

「だって、家が買える額じゃないし、かといって、ケチな要求ってほど少額でもないし」

「まあ、な……ホシが喫緊《きっきん》に必要とする額なのか、それとも、ホシは内部事情に詳しくて、社長が即日用意できる額を見越した上で要求してきているのか」

この段階で、そこまで筋を先読みするのもどうかと思うが。

「……どちらにせよ、デスクの説明待ちってことですか」

「そういうことだ」

しかし、今回のような事案では、どのように捜査員を配置するのだろう。昔だったら、被害者宅に通話の録音機材や無線機を設置し、ここのような指揮本部と、警視庁本部に設置される対策本部とで、すべての情報を共有できる体制を整えた。本件の場合、身代金の額をメールで伝えてくる辺りはいかにも今風だが、それなら逆に無線は必要ない。身代金を要求された社長に張り付いている捜査員が、逐一《ちくいち》指揮本部と対策本部にメールを転送すればいいだけの話だ。

ここで、ちょっとした疑問が湧《わ》いた。

「……金本さん。マル被は、なんで社長のメールアドレスを知ってたんですかね」

金本はフッと鼻息を噴き、また眉を段違いにして久江を見下ろした。

「そんなもん、誘拐したマル害の携帯を見たからに決まってるだろう。それでなきゃ、マル害の携帯をそのまま使ったっていい。どっちにしろ、大して難しい話じゃない」

なるほど。それはそうだ。

「杉並《すぎなみ》署、ナガイ巡査部長、ナガイ巡査部長はいるか」

まだ、久江にはお呼びがかかりそうにない。

この手の事案を専門に扱う部署、刑事部捜査一課特殊犯捜査係の捜査員は今、マル害宅や逆探知のため管轄《かんかつ》の電話局に張り付いているものと思われる。今後、身代金授受現場が設定されればそれの下見をし、最短時間でマル被の捕捉態勢を整え、現場からマル被が移動する場合はその追跡、立て籠《こも》りに発展した場合は説得、最終的には突入というところまで特殊犯捜査員が中心となって行われることになる。

また警視庁本部に設置された本件対策本部は、遅かれ早かれ刑事部長名義で「営利誘拐事件の発生にともなう特別警戒態勢の実施」を警視庁管内の全警察署に通達するはずだ。これが発せられると、管内の全警察署員は通常勤務終了後も一定期間、署に待機することを義務付けられる。その他のどんな事案を手掛けていても、全員が現場から署に戻って待機しなければならなくなる。だがこれによって、対策本部は初めて管内全署から人員を動員することが可能になる。逆に言えば、誘拐事件というのはそれくらい、警察が全勢力を傾けなければならない種類の事案だということだ。

今回、自分はどこに配置されるのだろう。

指定捜査員の訓練のように、電話口でマル害の家族の役を演じることを命じられるかもしれないし、身代金授受現場でマル被を捕捉する班に入るかもしれない。説得というのはないだろうが、場合によっては身代金を運ぶ役になることだってあり得る。いずれにせよ、どんな役を振られても対応できるよう心の準備だけはしておく必要がある。

中央の指揮デスクから管理官が一人、こっちに歩いてきた。

「……殺人班、応援署員、指定捜査員は集合してくれ」

講堂下座にゆるく散っていた捜査員たちが、管理官の呼びかけでギュッとその輪を小さくし、自然と気をつけの姿勢をとる。

「ただ今から、本誘拐事件の概要と現状を説明する。すべての情報は極秘、マスコミを含む部外者に漏らすことは絶対に許されない。また、これらの情報一つひとつが作戦の遂行時、次の一手の重要な判断材料になる。特に人質救出作戦では各自、一瞬一瞬の判断が人質の生命を危険にも晒《さら》すし、救出を容易にもする。記録はもちろんのこと、すべて諳《そら》んじて言えるくらい頭に叩き込んでおいてほしい」

はい、という返事も、みな普段ほど声を張らない。

「では、順を追って説明する」

あとから別の管理官が、白い模造紙を一枚持ってきた。近くにいた捜査員三人ほどが手を貸し、それをホワイトボードに広げて貼《は》る。主なデータはすでにそこに書き留めてあった。

「所在不明者氏名、副島孝、四十七歳。富士見フーズ専務取締役、兼営業部統括。富士見フーズは、中華レストラン『点点楼』や、居酒屋チェーン『紗那梨』を運営する、比較的新しい外食企業だ」

富士見フーズではピンとこなかったが、「点点楼」「紗那梨」とくれば久江にも分かる。特に「紗那梨」は女性向けの、ちょっとお洒落《しゃれ》な居酒屋として昨今人気を博しているチェーンだ。

「今日四日の午前九時過ぎ、副島は中野区南台四の五の◎、多和田ビル三階の富士見フーズ本社を出て『点点楼大塚《おおつか》店』に出向き、新メニューの試験販売についての打ち合わせを済ませたあと、午前十一時頃に大塚店を出て、その後足取りが分からなくなった。同時五十三分、本社にいた同社社長、中江弓子《なかえゆみこ》四十五歳の携帯電話にメールが送られてきた。文面を読み上げる……これは誘拐の身代金要求だ。おたくの専務と、その連れを預かっている。古紙幣で二千万円を用意しろ。それと交換に二人を返す。金を渡さなかったり、警察に知らせたら一人ずつ殺していく。金の用意ができたらこの携帯に返信をよこせ。以上。送信元アドレスは副島の携帯電話。送信場所は現在、特殊班が割り出しを急いでいる」

社長のアドレス云々《うんぬん》については、金本の予想通りだった。

「ちなみに、中江弓子社長は副島孝の義理の姉であり、弓子の実の妹、副島幸子《さちこ》四十歳が副島の妻だということだ。このことから、マル被は同社社長がマル害の義理の姉であることを承知の上で、身代金を要求してきた可能性が考えられる。つまり、富士見フーズの内部事情に詳しい者の犯行である疑いがあるため、今後、同社に対する内偵は慎重に慎重を期して行う必要がある。この点を、まず頭に叩き込んでもらいたい」

誘拐された副島にとって、社長は親族でもある、と。

「先のメールを受信したのち、中江社長は副島の携帯に直接架電。しかし繋がらず、次に大塚店に連絡をとったところ、副島はすでに店を出たとのことだった。そのとき、同店店長を務める社員、村瀬邦之《くにゆき》四十一歳の所在も同時に分からなくなっていることが判明。同店店員によると、村瀬は、大塚店事務所で副島や他のスタッフと打ち合わせをしたのち、副島を送りに店外に出て、そのまま戻ってきていないということだった。このことから、マル被のいう『その連れ』というのが、村瀬邦之である可能性が高まった。同店店員が村瀬の携帯に連絡をとったものの、これも通じなくなっているという」

管理官は模造紙に書かれた「点点楼　大塚店」を指差した。

「副島と共に連れ去られたのが村瀬であるとするならば、また同店店員の証言に間違いがなく、村瀬が単に副島を送りに出ただけなのだとすれば、連れ去りがあった現場は『点点楼大塚店』の近辺である可能性が高い。現状では、この『点点楼大塚店』を事件発生現場と想定し、秘密裏に地取り（現場周辺での聞き込み）を行うことにする。担当者は八名」

管理官は手に持っていたメモを広げ、一人ひとり名前を読み上げていった。

その、七人目——。

「練馬署、魚住久江巡査部長」

「はい」

隣で金本が、にやりと片頰を歪めた。

金本の名前は、そのときは読み上げられなかった。

4

俺にとってキャバクラというのは、自腹を切って飲みにいくところではなく、あくまでも仕事で商品を納めにいくだけの場所だった。むろん、接待してもらえるような立場でもない。要するに遊びでいく機会など一度もなかったわけだ。

池袋のアンジェリカは、流行《はや》り具合としては中程度の店舗なのだろう。毎週金曜は必ず配達にいくが、それも含めて週に三回いくかいかないか。場合によったら金曜だけの週もある。そんな店だ。

あれは三月初めの、小雨の降っていた日だったと思う。

アンジェリカへの納品を終え、トラックに戻ったが、そこでタバコを切らしていたことを思い出した。

一番近い販売機はどこだったろう。いや、表の道を一本渡って、二十メートルほど右にいった辺りにコンビニエンスストアがある。そこで買おうと思い、トラックを降りた。ここでは駐車違反をとられたことも、そういった場面を見たこともなかった。タバコを買う間くらい大丈夫だろう。そんなことを思いながら、小走りでコンビニに向かった。

レジに並んだのは一、二分だった。会計を済ませ、包装のビニールと中の銀紙まで剝《む》いてゴミ箱に捨て、コンビニから離れた。

その帰り道で、俺は初めて気がついた。

ビルの入り口に掛けられたアンジェリカの看板が、いつのまにか新しくなっている。以前は紫を基調とした、店名と女の顔のイラストというシックなデザインだったが、今は白をバックに女の子八人の写真が並ぶという、賑《にぎ》やかなものになっている。

女の子それぞれの下には小さく名前も入っている。知った顔も、一度も見たことのない顔もあった。左端、一番大きく写っているのはエレナというナンバーワンの娘だ。金髪で、まるでアニメに出てくるお姫様のような顔をしている。実物も、まあそんな感じだ。二番目に大きいのは上条《かみじょう》翼《つばさ》。しかし、こんなにギャルっぽい娘は覚えがない。新入りなのか、それとも撮影時のメイクが普段と違うのか。

一人ひとり見ていって、五番目に写っていたのがヨウコだった。漢字では「瑶子」と書くらしい。正直、この八人の中では地味な部類に入るが、短めの黒髪とほっそりとした肩にはそれなりに色気があった。少し離れて見てみると、瑶子が入ることで図柄全体に締まりが生まれているように感じた。トップではないが、一人いると収まりのいい娘。店でもきっと、そういうポジションなのだろうと察した。

瑶子、か――。

ふいにビル風が吹き、雨が目に入った。知らぬまに、頬が冷たく濡《ぬ》れていた。作業用ジャンパーの袖《そで》も、しっとりと水滴が載って鈍く光っている。

「……いけね」

俺は慌ててトラックに戻った。

幸い、駐車違反のステッカーは貼られていなかった。ロックを解除し、よっこらしょと乗り込む。ドアを閉めると、急に辺りの喧騒《けんそう》が遠退《とおの》いた。

運転席から改めて見る池袋の街は、下手な水彩画のように滲《にじ》み、歪んでいた。

でも、汚いとは思わなかった。


名前を知ると、なんとなくだが親しみを覚える。漢字が分かると、内面まで少し分かったような気になる。それが源氏名《げんじな》であることは、あまり意識になかった。あの娘は、瑶子。俺の中ではそういう認識になっていた。

だからといって、それで何が変わるわけでもなかった。

「……お世話になってます。越田酒店です」

「あら、酒屋さん。こんにちは」

それまでも、瑶子とは裏口を入ったところで鉢合わせすることが何度かあった。ちょうど俺の配達と、彼女が支度に入るタイミングが近かったのだろう。いつもカジュアルな恰好《かっこう》で、何かしら荷物を抱えていた。化粧っ気は、ほとんどなかった。

「……マネージャー、酒屋さんですよォ」

そしていつも、発音がちょっとおかしい。

いったん支度に入るとなかなか出てこないので、個人的な話など一度もしたことがなかった。そういった点では、他の娘となんら変わらない。同じ店に出入りしていても、普段はただすれ違うだけの間柄。どちらかが消えても、たとえ死んでも、おそらく気づかない。むしろこの東京という街では、そういう関係の方が普通なのではないだろうか。

そんな瑶子を、俺が特別に意識するようになったのは、ちょっとした偶然からだった。

「……じゃあ、お疲れさん」

その年の春に結婚した後藤は、仕事が終わると真《ま》っ直《す》ぐ家に帰るようになっていた。以前のように、夕飯がてら居酒屋で一杯、ということは滅多にしなくなった。だからといって俺も、わざわざ他の配送スタッフを誘って飲みにいこうとまでは思わなかった。だったら別に、一人でいい。俺は仕事帰り、ごく気ままに会社近くの店に立ち寄るようになった。

「たかはし」は、そんな中の一軒だった。初老の夫婦が二人でやっている、やはり居酒屋と定食屋の中間みたいな店だ。

「いらっしゃい」

入って右手のカウンター席と、左側の小上がりに座卓が三つという小さな構え。三回か四回きていた俺は、なんとなくカウンターの席に座った。

「こんばんは。生と串盛《くしも》り、それから……ポテトサラダをもらおうかな」

「はい、生一丁に串盛り、ポテサラ」

その時点ではカップルがひと組、小上がりにいた。俺のあとにも何組か入ってきて、早いところは小一時間して帰っていった。

だから、彼女がいつからそこにいたのかは、はっきりとは覚えていない。小上がりの、入り口から見たら一番奥の席。テレビが見やすくて、角だから壁にも寄りかかれる、最もくつろげる場所。俯《うつむ》き加減で携帯を弄《いじ》っているものだから、ちゃんと顔が見えたわけではなかった。だが、

「ヨウコちゃんは、今日は休みなの？」

「うん。今日と明日はお休みですよ」

その、奥さんとの会話で確信した。やはり、アンジェリカの瑶子だ。そういえば、赤いチェックのネルシャツにも見覚えがある。普段着とはいえ、キャバクラ嬢が着るにはラフ過ぎないか、と店で思った記憶がある。

瑶子は携帯を弄りつつ、ときおりテレビを見上げ、レモンサワーか何かを飲んでいた。ツマミは、ホッケとさつま揚げとか、そんなものだ。俺はそれを、気づかれない程度にチラチラと横目で盗み見ていた。別に目が合ったら合ったでもいいのだが、下手に挨拶《あいさつ》をして「誰ですか？」という顔をされるのは嫌だった。かといって、次に店で会ったときに、「この前

『たかはし』で、一人で飲んでたでしょう」というのも嫌らしい。

さて、どうしたものか。

迷っているうちに、彼女の方が席を立った。

「ご馳走《ちそう》さまぁ。お勘定お願いしまぁす」

俺は慌てて顔を背けた。

瑶子が、俺のすぐ後ろを通って、出入り口に向かう。店でつけている香水は、普段はつけないのだろうか。ちょっと強めの石鹸みたいな匂いは、今日はしなかった。

瑶子はもう一度「ご馳走さま」と言って店を出ていった。

それから、五分くらいした頃だろうか。出入り口に置いてある傘立てから、奥さんが鮮やかな水色の一本を抜き出した。

「やだ、これ、あの娘の、瑶子ちゃんの傘だわ。忘れてっちゃって……雨、もう止《や》んでるのかしら」

「止んでるから忘れたんだろう……またそのうちくるさ。中に置いとけ」

どうやら、瑶子はこの店の常連らしい。

ということは、住んでいるのもこの近所なのだろうか。

生ビールなら、この辺りの店はどこで飲もうと大差はない。入れ方に工夫があるわけでも、変わった種類の樽を置いているわけでもないからだ。料理もどの店が美味《うま》いとか、特にそういうことはない。値段も似たり寄ったりだ。だったら、知り合いがきているかもしれない店の方が、ちょっとはいい。別に何を期待するわけではないが、挨拶くらい、交わす間柄にはなるかもしれない。その程度の期待は、正直に言うと、あった。

「いらっしゃい」

「ええと、生と……串盛りと、揚げ出し豆腐」

しかしその後、瑶子を「たかはし」で見かけることはしばらくなかった。以前は一時間とか、長くても一時間半くらいで帰っていたと思う。でも瑶子を見かけてからは、短くても二時間はいるようになった。もう少し待っていたらくるかもしれない。そういう期待が、「お勘定」のひと言を俺に呑み込ませた。逆に「レモンサワー」と、つい追加注文をしてしまう。それがまた、長居の理由に置き換わる。よくない傾向。下らない堂々巡りだった。

あれは、少し残業をした夜だったのだろう。会社を出て「たかはし」の近所までくると、なんと、ちょうど瑶子が店から出てくるのが見えた。そのまま向こうに歩いていく。なんだよ、なんで今日に限ってきてるんだよ、と口惜《くちお》しく思った。しかも、ちょっと洒落込んでいる。白っぽいジャケットの下は、黒いカットソーに黒いタイトパンツというコーディネート。細い膝下《ひざした》が妙に色っぽかった。

俺は「たかはし」の手前まできて、しばし迷った。当たり前だが、今から店に入っても瑶子はいない。何時間待っても、まず戻ってくることはない。そう思うと、急に店そのものが色褪《いろあ》せて見えた。いつもは瑶子がくるかもしれないという期待感からか、心持ち賑わいを感じさせる店構えが、今日は見たままの、ただの寂《さび》れた居酒屋のそれになっていた。

瑶子の、小さな背中は次第に遠ざかっていく。俺はさしたる考えもなく、その後ろ姿を追って歩き始めていた。三つ先の角を左に曲がっていく。そっちは俺の帰り道とは逆だったが、もう足を止められなくなっていた。

曲がった先の道は、思いのほか暗かった。瑶子の白い背中が、ぼんやりと暗がりに浮かび、揺れている。わりと上機嫌なのかもしれない。ときおりハンドバッグをくるりと回して、バランスをとるように反対の手も広げる。

こんな人気《ひとけ》のない道で、なんて無防備な。

いや、このまま襲ってしまおうとか、そんなことは丸っきり考えていなかった。追いつくことすら、俺は望んでいなかった。ただ、見ていたかっただけだ。すぐそこにいる瑶子という存在を、目で見て感じたかっただけだ。見守る、というのに近かったかもしれない。

だから逆に、どこまで、という区切りもなかった。強いて言うならば、家まで。彼女が無事家に帰り着くまで見届けられたら満足だった。その後に家のチャイムを鳴らしたり、ましてや「分かりますか、越田酒店の村瀬です」などとやる気は毛頭なかった。ああ、ちゃんと帰ったな。そう思えるだけで充分だった。

瑤子が入っていったのは、住宅街の中ほどにある、三階建ての小さなマンションだった。ベランダの仕切りから勘定すると、ワンフロア五世帯のようだから、合計十五世帯か。しばらくして明かりが点《つ》いたのは、三階の真ん中の部屋だった。慌てて隠れた電柱の陰から、カーテンを引く姿も目撃した。間違いない。瑤子の部屋はあそこだ。

そうか。彼女は、こんなところに住んでいたのか。うちの会社からそんなには離れていない。国道をはさんで、歩いて七、八分といったところだ。

「そっか……そうなんだ」

また少し、彼女に対して親しみが湧いていた。

別段それを後ろめたくも、俺は思っていなかった。

越田酒店に入社して、早くも五年が過ぎていた。自分の経歴の中では、破格に長い勤続年数だった。

確かに、給料はいい。四十を目前にして年収が四百万円台前半というのが決して多くないことは自覚しているが、それでも居酒屋のホールや厨房手伝いよりはいい。残業手当もつくし、ボーナスも出た。お陰で家賃を滞納することも、食うに困ることもなくなった。

でも、ただそれだけといえば、それだけだった。

雨の日も風の日も暑い夏の日も、同じトラックに乗って都内を走り回る。ダッシュボードを覆《おお》っている汚れは、タバコのヤニと俺の汗、あとは何度かこぼした缶コーヒーの拭《ふ》き残しか。その薄い膜のような汚れが、俺という人間そのものを表わしているようにも思えた。いずれ誰かにこの車を引き継ぎ、洗剤で拭かれてしまえば綺麗さっぱり消えてしまう。俺の生きた証《あかし》なんて、何十年経ってもせいぜいそんなものだろう。

そうはいっても配送の人間にとって、やはり運転席は第二の自室。快適に過ごせるよう様々な工夫をする。灰皿の位置、ドリンクホルダーの形、開け閉めしやすいゴミ箱、好きな芸能人のステッカー、お気に入りのシートクッション、夏場でも蒸れないシートカバー。携帯ホルダーも必需品だ。ポケットに入れておくと着信に気づかないことが多いし、何しろ取り出しづらい。ダッシュボードで一番よく見えるところ、エアコンの吹き出し口の上がベストポジションだろう。だがたまに、熱で粘着テープが剥がれるので注意が必要だ。そういうときのために俺は、強力な両面テープをグローブボックスに常備している。これさえあればたいていのトラブルは解消できる。灰皿やゴミ箱が剥がれ落ちても対処できる。

最近、ちょっと追加を思いついたのは瑶子の写真だ。アンジェリカのオフィシャルサイトから画像をとってきて、会社のプリンターで出力したらと考えた。両面テープで貼りつけてもいいし、シール式の用紙を買ってきてもいい。でもそれは、考えただけで実行はしなかった。四十近い独身男が、多少面識があるとはいえ、トラックの運転席にキャバクラ嬢の写真を貼っているのは、若干気持ち悪い気がしたからだ。

誰にとって気持ち悪いのか。たまたま運転席を覗いた会社の人間か。あるいは取引店の店員か。瑶子本人に見られるのが一番困るが、そのいずれも、たぶん心配なかった。瑶子とはもう、何週間も顔を合わせていない。アンジェリカでも、「たかはし」でも。

考えてみれば、キャバクラ嬢と酒屋の配送スタッフの生活時間が合わないのは当然だった。こっちは、酒を店に運び込んだら仕事はお終《しま》い。しかし向こうは、その酒を客に注いで飲ませて、初めて仕事になる。こっちが疲れ果て、一杯飲んで家路につく頃が向こうの書き入れ時だろう。

「……お疲れさまでした。お先です」

今日もなんとなく仕事を終え、なんとなく会社を出た。

ぶらぶらと歩き、「たかはし」の前までくる。暖簾《のれん》をくぐりながらガラス戸を開ける瞬間も、さして期待などしなくなっていた。

しかし、

「いらっしゃい」

あの小上がりの奥の席に、黒くて丸い頭があるのを見て、白くて小さな顔があるのを見て、俺は慌てて顔を背け、カウンター席に腰を下ろした。

「……生」

「はい、生一丁……他には？」

何も食べる気になどなれなかったが、とりあえず冷奴を頼んだ。あとから枝豆でもよかったなと思ったが、まあ、別にどっちでもいい。

滑稽《こっけい》なほど、胸が高鳴っていた。理由は自分でもよく分からない。

仕事でよく配達にいく店のキャバクラ嬢。偶然会社の近所に住んでいて、互いに同じ店に出入りしている。関係を説明すると、そういうことになる。絶世の美女というわけでもなく、特別好みのタイプというのでもない。そんなにドキドキするほどの相手か、と自分で自分に訊《き》いてみたい。訊かれた自分は、そうでもないか、あはは、と答えるだろう。照れ隠しに、頭でも掻《か》きながら。

しかし、実際に心臓は、暴走寸前の勢いで大量の血液を全身に送り出している。

「はい、生ビールと……冷奴ね」

そう、大して美人ではない。目立って乳がデカいわけでも、腰のくびれがエロいわけでもない。ごく普通の娘《こ》だ。今日の恰好は、くたびれたピンクのTシャツ。一般的な、四十手前の男からしたら小娘だ。自分は何を興奮しているのだ。あんな、さして垢抜《あかぬ》けもしないキャバ嬢に、自分は一体、何を。

「……ご馳走さまぁ。お勘定、お願いしますね」

少しすると、瑶子はいつもの調子でいい、小上がりの奥からこっちに出てきた。サンダルか何かを突っかけて、俺の方に歩いてくる。ちょっとよろけたのか、斜め後ろで足音が乱れた。あっ、と高い声を漏らし、奥さんに大丈夫かと訊かれると、大丈夫ですよ、と笑いながら答えた。

そのときに、感じた。

ああ、瑶子だな、と。

たぶん、空気みたいなものだ。雰囲気、あるいはゆったりと流れるリズムのようなもの。見える人は「オーラ」などと表わすのかもしれない。上手《うま》く言葉にはできないが、その人がその人である、根本的な理由、みたいなもの。

「いつもありがとね。気をつけて……」

奥さんに見送られて、瑶子は店を出ていった。俺は居ても立ってもいられず、慌ててビールを飲み干し、冷奴もひと口で流し込んだ。

「俺も……お勘定ね」

生と冷奴だけだから千円足らず。それでもきっちり釣りはもらって店を出た。

左の方に目を向けると、Tシャツの背中はすでに三つ先の角を曲がろうとしていた。下は細身のジーパンだった。俺は少し、速歩きで追いかけた。

しかし、追いかけてどうする。家までいって、何かするのか。友達になってください、と頼んでみるか。それとも、付き合ってください、か。一発姦《や》らせてくれ？　結婚してくれ？

いや、どれも違う気がした。

時間が早いせいか、瑶子の足取りは前回よりもしっかりしていた。特に酒を飲んでいるふうには見えない。バッグのベルトを肩で握って、真っ直ぐに歩いていく。

瑶子はバイクや車が近づいてくるたび、バッグを胸に抱え直して道の端に寄る。最近、ひったくりにでも遭ったのだろうか。そのたびに、ひゅんと背中が細くすぼまり、通り過ぎると、安堵《あんど》したように力を抜く。脅かさないでよ、とでも言いたげにテールランプを見やる。あの娘は、夜道を歩くたびにこんな思いをしているのだろうか。そう考えると、少し不憫《ふびん》になった。

マンションのちょっと手前から、瑶子は少し歩《ほ》を速くした。別段、俺は気にしていなかった。あとちょっとだから、がんばって速く歩いただけだろうと思っていた。

だが、そうではなかった。マンション前には男が立っていた。グレーっぽいスーツを着た、小柄な男だ。遠かったので歳の頃は分からない。ただ、そんなに若くはないように見えた。瑶子はその男とふた言三言交わし、一緒にマンションに入っていった。

少し手前で、俺の足は完全に止まった。

充分あり得ることなのに、ちょっと考えれば不思議なことでもなんでもないのに、俺はその光景に、今まで味わったこともないほど強烈なショックを受けていた。

男が、いたのか。まあ、そりゃそうか。

そもそもは水商売の女だ。夜な夜な、男に媚《こび》を売って金を稼ぐ類《たぐい》の女だ。当たり前じゃないか、男くらいいたって。それを自分の部屋に引っ張り込んだって、不思議なことなんて何一つないじゃないか。

でもそれとは別に、相手がどんな男か確かめたいという気持ちはあった。パリッとスーツを着ているという時点で、自分よりはちゃんとした仕事というか、社会的地位のある人間のように思ったが、よく見たら、そうでもないかもしれないじゃないか。案外、お父さんなんてこともあるかもしれない。後ろ姿は若そうだったが、顔を見たら六十代とか、そんなことだってないとは限らない。

俺はベランダ側ではなく、反対の外廊下側に回って二人が上がってくるのを待った。三階建てだから、エレベーターはない。やがて廊下に現われた二人、先を歩くのはなぜか男の方だった。あとから瑶子が追いつき、三つ目のドア前で振り返った男と、何やら言葉を交わす。

そのときに、顔が見えた。

なんと、知っている男だった。

あの、アンジェリカのトイレ前で鉢合わせした、富士見フーズの、確か専務をしているという、そう、副島。副島孝。

なんだ。瑶子は、副島の愛人だったのか。

5

三月四日火曜、午後四時四十分。

久江はＪＲ大塚駅の北口を出たところで、周辺の街並を見渡していた。

大塚は池袋の一つ隣。通っているのはＪＲ山手線だけなので、都内にある駅としてはさほど大きな方ではない。ただし、線路を直角に交えるようにして都電荒川線が通っており、駅前にはその停留場もある。都電荒川線は、言わずと知れた都内で唯一《ゆいいつ》残っている路面電車だ。これのお陰か、大塚駅周辺の眺めにはちょっとレトロな雰囲気がある。実際、線路に近い北大塚一丁目には昭和情緒を色濃く残す小料理屋が何軒もある。久江も、池袋署時代はよくここまで飲みにきた。

ただ、今回の捜査対象となる「点点楼大塚店」があるのは、北大塚一丁目ではなく、二丁目だ。周囲はチェーン店など、大衆飲食店が多い。他ならぬ「点点楼」自体が、安さと手軽さを売り物にした中華料理屋である。

「じゃ、お先に」

地取りを命じられた八名の中で、唯一顔を知っている捜査一課のデカ長が、久江にひと声かけて追い抜いていった。

「ああ……どうも」

すでに、八名それぞれが担当する区域は決められている。久江の受け持ちは、「点点楼大塚店」とは一本道を隔《へだ》てた向かい側の区画。ちなみに、通常の刑事事件捜査では二人ひと組で聞き込みをするのが原則だが、今回はその限りではない。二人組というのは案外目立つ。むしろ秘匿性《ひとくせい》が要求される特殊犯事案の場合、一人ひとり別々に聞き込みをした方が安全性は高い。「点点楼大塚店」内部、あるいは周辺に、犯人と通じている人物がいないとも限らないからだ。

久江は、少しタイミングをずらしてから駅前を離れた。

一本道を渡ったところに、V字に分かれる二本の上り坂がある。勾配《こうばい》はゆるやかで、どちらにも多くの飲食店が軒を連ねているが、久江が向かうのは右側の通りだ。中でもラーメン屋の看板が目立つ。豚骨《とんこつ》系を売りにする店、豊富なセットメニューが自慢の店、こだわりWスープの店。長崎ちゃんぽんも、これらと競合する部類に入るだろう。うどんだって蕎麦だって競合するか。パスタとて無関係ではあるまい。

久江はふと、峰岸と交わした会話を思い出した。

本部の刑事は、長シャリを嫌う。

それを聞いたときの、峰岸の顔。嘘でしょ、と言わんばかりに、大袈裟に眉をひそめていた。ついさっきのことなのに、もうすでに懐《なつ》かしい。

早く事件が解決して練馬署に戻れるように、長シャリは控えよう。そんなことを思いながら、しかし目ではラーメン屋の看板をチェックしているという、この矛盾。

改めて見てみると、「点点楼」はちょっと変わった中華料理屋に分類されるのかもしれないと思った。ラーメン、ご飯ものメニューに加えて、一品料理が他より充実している。炒《いた》め物や餃子《ギョーザ》、チャーシュー、煮卵は当然として、シュウマイやエビチリ、春巻き、ピータンや北京《ペキン》ダックまである。生ビールやハイボールといったドリンクメニューと合わせれば、夜はちょっとした居酒屋としても利用できそうだ。

いやいや。自分の受け持ちは、あくまでも向かいのワンブロックだった。

気を取り直し、辺りをそれとなく見回す。まず気になったのは「点点楼」の斜め向かい、ビルの一階部分を改装している工事現場だ。

同じ店のリニューアルなのか、まったく別の店になるのかは分からないが、出来上がりが飲食店であることはまず間違いない。全面ガラス張りの入り口、中にはオープンキッチンを囲むカウンターテーブルがある。

「恐れ入ります……」

頭を下げながら近づいていく。出入り口前にいた現場監督らしき作業服の男が、久江の声に気づいてくれた。

「はい、何か」

「お仕事中ご迷惑とは存じますが、ちょっとお話を伺えますか。警視庁の者です……手帳は、中でお見せします」

久江は半ば強引に現場内に入り込み、気持ちの上では打ち合わせにきた本社の社員、みたいな芝居をしながら彼と話した。

「はあ……警視庁……」

目立たないようカバンで隠しながら身分証を提示。あまり外を見ないでくださいとお願いした上で、質問を始める。

「ここの工事は、いつ始まったのでしょう」

「ちょうど、一週間前ですかね。だから今日で六日目……いや、七日目かな。土日も関係ない、突貫《とっかん》工事なんで」

とりあえず、今日の午後からでなければ問題ない。

「今日の午前中も、この現場にいらっしゃいましたか」

「ええ。八時半にはきてました」

「この一週間、朝から晩まで、ここにいらっしゃるのですか」

「まあ、職人さんに頼まれて、ちょっとした材料を買いにいったり、そういうときは空けますけど、でも、大体はここにいますよ。人通りも多いんでね。あんまり埃《ほこり》が立たないようにとか、近所に迷惑かけないようにとか、いろいろ大変なんです」

すると、ここの通りの様子は、比較的よく見ていたわけだ。

「ここ一週間で、どうですか、この通りは」

「どう、というのは？」

「なんでもけっこうです。気づいたことはありませんか」

うーん、と彼は、ヘルメットをかぶったまま首を傾《かし》げた。

「……別に、ないですけどね。昼時になると、近所からワーッと人が出てきて、ご飯食べて、またサーッといなくなって。あとはまた、パラパラと行ったり来たり、みたいな。そんな調子ですよ。例えば、池袋みたいにね、服屋がたくさんあるわけでも、家電のお店があるわけでもないし。大体、いつもこの程度ですよ」

念のため、もう少し絞っておこうか。

「今日の午前中は、どうでしたか」

「今日……いや、特に何、っていうのは、ないですけど」

「午前中は、工事の具合はいかがでしたか。こういう……」

久江は、クリーム色の壁を指差した。石膏《せっこう》ボードというやつか。

「材料の搬入とか、なんかそういう、具体的なことをお聞かせいただけますか」

人は具体的に何かを思い出すと、ついでにその周辺の出来事も思い出すことがある。例えば、材料の搬入をしているときに、「点点楼」の辺りで人が揉《も》めていたとか。強引に車に乗せられて、連れ去られるのを見たとか。その一人は、「点点楼」の制服を着た従業員だった、とか。

「午前中は、建材屋が材料を持ってきて……」

おお、よしよし。

「それを運び込んで、十時過ぎくらいから、ここで一服して……」

もう少しだ。副島が大塚店を出たのは十一時頃だ。

「十時半頃から、また作業を始めて……」

惜しい。あとちょっと、もう三十分、余計に休憩しとけばよかったのに。

「あとは、別に何もありませんでしたけどね」

おっとっと——。

でも、ここで諦《あきら》めてはいけない。

「……何かお仕事以外で、印象に残っていることは」

「仕事以外で、ですか」

「通りで誰か見かけた、とか。何か音を聞いた、とか」

「そりゃ、人は大勢通ってますし、音もいろいろ、ガチャガチャやってますすけど、うーん……印象に残るようなことは、何もなかったと思いますね」

そうですか。残念です。

ちなみに、他の作業員の方はどうでしょう。

その後は薬局、マッサージ店の受付、割烹《かっぽう》料理店、その二階にある美容院と話を聞いて回ったが、特に目ぼしい情報は拾えなかった。

中野署の指揮本部に戻ったのが夜の八時頃。捜査員八人それぞれが結果を報告したが、内容はどれも似たり寄ったりだった。

最後に報告したのが、久江の顔見知りのデカ長だった。

「二人の人間を拉致《らち》したとなると、それなりの騒ぎになっただろうとは思うんですが、それらしい目撃情報はまったく拾えませんでした。『点点楼大塚店』を除外しての地取りは、これ以上は難しいのではないでしょうか」

たった三時間程度の地取りで「これ以上は難しい」と音《ね》を上げるのもどうかと思うが、確かに「点点楼大塚店」の様子を気にしながらの聞き込みは簡単ではなかった。

管理官も、それは分かっているのだろう。

「そうか……では、引き続き待機してくれ。それと、そこに弁当が人数分とってあるはずだから。とりあえず、それ食ってくれ。ご苦労さん」

確かに管理官の言った通り、弁当は残っていた。久江たち八人が一つずつとってもまだ五個以上あったから、数は問題なかった。

ただし、弁当をもらっても食べる場所がなかった。それでなくても、講堂内は怒号ともいうべき声が始終飛び交っている。

「マル害の携帯の動きは追えてるのか……なにィ？　それを先に確認しろって言っただろッ」

「本社前で動きが……あ、いや、すみません、誤報でした。申し訳ありません」

「管理官、本社社長室から問い合わせです。娘が熱を出しているので、社長はいったん自宅に帰りたいと言ってるらしいですが、その際二千万は持って帰った方がいいのか、会社の金庫に入れていっていいのか、ということですが」

「フザケるな、会社から一歩も出るなと言っとけッ」

とても、弁当を食べられる雰囲気ではない。

仕方なく講堂を出て、とぼとぼと同じ階にある食堂までいってみたが、そっちはそっちで別の会議をやっていて、お邪魔できる雰囲気ではなかった。最終的には廊下の突き当たりで、みんな立ったまま食べ始めた。若い男性捜査員が久江と年配デカ長にだけパイプ椅子《いす》を持ってきてくれたが、みんなが立って食べているのに二人だけ座るのは気まずかった。

「でもほら、お茶とフタが置けるから、やっぱりあってよかったわよ。ありがとう」

しかし、さすがに男性捜査員は立って食べるのも上手い。特に機動隊経験があるという三十一歳の巡査長は、ペットボトルを器用に指の間にはさんでホールドし、ほとんど直立したまま食べ終えた。さらに彼は、休めの姿勢だったら仮眠もできます、と笑った。

そこに、またあの男が現われた。

「……なんだ、ひでえな。座って食う場所もねえのか」

金本だった。

隣にいた一課のデカ長が肩をすくめる。

「そう、結局こんなとこです。ちょっと、いくらなんでも人数集め過ぎじゃないですかね。タコ部屋じゃあるまいし」

金本が、フンと鼻息を噴く。

「知らねえよ。文句なら刑事部長に言えって。さっき、署長室でコーヒー飲んでたけどな……そりゃそうと、もうすぐ報告が始まるぜ。今から場所とっとかねえと、後ろになると聞きそびれるぞ」

「そりゃマズい……」

いきなりみんなが掻き込み始めたので、久江も慌てて残りを口に詰め込んだ。

「ごちそうさまっ」

ゴミは廊下に出ている段ボールに入れ、講堂に戻った。

すると数は少ないが、下座には通常の捜査会議スタイルで机が並べられていた。報告用のホワイトボードも窓際に用意されている。

ちょっと背伸びをして覗くと、金本が前から二列目の席で手招きをしている。私？　という意味で自分の鼻を指してみると、頷きながらさらに手招きを繰り返す。

「すみません……ちょっと、ごめんなさい」

捜査員の間を縫って進み、なんとか金本のところまで行き着く。通常二人で座るテーブルにすでに四人がついていたが、もう一つパイプ椅子が空いていた。

「とっといてやったんだぜ。恩に着ろよ」

「うん……ありがと」

こういうことで恩に着せるって、ちょっとどうかと思うけど。

まもなく捜査一課の管理官が報告を始めた。

「本日、十六時二十七分に、マル被から二度目のメールが送信されてきた。原文のまま読み上げる……二千万を用意したらメールで知らせろ。早くしないと一人ずつ殺していく。早く用意してメールしろ。以上、送信元は副島の携帯アドレス。送信場所は、一通目が新宿駅東口周辺、二通目が渋谷駅近くというところまで判明した。直《ただ》ちに捜査員を派遣して調べさせたが、マル被と見られるような人物の発見には至っていない」

今の文面は、模造紙にも書いて貼り出されている。

「これに対し、十七時三分、中江弓子社長が返信。これも原文のまま……まだ二千万は用意できていませんが、必ず工面しますので、副島ともう一人の命は助けてください。そしてできるならば、もう一人いる人質の名前を教えてください……このように打って返したが、今のところこれに対する返信はない。電話会社に張り付いている捜査員の話では、マル被は通信時以外は携帯の電源を切っているらしく、識別信号も受信できないという。必要と思われるときだけ、移動しながら電源を入れるのかもしれない。マル被はかなり用心深い。この点は、充分留意しておいてほしい」

金本が、ひょいと右手を挙げる。

「……なんだ」

「あの、二千万は、実際には用意できてるわけですよね」

管理官が、眉をひそめて頷く。

「一応、用意はできている。古紙幣で揃《そろ》えた本物と、アンコを入れたニセモノと、両方作ってある」

「だったら、早いとこ受け渡し現場を作った方がいいんじゃないですかね」

金本の意見に、周りの捜査員何人かが頷く。

管理官は、それをさも不愉快そうに一瞥《いちべつ》してから金本に視線を戻した。

「二千万用意できたと馬鹿正直に言って、じゃあ今すぐどこそこに持ってこいと言われたら、こっちが授受現場に捕捉態勢を整える時間が稼げないだろう」

「だったら、用意できたとは言わないで、どこに持っていくのかを先に話し合うってのはどうです」

「どうやって。金はまだだけど持っていく場所だけ決めましょうって、そんな話にマル被が乗るとでも思うか」

「分かりませんよ。案外、乗ってくるかもしれませんよ。誘拐やらかすような奴は、そもそも頭の悪い野郎ですからね」

管理官が頭をひと振りする。

「このマル被は慎重だ。侮《あなど》っていい相手ではない」

「だとしても、試してみるくらいはいいでしょう。昔みたいに、犯人からの連絡を待っているだけが誘拐捜査じゃない。あっちだってメール入れてくるんだから、ホットラインはあるわけだから、揺さぶりでもなんでもバンバンメール入れて、マル被を動かすべきでしょう。向こうは待ってますよ、こっちが用意できたって知らせてくるのを。だったらそれを逆手にとって、金の用意は少し時間がかかるから、用意ができたらすぐ渡しにいけるように、場所だけ先に決めましょうとか、書き方はいくらだってあるでしょう」

ただ思いつきを喋《しゃべ》っているだけに聞こえるが、この金本の作戦は案外有効なのではないかと、久江は思った。

それでも管理官は、首を縦には振らない。

「……仮に、マル被が受け渡し場所を指定してきたとする。先んじてこっちから人員を送り込み、捕捉態勢を整える。だがそれ自体が罠《わな》だったらどうする。マル被はどこかから、警察が必死で網を張っている様子を見て、笑っているかもしれないんだぞ」

「それを、バレないように上手くやるのが特殊班でしょう」

「勝手なことばかり言うな。それで失敗して、人質が殺されでもしたらどうするんだ」

どっちの言い分も間違いではないが、そもそも捜査に対する温度差があるのだから、いくら話し合っても無駄なように感じた。各方面から入ってくる情報を突き合わせて、見えない敵との戦いに神経をすり減らす幹部と、ただ待機を言い渡されて暇を持て余している捜査員。どちらに分があるかといえば、それはまあ、むろん幹部ということになる。

「……報告は以上だ。引き続き待機」

そう、管理官が言ったときだった。

「返信、きましたッ」

無線担当の一人が手を挙げて言い、十秒ほどして情報デスクにいた一人が「転送きました」と立ち上がった。すぐに複合機から用紙が排出され、何人もが我先にとそれを取り合う。指揮デスクにいる管理官たちにも紙は配られた。久江たちに報告していた管理官も、いつのまにかその輪に加わっている。何人かが「ムラセ」と口にしたのが聞こえた。やはり、もう一人連れ去られたのは村瀬邦之という男なのか。

しばらくして管理官が戻ってきた。渋い顔で、文面に目を通しながら息をつく。

「……二人目のマル害の、氏名が判明した。やはり、村瀬邦之だということだ。原文のまま読み上げる……副島と一緒に連れてきたのは、村瀬という男だ。二人と二千万と交換だ。早くしろ……以上だ。村瀬の自宅には先発でひと組張り付いているが、部屋に出入りはなく、また固定電話への架電にも応答はない。明朝から、ということになるが、村瀬の身辺調査を行う……殺人班七係」

はい、と小さく言って金本が背筋を伸ばす。他にも何人か、捜査員が管理官に向き直る。

「金本、ウノ、ワタナベ。村瀬の戸籍を確認して生活実態を把握しろ。こちらでも履歴書等は手配してみるが、現状これ以上の情報はない。マル被のメールでは、偶然その場にいたから連れてきた、というように読みとれるが……まずないとは思うが、実は、そもそも狙われていたのは村瀬であり、巻き添えを喰ったのは副島の方、という可能性もまったくないわけではない。いずれにせよ、交友関係を早急《さっきゅう》に明らかにしてもらいたい」

そこで金本が「はい」と手を挙げる。

「……なんだ」

「俺、こいつと組みます」

いきなり、久江を指差す。

管理官は怪訝そうに眉をひそめた。

「別にかまわんが、なぜだ」

「こういう場合は男同士より、一方が女の方が誤魔化《ごまか》しが利《き》くんですよ。不動産屋を回るにしても、夫婦です、って言えば疑われないでしょう」

なんか、物凄く尤《もっと》もらしいことを言っているように聞こえるが、そうなのか。

6

それがいかに身勝手な思い込みなのかくらい、自分でも分かっていた。

ただ、仕事柄顔を知っているというだけのキャバクラ嬢を尾行して、勝手に住まいを突き止めて。調子に乗ってもう一度尾行をしたら、男がいると分かって。だがそれは、自分の会社とも取引があるところの重役で——。

いきなりの失恋気分に、正直、落ち込んだ。

お前、そんなにあの女のことが好きだったのか。何人《なにじん》かも分からない、たぶんひと回り以上も年下の、ほとんど喋ったこともない女の、どこが好きだったっていうんだ。

分からない。でも何か、癒されるものはあった。瑶子という名前を知ったときも、寂れた居酒屋の小上がりで一人で飲んでいるのを見かけたときも、何か、ほっとした。思い返せば、俺が荷物を入れようとしていたドア口を彼女が塞いでて、それに気づいて「ごめんなさい」と謝った、あのときからなんとなく、いい娘だなと思っていた。

水商売の女だぞ。しかも、会社の重役の愛人だぞ。お前にどうこうできる相手じゃないだろう。よく考えてみろ。金なんだぞ、あの女が求めているのは。あの女が一番必要としてるのは、お前に一番足りない金なんだぞ。ああいう女にとって、一番お呼びじゃないのがお前みたいな男なんだよ。

分かってる。でも——。

自問自答するうちに、思考は妙な方に転がり始めたりする。

あの副島って男は、家庭持ちなんだろうか。最初から、漠然と瑶子は愛人なのだと考えていたが、そこのところはちゃんと確かめないと分からない。で、もし家庭持ちだったら？まあ、強請《ゆす》る——まではしないにしても、瑶子と別れるよう仕向けるくらいはできるだろう。お宅の旦那さん、外国人の女を愛人に囲ってますよ、程度の電話はしてみてもいい。それで瑶子が独り身になって、自分にチャンスが転がり込んでくる、とはまったく限らないが。

特にアンジェリカへの配達の前後は、そんな妄想が脳内を忙《せわ》しなく駆け巡った。瑶子と顔を合わせたら合わせたで、また新たな設定の妄想が追加された。合わさないときも、まあそれなりに。

「毎度ありがとうございます……失礼します」

その日は、トイレから出てきたナンバーワンのエレナを見かけただけで、瑶子とは顔を合わさなかった。そのまま裏口から出て、非常階段を下りてトラックに戻ろうとした。

俺がそれに気づいたのは、ビルの壁とトラックの隙間を横歩きで進んで、運転席の鍵を開けたときだった。

「あっ……」

フロントガラスの前に、黒くて丸い頭があった。白くて小さな顔があった。ひょっとしたら俺は、無意識のうちに「瑶子」と呼んでしまっていたかもしれない。

彼女もハッとし、いったん運転席に目を向け、でもすぐにサイドミラーと顔を並べている俺に気づいた。

「……ああ、酒屋さん、よかった」

ぽん、と顔の前で手を合わせ、小さく笑《え》みを咲かせる。

「今ね、警察の人が、すぐそこを通りました。私、これが酒屋さんの車だって、分かってるから、駐車違反されたら困るから、そうなったら、駐車違反しないで、を、私が言うつもりでした。でも、よかった……警察はいっちゃったし、酒屋さんはきたし」

文法上の誤りはともかく、言いたいことは痛いほどよく分かった。その気持ちも、素直に嬉しかった。

「ああ、ありがとう……そりゃ、助かったな。駐車違反とられたら、困るからね」

すると、くるりと黒目を回し、何事か考える。

「あ、駐車違反、とられる……駐車違反、とる……そっか」

瑶子は照れたように、黒髪をくしゃっと掻き上げた。

「あの、私、まだ下手な日本語、いっぱい言っちゃうから」

「いや、そんなことないよ。上手だよ。よく分かる」

「本当？　分かる？　お店の人、みんな瑶子の言うこと、分からないを言いますよ」

俺はかぶりを振り、大丈夫だよ、と言い添えた。

よかったら、俺が日本語を教えようか。居酒屋でレモンサワーでも飲みながら——そんな考えもよぎったが、口に出す勇気は持てなかった。

瑶子はふいに背筋を伸ばし、ちょこんと俺に、お辞儀をしてみせた。

「……いつも、ありがとうございます」

すぐに顔を上げ、また小さく笑みを咲かせる。

その一礼に、本当はどんな意味があったのだろう。出入り業者に対する、単なる労《ねぎら》いの言葉だったのか。あるいは、お客さんにする挨拶の練習をして、ちゃんとできているかどうか、俺に見てほしかったのか。それとも——そんなこと、絶対にないとは思うけれど、でもひょっとしたら、瑶子は俺の存在に気づいていて、俺が彼女のことを見守っていると知っていて、それに対して、ちょっと礼を言ってみたくなったとか。

妄想を一人歩きさせる一方で、でもまだ、俺は冷静さも失ってはいなかった。

彼女に倣《なら》い、俺もお辞儀を返した。

「こちらこそ、いつも、ありがとうございます……」

知った人が見たら、何をやっているんだこいつらはと、滑稽《こっけい》に思ったかもしれない。大の大人が、繁華街の片隅でお辞儀の練習をしている。馬鹿にされるかもしれない。笑われるかもしれない。

でも、それでもよかった。

名もない花でも、咲いただけ、尊《とうと》かった。

ちっぽけでも、愛《いと》しかった。


人生なんて、ちょっとしたきっかけで転がり始めるものなのかもしれない。

トラックの一件があった、次の週末。雨降りの、金曜の夕方。俺はいつも通りの時間に会社を出て、いつも通りの道を通って「たかはし」の方に向かっていた。

だいぶ手前から、そうなのではないかと思っていた。見覚えのある水色の傘。その柄《え》を左肩に乗っけて、退屈そうに歩いてくる小柄な女。黄緑のTシャツに、白いパンツ。何も雨の日に白を穿《は》かなくても、とは思ったが、丈は七分なので泥跳ねなどはさほど心配ないのかもしれない。よく似合っていた。蒸し暑さを束《つか》の間《ま》忘れるような、涼しげな色合いだった。

心持ち歩を遅くして、微調整を図った。二人が、ちょうど「たかはし」の前で出会うように。水溜《みずたま》りや、雨の様子を気にしながら歩いてくる彼女が、こっちに気づいて驚く顔を、できるだけ間近で見られるように。

果たして、その瞬間はまさに「たかはし」の前に差しかかったときに訪れた。

「……あら、酒屋さん？」

心の準備をしていただけ、分はこっちにあった。俺は余裕を持ってお辞儀をした。

「どうも。こんばんは」

驚く、というよりは、思考が止まってしまったような顔だった。目を丸くした以外は、不自然なくらいの無表情。

ようやく、ちょっと厚ぼったい唇がぽかりと開く。

「どうして……あ、ここに、配達ですか？」

残念ながら「たかはし」は越田酒店のお客さんではない。

俺は真後ろ、いま通ってきた道を指差した。

「いや、ウチの会社、この近くなんだ。だから、ここ、帰り道……たまに、この店にもくるけど」

俺が指差すと、瑶子も真似《まね》て指差す。

「えっ、このお店に、きたことあるんですか」

「うん、何回も」

「私も、よくきます。お休みの日で、一人で食べたくない日は、ここきます。奥さんも、おじさんも、すごくいい人です」

言ってから、俺と店の入り口を見比べる。

「……今日は、帰りますか」

遠慮がちな、探るような訊き方。疑うことを知らない子供のような、真っ正直な眼差《まなざ》し。

「ああ、ちょうど俺も……」

寄っていこうと思ってた。そう言い終えるより前に、瑶子は俺の、傘を持つ右手にぺたりと触れた。

予想外に、ひんやりしていた。

「じゃ、一緒にご飯しましょう。いいですか？　別々より、一緒の方が、美味《おい》しいでしょう」

嬉しいのに、俺はそれを態度に表わすことを躊躇《ためら》った。照れ。それもある。純朴そうに見えても、やはり水商売の女だからな、という疑いの気持ちもあった。副島の愛人であるというのも、大きく差し引くべき要素の一つだった。

でも、結局は逆らえなかった。その黒目勝ちの目に。華奢《きゃしゃ》な手の重みに。少しかすれた、寂しげな声に。

「うん……一緒に、食べようか」

「よかった。今日は二人ですよ」

暖簾《のれん》をくぐり、店主に「こんばんは」と言った瞬間が、一番照れ臭くもあり、誇らしくもあった。奥さんには「あれ、一緒？　知り合いなの？」と訊かれた。俺は「ええ」としか返さなかったが、瑶子は「一緒です」とか「お仕事で知り合いなんです」とか、いちいち答えていた。

俺は小上がりの、いつもの席に瑶子を通そうとしたが、それは駄目だと彼女は言う。

「酒屋さん、奥入ってください」

「あ、俺、村瀬っていいます」

どうぞどうぞ、とやっていた瑶子の手が止まる。

「……ムラセ、さん？」

「そう、村瀬。とにかく、奥入って」

「んー ん。私、こっちでいいです」

「お店じゃないんだから。こういうところではさ、女の人が奥でいいんだよ」

それに、と俺は、少し彼女に顔を近づけた。

「……君がそこに座ってるの、何度か見て、知ってるんだ。だから、今日もそっちに座って。そこは、君の席だよ」

また目だけを見開いて、思考停止の顔になる。

「知ってた？　前から、知ってたんですか」

「うん……っていっても、一、二回、見ただけだけど」

ちょっと眉をひそめ、瑶子は口を尖らせた。

「なんで、そのとき声かけてくれなかったんですか。私、ずっと一人は寂しかったのに」

そこに、奥さんが割り込んできた。

「ちょっとちょっと、立ちっぱなしでどうしたの。いいじゃない、瑶子ちゃん。ほら、奥に座らせてもらいなさいよ。レディファーストだもん。いいのよ、女の子が奥で」

渋々ながら納得し、瑶子はサンダルを脱いで奥に入った。

だがレモンサワーと生ビールを注文し、改めて向かい合っても、まだ瑶子は口を尖らせていた。

「……私が一人でいるの、見てたんですか」

一人で帰っていくのも、男と部屋に入っていくのも見ていた。

「うん……でも、そのときは名前も知らなかったし、なんて声かけていいか、分からなかったし」

嘘だ。それより前に名前は知っていた。

「そうか……でも、いいです。今日、一緒に食べれるから。村瀬さんも、いいですか？」

何が訊きたいのか真意は測りかねたが、でも小首を傾げる仕草《しぐさ》が妙に可愛くて、思わず、笑ってしまった。

「なんで笑うんですか。失礼ですよ」

「ごめんごめん。別に……なんでもない」

料理を頼もうと言って、俺は壁に並んだ短冊《たんざく》を見上げた。瑶子は「誤魔化さないでください」と言いながらも、「私はいつもこれを頼みます」とホッケを指差した。俺もいくつか好みのものを挙げて、奥さんに頼んだ。

その後も瑶子はあちこち短冊を指差し、明太子ってなんですか、これはなんて読むんですか、と質問を繰り返した。味噌田楽《みそでんがく》がどうしてもイメージできないらしく、美味しいですか、追加で頼んで大丈夫ですか、と真剣な顔で訊く。

「うん、じゃあ次に頼もう」

「私が駄目だったら、村瀬さん、食べてくれますか」

「いいよ。好きじゃなかったら、俺が食べる」

そこまで約束させて、ようやく「よかった」と壁に寄りかかる。

後ろ姿だけでなく、こうやって向かい合っても、やっぱり無防備な娘なんだな、と思った。だからこそ、男は彼女を見守りたくなる。手を差し伸《の》べたくなる。

ただ、アンジェリカで働いているときは、さすがにこうではないのだろう、とも思った。もう少し口数を少なくし、もう少し利口そうに取り澄まし、ときどき大きく開いた胸元を気にしながら、客の話に相槌《あいづち》を打ち続ける。そんな感じではないだろうか。そういう方がいいとは、俺は微塵《みじん》も思わないが。

いま目の前にいる瑶子は、俺のオーダーしたカニクリームコロッケを、やや大きめに頰張ったところだ。

「あふっ……でも、美味《おい》ひ……はふっ……」

舌を火傷《やけど》しそうになったのか、慌ててレモンサワーをひと口含む。頰をリスみたいに膨らませ、数秒そのまま静止。舌を冷やしているようだった。

ようやく飲み込むと、すぐに俺を睨《にら》みつける。

「んもう……熱いなら、熱いって教えてくださいよ。中国では、こういうの食べませんから、知らないですよ」

そうか、やっぱり中国人だったのか。しかし、だ。

「もう中国にだって、コロッケくらいあるだろう」

「私の生まれたところには、なかったです」

「生まれたの、どこ」

「北京とか上海《シャンハイ》じゃないから、知らないですよ、日本人は。物凄い田舎ですから。だから、トンカツも知らなかったし……そう、これも知らなかった」

瑶子が指したのは中濃ソースだ。

「これは、ほんと素晴らしい。これをかけると、なんでも美味しくなりますね。日本にきて、初めて知りました」

確かに。中濃ソースは日本では当たり前だけど、海外ではほとんど販売されていないと誰かから聞いたことがある。

「そっか、ソースがお気に入りなんだ……瑶子ちゃんは、日本にきて何年？」

自分としては、ごく普通の質問をしたつもりだった。目つきが険しくなったのは、ひょっとして、俺が馴《な》れ馴《な》れしく「瑶子ちゃん」と呼んだのが気に喰わなかったからか、とも思った。

でも、そういうことではないようだった。

「……まだ、そんなでもないです。まだ、ほんのちょっとですよ。慣れないこと、多くて……」

このとき改めて、俺は彼女が外国人であることを強く意識した。何年いるとか、どういう資格でいるとか、そういうことが日々の生活に密接に関わる、在留外国人なのだと。

それからも、瑶子とは「たかはし」でたびたび顔を合わせた。

一時間か二時間、他愛もない話をしながら飲み、会計はいつも割り勘にした。

店を出て、三つ先の角まできたら、別れる。

「おやすみなさい」

「おやすみ。暗いから、気をつけてね」

それ以上の関係は、望んではいけないと思っていた。でもこの関係だけは、失いたくないと思った。

あれはその年の、八月の終わりのことだった。

どういうわけか会社の営業マンから、「紗那梨」の秋メニュー試食会に参加しないかと誘われた。

「え、なんで俺なんか」

「富士見フーズがさ、普段配送とか受発注で世話になってる人にも食べてもらいたいって、営業以外の人間にも声かけろっていうんだよ……ちなみに村瀬さん、専務の副島さんと、面識あるの？」

頭に浮かんだのは、もちろん瑶子のことだった。彼女と「たかはし」で会っていることを咎《とが》められるのではないか。そんな想像が働いた。でもすぐに、アンジェリカのトイレ前のことも思い出した。面識は、確かにある。名刺ももらっている。

「ええ……ちょっとだけお会いして、名刺をいただいたことは、あります……けど、それだけです。副島専務が、何か」

「うん。うちは、池袋の配送担当者を呼んでくれって、俺が直接言われちゃってさ。今週、三十一日の金曜なんだけど、空いてる？　空いててくれないと、困るんだよね。何しろ、得意先の専務のご指名なんだから……いいよね？　出てくれるよね？」

多少の気まずさはあるものの、どうしても断らなければいけないほどの理由もなかった。どんな恰好でいけばいいのかと訊くと、普段着でいいという。その営業マンも、たぶんポロシャツにカジュアルパンツでいくという。

「なら……はい、分かりました。伺います」

そして金曜。俺は中野にある富士見フーズ本社で行われた、その試食会に参加した。

ちょっと広めの会議室の片側に、パーティのバイキング形式で料理が並んでいた。ただし、一品ごとに調理スタッフがついていて、盛り付けながら説明をしてくれる。

「こちらは、三種のチーズと生ハムのフライになります。こちらの、トマトソースでお召し上がりいただきます。少し辛目がよろしければ、このチリペーストをお好みで加えてくださいませ」

ちょうどその、揚げ物を食べているときに声をかけられた。

「……やあ、久しぶりだね、きみ」

副島だった。いかにも仕立てのよさそうな光沢のあるスーツを着ているが、ワイシャツのボタンは三つも開いていた。顔もかなり赤い。すでにだいぶ上機嫌のご様子だ。

とりあえず、瑶子のことはないと思っていいか。

「ご無沙汰《ぶさた》しております。越田酒店の、村瀬と申します。その節は、大変ご無礼をいたしました」

副島は大袈裟に手を振った。

「いいのいいの、こっちも遊びだったしさ、それはいいの。ただ、取引のある越田さんの人だったからさ。ちょっと、声かけたくなっちゃっただけ……どう、食べてる？　美味い？」

「はい、どれも美味《おい》しいです」

お世辞でなく、どの料理も美味いと思っていた。まあ、俺に褒められたところで、営業戦略的にはなんの参考にもならないだろうが。

副島の背は、俺より十センチ以上低い。彼は肩を組もうとしたが、若干つらそうではあった。

「じゃあさ、今度さ、俺のお気に入りの店、連れていくよ。こんなのよりさ、もっと美味い料理出すとこ、いっぱいあるから。きみ、何が好き？　中華好き？　酒？　それともこっち？」

いいながら、小さく胸の辺りで小指を立ててみせる。昔、飲み屋やキャバクラで働いていた頃はこういう酔っ払いオヤジをよく見かけたが、越田に入ってからはめっきり出くわさなくなっていた。ある意味懐《なつ》かしくはあるが、決して愉快とはいえない。

「ありがとうございます。私は……なんでも」

「そっか。なんでもいいのか……そんな、なんでもいいなんて言っちゃったら、あとが大変だぞ。世の中には、君の知らない世界が、いっぱいあるんだから……それまで知らなかった、幻の味、目くるめく快楽の世界……いいよ、連れてってやるよ。目覚めちゃうぞ、新しい悦《よろこ》びに。もう、虜《とりこ》になっちゃうからな」

なぜだ、と思った。

瑶子に男がいるというだけで決して嬉しくはなかったが、せめて尊敬できる人物であってくれれば、諦めもついたと思う。敵《かな》わないと認めることができたら、少しは楽になれたと思う。

いや、今も敵わないとは思っている。俺には金がない。腕力もないし、権力もない。副島より背はちょっと高いが、でもそれだけだ。他と比べて目立つほどスタイルがいいわけでも、顔がいいわけでもない。

でも、それでも思ってしまう。

瑶子。何も、こんな男と付き合わなくたっていいじゃないか。金持ちが条件なんだとしても、もうちょっとマシな男はいるだろう。アンジェリカの客にだって、探せば何人かはいるはずだ。

それとも、普段は違うのか。今日はたまたまこんなふうだが、いつもはもうちょっとまともなのか。ああ、そうかもしれない。いくらなんでも、いつもこの調子じゃ、男として以前に、社会人としてどうかと思う。

そうだ。きっと、普段はもうちょっとマシな人なんだ。

素面《しらふ》のときは優しいとか、紳士だとか、何かしら魅力的な面が、一つくらいあるに違いない。

7

指揮本部に設置された無線機器には、ヘッドホンをかぶった担当係員が夜通し張り付いている。捜査一課長、管理官、係長クラスの幹部も、すぐ近くの指揮デスクで情報の整理に当たっている。富士見フーズ本社、代表取締役である中江弓子の自宅、マル害となった副島孝の自宅にも捜査員はもぐり込んでいる。村瀬のアパート近くにもひと組いっている。

誰もが次なる展開を待ちながら、同時にそれを怖れてもいる。

特に幹部は、こちらからマル被にアプローチすべきかどうかを繰り返し協議していた。先の金本の発言ではないが、双方ともメールで相手に意思を伝えることはできるのだから、こちらから発信して事件を動かすというのも手ではある。ただし、それをいつ、どういった内容ですべきか。その判断は難しい。

一方的に「副島と村瀬を助けてください」とこちらの要求を押しつけるだけでは、かえってマル被の態度を硬化させる恐れがある。やはり、金の用意ができた、受け渡しはどうしようか。そういう交渉の中でしか、事態を進展させることはできない。幹部はそう考えているようだった。

しかし、一度「まだ金の用意はできていない」と伝えてしまった以上、翌朝の九時を待たずに「金ができた」と伝えるのは逆に不自然である。警察が関与し、特別に用意することはむろん可能だが、そもそも警察には知らせていないという前提で話しているのだから、やはり明朝までは身代金授受の交渉はすべきではない。

本社、社長宅、副島宅、村瀬宅。各所から定期的に「異常なし」の報告が入ってくる。事件は膠着《こうちゃく》状態のまま、一分、また一分と時間だけが過ぎていく。

一応、久江たち待機要員は道場で仮眠をとっていいことになっていた。自分たちの出番は、大まかにいったら身代金授受の現場か裏付け捜査ということになるが、その両方とも夜中のうちは可能性が低い。いきなりマル被が特定され、居場所も判明し、確保に向かうとなったら駆り出されるだろうが、それも現状ではありそうにない。

確かに、眠い。やるべき仕事もなく、指揮本部にいてもなんとなく様子を窺っているだけ。お茶汲《く》みや弁当出しも中野署の女性係員がやっているので、そういった雑事の出番すらない。要するに、事件が動くまではかえって邪魔者。大人《おとな》しく道場で雑魚寝《ざこね》でもしていろ、というのが幹部の本音だろう。

そうはいっても、女性捜査員が男性捜査員と同じ畳に寝転ぶわけにはいかない。特に若い子は。

しかしそこは、ちゃんと中野署側が配慮してくれた。

「あまり広くはないのですが、仮眠室を空けましたので。指定捜査員の方でお使いください」

見回すと、たまたまその場では自分が一番年長な感じがしたので、代表して久江がその警務課主任に礼を言っておいた。

「ありがとうございます。では、遠慮なく使わせていただきます」

講堂の一つ下の階にある、十畳ちょっとの和室。たぶん、普段は宿直の男性署員が仮眠をする部屋だ。むろん、ここだけで指定の女性捜査員全員が寝られるわけではないのだが、こういった気遣《きづか》いはやはり嬉しい。

張り込みと宿直が続いた挙句《あげく》この指揮本部に入り、丸三日寝ていないという子もいた。座ってうたた寝ができるだけでもありがたいだろう。

「あなた、先に休みなさい。なんか顔色悪いわよ」

光が丘署の高井《たかい》巡査長。二十代半ばの、久江からしたらまだまだ駆け出しといっていい年頃の刑事だ。

「いえ、大丈夫です。あの……魚住部長、お先にどうぞ」

知り合いでもなんでもないが、ちょっと挨拶をしただけで名前と階級をちゃんと覚えている。しっかりした子だ。

「私は大丈夫よ。この道ウン十年のベテランなんだから」

ウン十年は言い過ぎか。刑事歴は、十八年とかそれくらいだ。

遠慮する高井を無理やり和室に押し込み、他にも明らかに電池切れといった様子の捜査員に仮眠を勧め、久江は一人、署の一階に下りた。

こっそり裏口から出て、辺りに灰皿を探す。最近はどこの署も庁舎内を禁煙にしており、喫煙所はたいてい署の裏側、駐車場の一角に置かれている。

そういえば、本部の健康管理本部か何かが調べたところによると、警視庁はいまだ一般企業より十パーセントも喫煙率が高いという。同部主導で禁煙キャンペーンなども行っていたが、はて、あの企画はどうなったのだろう。効果はあったのだろうか。

案の定、灰皿はあった。簡易物置の軒下に銀色のそれはあり、三人の男性が囲んでいた。しかも同時に、よく知った顔がその中にあるのも見つけてしまった。

「……あれぇ？　金本さん、タバコやめたんじゃなかったの？」

久江の方を向き、慌ててタバコを灰皿に持っていくが、今さら捨てても遅いと悟ったのだろう。金本は短く舌打ちしてから、またそれを口に戻した。

さらに意地悪く、久江はわざと顔を覗き込んでやった。

「ちょっと前、家を買ったのをきっかけにやめたって、大威張《おおいば》りで言ってたじゃない」

言いながら、自分もポケットから箱とライターを出す。一緒にいた二人は金本と久江の関係を測りかねているのか、キョトンとした顔で金本を見ている。

「……こいつも、元は一課員だ。今は練馬の強行班にいる」

「あ、そうなんですか」

二人は納得顔で久江に頭を下げた。

「七係のウノです」

「同じくワタナベです」

よく見れば、二人とも明日一緒に村瀬の身辺捜査をする捜査員だった。歳の頃は、ウノが三十代半ば、ワタナベが三十そこそこといった感じか。

「ああ……明日、よろしくお願いします。練馬署の魚住です」

挨拶もそこそこに、二人はもうひと口ずつ吸ってタバコを灰皿に落とした。

「じゃ、自分たち、先に戻ってますんで」

金本は「ああ」と低く応じ、小さく手を挙げた。久江とも軽く会釈《えしゃく》を交わすと、二人は裏口から庁舎に入っていった。

ようやく、久江も一本銜《くわ》えた。

金本が、火を点《つ》ける久江の手元を、じっと見ているのが分かる。

「俺さ……家、出たんだ」

「えっ？」

あまりの唐突さに、危うく煙を全部吸い込みそうになった。

「ンッ……ちょっと……」

勢いよく吐き出し、すぐに訊く。

「何それ。だって、ちょっと前に家買ったばかりで、それで禁煙したんだって、幸せそうに言ってたじゃない」

「家を買うのと禁煙と、幸せそうは繋がってねえだろ」

「繋がってるよ。なんで、なんでよ」

金本の奥さんも元は警察官だ。歳は、確か金本の三つ上くらいではなかったか。

「なんでって……なんでだろうな。俺にもよく分からねえ」

「家を出たって、別居ってこと？」

「まあ、そういうことになる、かな」

「なに、原因は。浮気でもバレた？」

「そんなんじゃねえよ。俺もしてねえし、あいつもしてない。そういうことじゃなくてよ」

「だったら何よ」

「お前、別居とか離婚の原因、浮気しか思いつかねえのかよ」

「だって……」

私とはしたじゃない。そう思いはしたが、むろん口には出さない。

金本は、いつのまにか燃え尽きていたタバコを灰皿に捨てた。

「なんか、一緒に暮らしてる意味、分かんなくなったんだってさ。ま、俺も特捜入りしたら、ほとんど帰らないわけだし」

そう。金本は他の捜査員が家に帰っても、自分だけは署に泊り込むクチだった。

「出てくって言うからさ、それはさすがに体裁《ていさい》悪いんで、俺が他に部屋借りるって言ったんだ。なんつーか……あれだな。一人で暮らしてみて、大して気分が変わらないってのも、案外ショックなもんだな。ほんとだ、一緒にいてもいなくても、大して変わらねえや、って……子供でもいたら、また違ったんだろうけど」

ポケットから箱を出し、もう一本火を点ける。そうか。家を出たから、もう禁煙の必要もないと。そういう話か。

はぁーっと、溜め息のように吐き上げる。

「……家族ってほど、繋がってなかったんだな、よく考えてみりゃ。それでも、よく持った方だと思うぜ、逆に。今のうちに別れときゃ、退職金まで毟《むし》り取られなくてラッキー……って、喜んだ方がいいのかね」

離婚は疎《おろ》か、結婚の経験もない久江には、なんのアドバイスも浮かばない。どう慰めるべきか、いや、慰めるべきなのかどうかも、皆目《かいもく》分からない。

「ま、心配すんな。それでも仕事はちゃんとやってるから。明日の身辺捜査だって、きっちりやるよ」

「別に、心配なんて……してないけど」

それは嘘だ。明らかに今、自分は彼のことを案じた。

何か、この人のために言えることはないか。そう考えた。


あれは、ちょうど三十の年だったから、かれこれ十三年も前のことになる。当時久江は捜査一課殺人班九係、金本は六係に配属されて数ヶ月経った頃だった。

なぜか都内で殺人事件が頻発した時期で、一課の人員配置はもう滅茶苦茶になっていた。係単位での運用はもはや不可能な状況で、捜査に目星がついた特捜から三人、所轄署員が多く確保できた特捜から二人引っ張ってきて新しい特捜を設置する。捜査が長引いた特捜から半分引き揚げて、別の特捜に投入する——あらゆる特別捜査本部が、そんな寄せ集め状態で運営されていた。

久江と金本もまた、そういった流れの中で同じ特捜に入ることになった。夜道で四十代のサラリーマンが刺殺されるという痛ましい事件だったが、捜査そのものはとんとん拍子に進み、犯人は三日ほどで逮捕された。

決め手になったのは、両者が直前に立ち寄ったコンビニエンスストアの防犯カメラ映像だった。

マル害が車に乗り込む際に開けた運転席ドアが、ちょうど隣に停まった犯人のバイクに接触。口論となったが、マル害はその場から車で逃走。怒りの収まらない犯人はバイクで追いかけ、三つ先の赤信号で追いつき、そこでまた口論になった。マル害は決して謝ろうとせず、犯人はそれが赦《ゆる》せなくなり、結局刺してしまった——そんな事件だった。

事件自体はやりきれないものだったが、スピード解決というのもあり、特捜の解散式は明るい雰囲気の中で執《と》り行われた。久江はさして逮捕には貢献できなかったが、金本はカメラ映像の解析などを手掛け、刑事部長賞で表彰されることが決まっていた。

署の講堂での宴を終え、その後は家路につく者、さらに繁華街へと繰り出す者と様々だったが、久江はひと言、金本におめでとうを言いたくて、署から出ていく集団の中に彼の姿を捜した。

駅に向かう一団の中に、その背中はあった。

最初は、同じ係の仲間と飲みにいくように見えた。だったら、あとから自分がその店に合流してもいいし、追いつけるなら途中で声をかけてもいいと思った。だが彼は、途中からフラフラとその一団から離れた。駅方面から逸《そ》れる小道を曲がり、やがて小さな児童公園に入っていく。飲み過ぎて気持ちが悪くなったのかな、と思った。介抱してあげなきゃいけないかな、とも思った。

あとから公園に入ってみると、金本は植え込み近くにあるベンチに座り、両肘《りょうひじ》を膝につ
いてうな垂れていた。

「……金本さん、大丈夫？」

久江が隣に座っても、金本は顔も上げなかった。相当気持ち悪いんだな、と思い、久江は
彼の背中をさすった。

そのとき、いきなり抱き寄せられた。

「魚住……俺、寂しいんだ」

むろん、彼に奥さんがいることは分かっていた。付き合いが長いわりに家庭の話はあまり
聞いたことがなかったが、ひょっとして上手くいっていないのかな、だから寂しいなんて言
うのかな。久江が考えたのはそんなことだった。

だが、金本が言ったのは、そういう意味ではなかった。

「捜査で、家に帰れないのは、慣れてる……それは別に、平気なんだ。でも……池袋から、
本部にきて……お前と、別々の係になって……お前と、いつも一緒にはいられなくなって、
初めて、分かった……お前と、毎日一緒にいられた、あの頃……俺は……」

なんの抵抗もせず唇を受け入れた自分が、今となっては不思議でならない。金本のことは
確かに好きだった。勢いで突っ走る強引なところもあるけれど、でも男らしい、警察官らし

い、強い人だと思っていた。尊敬もしていた。

そんな彼に「寂しい」と抱きつかれたことが、嬉しかったのかもしれない。奥さんより自分の方が、刑事としての彼を理解している。女としても支えてあげられる。そんなことに優越感を覚えたのかもしれない。あの頃はまだ久江も、そこそこ細身だった。金本の奥さんと比べたら六つも若い。嫌らしい話だが、そういう自信もちょっとはあった。

「いいだろ……魚住」

当たり前だが、不倫という行為に後ろめたさはあった。警察官としてしてはならない行為だし、それ以前に人として赦されるべきことではない。でもこのときは、明らかに甘い興奮に酔っていた。背徳の苦味も、その甘さの引き立て役にしかなっていなかったように思い起こされる。

しかし、その優越感も甘い興奮も、しょせんは邪悪な思い込みに過ぎなかった。

ホテルから別々に出て、独りになって、初めてそのことを実感し、怖くなった。その邪悪を許した自分に、冷たい驚きすら覚えた。

大袈裟でなく、生きた心地がしなかった。金本の家庭、自身の将来、二人の警察官としての立場、自分の親、金本の親、金本の奥さんの親。急にいろいろな想像が脳内を駆け巡り、アスファルトの地面が抜け落ちるような、浮遊感とも、墜落感ともいえない奇妙な不安定さに身が竦《すく》んだ。

金本と寝たこと自体は、後悔していない。あのときも、今も。でも、続けなくてよかったとは思っている。その後も金本は何度か誘ってきたが、久江は二度と応じなかった。言い訳はそのときどき、様々だったが、先輩後輩とか、仲間とか、そういう元々の関係に、意外なくらい上手く戻れたと自分では思っている。そのお陰かは分からないが、少なくとも現在まで、彼は離婚せずに家庭を守ってきたわけだし、そこに自分が負うべき罪がないことには安堵すら覚える。よかった、何も壊さなくて。狡《ずる》いのは分かっているけれど、心底そう思う。

そう。金本とは今の関係でいいのだと、納得している。

なんと、村瀬邦之の自宅は練馬区桜台。久江の本籍、練馬警察署の管内にあった。小さな商店の並ぶ通りから一本入った、二階建ての木造アパートだ。

先発の組は向かいのマンション管理人に事情を説明し、非常階段の踊り場を借りて張り込みをしていた。

「……お疲れさんです。様子はどうですか」

六人でぞろぞろいくのは得策でないと金本が判断し、ここには宇野の組と四人でやってきた。ちなみに渡辺の組は練馬区役所に先回りさせている。

徹夜で張り込みをした西川《にしかわ》と新田《にった》という二人のデカ長は、上り階段の壁に隠れ、「いてて」と腰を伸ばした。西川は、久江もよく知っているベテラン刑事だ。

「……なんにもナシだ。ずっと留守みたいだな」

「そうですか。じゃ、ご苦労さまでした。宇野の組と代わって、西川チョウはいっぺん中野に上がってください」

隣で宇野がペコリと頭を下げる。

「おたくらはどうするんだ」

「俺たちは、役所が開いたら村瀬の戸籍をとりにいきます。会社側に履歴書を出させたら早いんでしょうが、それもやっていいのかどうか、上は決めかねてるんですよ。内部の者の犯行とか、内通者とかが怖いんでね」

西川が眉をひそめる。

「もう、そういう筋の話になってるのか」

金本はニヤリと唇を歪めた。

「いや、全然分かんないです。身代金の要求が家族じゃなくて、社長にいったところに引っかかっちゃってましてね。筋が読めないから、下手に下命できないんです」

「すっかり腰が引けちまってるな」

「まったくです」

現場で交わした会話はそれくらいで、宇野の組をその踊り場に残し、四人で練馬駅に向かった。

距離が中途半端なのでタクシーを使った。ものの五分ほどで駅前に着き、西川の組とはそこで別れた。彼らは大江戸線で中野坂上までいくと言っていた。

だが久江たちは駅に向かうわけでも、ましてや練馬署にいくわけでもない。渡辺たちが待っている区役所に直行する。時計を見ると九時五分前。時間もちょうどいい。

すべて、予定通りだった。

なのに久江は、ふと妙な気分に見舞われた。

練馬駅前にいながら、練馬署にはいかない自分。

頭に浮かんだのは、やはり峰岸の顔だった。営利誘拐特別警戒態勢の実施により、昨夜は峰岸も署に泊り込んだものと思われる。今も何か事件が起きていなければ、署のデカ部屋に詰めているはずだ。

その練馬署には足を向けず、自分は金本と練馬区役所にいこうとしている。仕事だから当然だ。それは分かっている。でも、何か後ろめたいような、割り切れない気持ち――なんなのだろう、これは。別に、浮気をしてるわけでもなんでもないのに。

「おい、どうした。いくぞ」

「……あ、はい」

そう。今は誘拐事件の捜査中なのだ。浮ついたことなんて考えていたら駄目だ。

練馬署に背を向け、目白《めじろ》通りに抜ける道を左に曲がる。

「金本さん、こっちの方が近いです」

「あっそ」

五分ほどして区役所に着いてみると、渡辺一人が玄関前で待っていた。

「……金本主任、遅いですよ」

言われて、金本がちらりと腕時計を見る。

「そんなことねえだろう。ちょうどぴったり……」

「俺もう、開くと同時に突入して、札出しちゃいましたからね」

札というのはこの場合、捜査関係事項照会書のことである。これによって警察は、公務所や公私の団体に捜査上必要な記録の開示を求めることができる。

金本が辺りを見回す。

「相棒はどうした」

渡辺の相方は、臼井《うすい》という戸塚《とつか》署の若い巡査長だ。

「カウンターに張り付いて出てくるの待ってます」

「……朝一番から、嫌な客だねぇ」

「いきましょう。もうすぐ出ますから」

三人並んで玄関を入ると、確かに臼井は受け渡しカウンターの前に立っていた。ご苦労さん、と金本が声をかけると、臼井はピッと姿勢を正して一礼した。おそらく臼井は、ここで手柄を立てれば本部に引き上げてもらえるのではないか。そんなことを期待しているに違いない。そしてそれは、決してあり得ないことではない。実際、そういうチャンスをものにして本部に上がったのが金本であり、かつての久江だった。

「……お待たせいたしました」

本当にすぐ、目的の書類は出てきた。戸籍全部事項証明書と附票全部事項証明書。いわゆる戸籍謄本《とうほん》と戸籍の附表だ。

それと、住民票。

「ありがとうございます」

臼井が受け取り、そのまま金本に差し出す。

「どれどれ……」

まず住民票を見る。間違いなく、村瀬は先の桜台の住所で住民登録をしていた。それがそのまま本籍になっているようである。

次に、横書きの戸籍全部事項証明書を見ていく。本籍、氏名、生年月日、両親の名前。いや、村瀬は私生児だったのか、父親の欄には名前がない。桜台の前は千葉県松戸市に住んでいたようだ。誕生日からすると、現在は四十一歳ということになる。

しかし、驚くべきはその下だった。

「……村瀬、女房がいるのか」

そう、村瀬は去年の四月に結婚しているようだった。

しかも相手の名前は「楊白瑶《ヤンバイヤオ》」。中国人だ。出身が「中華人民共和国遼寧省」となっている。最後は「りょうねいしょう」と読むのだろうが、はっきりいって久江には中国のどこら辺にあるのかも分からない。結婚前の住所は練馬区北町二丁目。練馬区とはいっても、北町は光が丘署の管区。あの高井巡査長が所属する署だ。

白瑶は今年、二十七歳。

「ずいぶん、若い母ちゃんもらいやがったな……」

金本は言いながら携帯を出し、いくつかボタンを押してから左耳に当てた。相手が出なかったのか、一度切ってまたかけ直す。二度目は、ほんのワンコールで繋がったようだった。

「あもしもし、金本です。もう着きましたか……ああ、すんません。……いや、村瀬のアパートって、間取りどんな感じだったかなと思いまして」

どうやら、西川にかけたようだった。

「そうですか、分かりました……いえ、ちょっと気になったもんで。失礼します」

すぐに切り、久江の方を向く。

「あそこの間取り、六畳ひと間だってよ。かろうじてトイレと風呂はあるみたいだけどな」

なんと。四十一歳の男が、二十七歳の女と、六畳ひと間で暮らしていたわけか。でも、西川組が張り込みを始めた昨日の夕方から今朝まで、村瀬の部屋に出入りはなかったはず。とすると、白瑶は今現在どこにいるのだろう。夕方から翌朝まで家を空けるような仕事でもしているのだろうか。それとも、もっと前から何日も留守にしているのか。

楊白瑶とは、果たしてどんな女なのだろう。

8

この関係は、一体なんと言い表わしたらいいのだろう。

やはり、三角関係か。いや、副島と瑶子に肉体関係はあるだろうが、自分と瑶子にはない。だから、二人の男が一人の女を奪い合う、という図式ではない。三角関係といえるほど、自分は彼らの関係に入り込めていない。

そして自分は、双方と通じていながら、双方にそのことを明かしていない。瑶子は俺が副島と繋がっていることを知らないし、副島もまた、俺が瑶子とちょくちょく会っていることは知らないはずだ。そのことを俺は、あえて相手側に告げなかった。俺、瑶子と会ってるんです。俺、たまに副島さんと飲みにいくんだよ。そういうことはわざわざ言わない。言ったら、なぜそれを俺に言う、どうして私に言うの、となるだろう。そうなったら、だってあなたたち不倫してるでしょう？　と、実際に言いはしないだろうが、気持ちとしてはそうなってしまう。顔にも何かしら出てしまうかもしれない。それは、よくない。

そもそも不可解なのは、瑶子と副島が、俺のような男のどこを気に入って飲みに誘うのか、ということだ。

何度目だったか、「たかはし」で飲んだとき、瑶子に訊かれた。

「村瀬さん、メルアド交換しましょう」

クマやウサギの小さなマスコットをぶら下げた、白い携帯電話。それを無邪気に顔の横に並べ、瑶子は「ね？」と小首を傾げた。

「ああ……いいけど」

メールアドレスだと言ったのに、最初に打ち込まされたのは電話番号だった。「０８０」で始まる、十一個の数字。数字自体に意味なんて何もないのだろうけれど、でも最後が「８４８４」というところは、なんとなく瑶子らしい気がした。

「かけてください」

言われた通り、通話ボタンを押した。

「……はい、かかってきましたァ。これが村瀬さんですね。登録しますよ」

俺も慌てて、その番号を電話帳に登録した。名前は「瑶子」、シンプルに、それだけにした。

瑶子は、芝居だろうと疑いたくなるくらい、嬉しそうに笑った。

「これでいつでも、村瀬さんをご飯に誘えますね……いいですか？　私が一人が寂しい日は、村瀬さんをご飯に誘って、アリですか？」

そのとき、初めて気づいた。

俺は瑶子に向かって、笑みを浮かべていた。仕事中に作る、空元気《から》の営業スマイルとは違う。後藤なんかと、得意先の店長の悪口をいって爆笑するときのそれとも違う。

たぶん俺は、とても柔らかく、穏やかな笑みを、瑶子に向けて浮かべていたのだと思う。

自分を優しい人間だなどと思ったことは、それまで一度もなかった。取り立てて悪い人間だとも思わないが、あえて褒められるほどの善人でもない。飢えるほど困窮してはいないが、金持ちには程遠い。仕事にやり甲斐《がい》を感じているわけでも、人生に希望を持っているわけでもないが、世の中を憎むほどの絶望もしていない。おそらく、社会は俺の存在なんて必要としていないだろうし、俺もまた、社会に確固たる居場所なんて求めてはいなかった。死ぬのは怖いし苦しそうだから、なんとなく生きている。自分はその程度の人間だが、それの何が悪い、と開き直る気持ちもあった。

瑶子と出会って、少しずつだが同じ時間を過ごすようになって、何か変化があったかといったら、そういった部分ではないかと思う。

ここを、自分の居場所にしたい。一週間に、ほんの一、二回でいい。一回を長くも求めない。一時間とか二時間とか、それくらいずつでいい。自分という人間が優しくいられる、愛おしく思える、この瑶子と過ごす時間を、大切にしたい。

「……もちろん、いいよ。いつでも誘って」

よかった、と瑶子は両手の指先を合わせた。お願いのポーズにも、小さな拍手にも見える。

「じゃあ、じゃあ、メルアド交換、しましょう」

そうだね。それを先に、するんだったよね。


それまでは店で会うことなどまずなかったのに、あの秋メニュー試食会以降、副島とは頻繁に顔を合わせるようになった。

たとえば、「紗那梨」の池袋西口店。

「おお、村瀬くん。偶然だね」

会えば俺も、普通に挨拶はする。

「先日はどうも」

「今夜空いてるか。カニ食いにいこう、カニ」

副島の誘いはいつも唐突で、強引だった。

「え、いいんですか、俺なんか」

「約束しただろう、美味《うま》いもん食わせるって。まずはカニだ。ああいうもんはね、鮮度なんだよ、鮮度。産地より鮮度。これ間違いないから」

確かにその夜、副島に食べさせてもらったカニ料理は、三品目くらいまでは驚くほど美味《おい》しくいただいた。特に刺身は、これがカニかと認識を新たにするくらい、肉に濃厚な旨《うま》みが詰まっていた。だが、さすがに最初から最後まで、締めの炊き込みご飯までカニてんこ盛りだと、正直言って、飽きる。もうしばらくカニはけっこう、という気持ちになる。

「どうだ、満足しただろう」

満足はとうに通り越し、すでにアレルギーを起こしそうだった。

「はい……美味しかったです」

その一週間後には、北区の赤羽店で出くわした。

「おっ、村瀬くん、がんばってるね」

「あ、専務……先日はご馳走さまでした。もう俺、あんな美味いカニ、食ったことなか……」

「ウニ好きか。ウニ」

基本的に、人の話を最後まで聞く気はないらしい。

「ウニ、は……まあ、普通に」

「そりゃあれだ、本当に美味いウニ食ったことないからだ。よし、美味いウニ食わすよ。いや、ウニだけじゃないけどね。俺が日本一だって太鼓判を押す寿司屋だからさ、ネタはなんだって美味いけど、でもやっぱりウニなんだよなァ。ウニが分かってないとさ、寿司食ってる意味ないからさ」

なんとその日の夕方、会社の前まで車で迎えにこられてしまった。

「……副島さん、そんな」

「いいから乗れ。早く乗れって」

黒光りするレクサス。後部座席の窓を開けて手招きする副島は、レトロなティアドロップレンズのレイバンをかけていた。

「すみません、じゃあ……お邪魔します」

そのまま銀座に直行。道中はずっと寿司についてのレクチャー。醤油はネタにちょっとだけつけて、そのネタが舌に当たるように、引っくり返して口に入れる。じゃないと最初に味わうのがシャリになってしまう。それは寿司の正しい食べ方ではない、とかなんとか。

三十分ほどで着き、運転手には二時間したら迎えにこいと命じ、二人でその店に入った。

生ビールで喉《のど》を潤《うるお》し、さっそく刺身をいただく。

「どうだ。これが、本物のウニの味だ」

「……美味しいです。いや、なんていうか……こう、濃厚で、クリーミーですね」

本当は、そんなに感動していなかった。まあ、ウニなんてこんなもんだろう、くらいにしか思わなかった。俺はそれよりも、えんがわが美味かった。そっちの方がよっぽど感動した。

「な？　やっぱりウニだろう」

「ええ、やっぱりウニですねェ」

それでも、カニやウニを食わされているうちはまだよかった。ひやりとしたのは、店は汚いが味はいいという豚骨ラーメンを食べたあとだった。

「よし、キャバクラいくか」

「えっ、いや、そんな」

「遠慮すんなよ。知ってるだろう？　アンジェリカ。そりゃ知ってるよな、初めて会った店だもんなァ」

マズい。たぶん今日、瑶子は出勤している。

「……なんだよ、嫌いじゃないだろう、キャバクラ」

「あ、いえ、嫌いとか、そういうんでは、ないんで……」

「つべこべ言うなッ。ほら、いくぞ、ついてこい」

もう、本当に居たたまれなかった。

副島はピカピカのスーツだが、こっちは長袖Tシャツにジャンパー、ジーパンだ。しかも、普段は裏口から入って裏口から出ていく身だ。こんな、正面から入って、奥角の一番いい席に座って、何人も女の子を呼んで――。

「あらァ？　酒屋さんじゃなァーい」

真っ先に、俺に気づいたのはナンバーワンのエレナだった。

「ああ、どうも……」

「酒屋さん、じゃないだろう。今日はお客さまだぞ。ちゃんと、村瀬さんって呼ばなきゃ失礼だろう、この……無礼者めぇ」

そうだよねエ、ごめんなさァい、と謝りながらお絞りを渡す。ナンバーワンともなると、さすがに場の繕《つくろ》い方が上手い。声色《こわいろ》一つで空気を変えるという芸を持っている。他には北海道出身のリリカ、新人のアリサ、それと瑶子がついた。席順は左から瑶子、副島、エレナ、俺、リリカ、正面の丸椅子にアリサ、となった。

「でも知らなかったァ。副島さんと酒屋さんが仲良しだなんて」

「こらッ、酒屋さんじゃないって言ってんだろう。村瀬さんだろうが」

この夜、「酒屋さん」「違う村瀬さんだ」のやり取りは一体、何十回あったことか。終いには、いっそ「酒屋さん」と呼ばれた方が気が楽なんじゃないかとすら、俺は思った。

瑶子はそのしつこいやり取りを、他人事《ひとごと》のように背筋を伸ばして聞いていた。ときどき俺に笑みを向け、頷くような瞬《まばた》きをしてみせる。分かります、つまんないでしょう、私もそう思いますよ——そんなふうに言われているようで、俺はなんだか嬉しかった。そしてそれが、その場で唯一の救いになっていた。

話が面白いわけでもない。特別美味い酒があるわけでも、料理があるわけでもない。ただ馬鹿な冗談を言い、それに合わせて笑う。たまに女の子が「男って」と分析めいた話をすると、副島が「お前は分かってない」と反論する。意見を潰《つぶ》す方も潰される方も、分かった上でやり取りをする。いわば芝居だ。楽しいでしょ、楽しいなァ。そういう芝居だ。

仕事だから、瑶子もたまには口をはさむ。

「ええー、そうなんですか。知らなかった」

「分かんないです。なんですか？」

「ところが、私もパンダ、見たことないんですよ」

「それは知ってます、大阪城でしょう？」
二、三回馬鹿にさせておいて、一回は利口なところを見せる。どうも瑶子は、そういう芸風のようだった。ここで働き始めて何年かは知らないが、試行錯誤の末行き着いたのが、このスタンスだったのだろう。
でもやはり、俺はいつもの瑶子の方が好きだった。

なんで烏龍茶《ウーロン》は日本でこんなに流行ってるんですか？　東京には全然畑がないですけど、どこまでいったら見れますか？　コース料理で、フォークとナイフが一杯のとき、あれはどうしたらいいですか？　ウォシュレットってくすぐったくないですか？

俺が思わず吹き出すと、瑶子は必ず「失礼ですよ」と口を尖らせる。それもお決まりの芝居といえばそうなのだが、でも楽しかった。笑ってないでちゃんと教えてください。そう真剣に言う瑶子が、俺には堪《たま》らなく、愛しく思えた。

それでも——そう。瑶子は、副島の女なのだ。

「なあ、瑶子。沖縄いこうか、沖縄」

瑶子も抵抗せず、副島に肩を抱かれる。隙間《すきま》から胸が覗けそうなくらい、ドレスの胸元が膨らむ。でもその胸元を押さえようとは、あえて瑶子もしない。

「……私、泳げないですから」

「知ってるよ。だから、泳げなくたっていいんだって。青い空、青い海、乾いた潮風、涼しい木陰……そういうもんだろう」

「でも、日焼けするのはよくないですから、冬にいきましょう」

「冬に沖縄いってどうすんだよッ」

まあ、これに関してはどっちもどっちか。


別の日には、ソープランドにも連れていかれた。

「どうよ、美形揃いだろう。どれでも好きなの選びなよ」

「えっと、じゃあ……この娘。ルナさん」

「おや、村瀬くん、君は意外とおっぱい系にいくんだね。俺はもっと、スレンダー系が好きなのかと思ってたよ」

わざとだ。わざと瑶子とは違うタイプの娘を選んだのだ。

「よし、じゃいくか……ズンズン、ボンボンボーン、って」

そういう下品な冗談も一々笑ってやらなければならないのだが、さすがにこの頃には俺も慣れていた。副島の、夜遊びのお供。社の若いのを連れ歩くより、俺のような一見関係ない人間の方が副島も気が楽なのだろうと、俺は解釈するようになっていた。

副島は中でも一番若い娘を選び、俺たちはそれぞれ別の個室に入った。

「……変ねえ。お客さん、全然元気にならないのねぇ」

そのルナという娘も、そっち系が好きな人にとっては充分魅力的な女性だったと思う。グラマーだし、目はぱっちりと大きいし、ちょっと厚めの唇だって、見ようによってはセクシーだ。ただ、俺にとってそっち系の女性はすべて「スノーマン」でしかない。豊かな胸も、食べきれない量の餅を無理やり押し付けられているようで、正直、何一つ興奮しない。

「あれ、おかしいな……疲れてんのかな。ごめんね」

むろん、そんなことを副島に言いはしない。

「……いや、もうこんなですよ、こーんな。最高っすよ」

副島にはちょっと変わったところがあって、終わったことの感想はひと言聞けば満足らしく、すぐに「そっか、じゃあ次にいこう」となるのが常だった。だから、まるで遊園地で乗り物を次々と乗り換えるように、ひと晩のうちに何軒も連れ回されることになる。

この日、ソープのあとに入ったのは、渋いショットバーだった。

カウンターに座り、バーテンに一本指を立ててオーダーする。

「俺は、バランタインをロックで。村瀬くんは？」

「えっと、じゃあ……ビールで」

こういうところで、お気に入りのウイスキーの銘柄をさらりと言えたらいいのだろうが、あいにく俺はほとんどウイスキーを飲んだことがなく、味の違いもよく分からなかった。たぶん角のハイボールとトリスのそれを出されても、どっちがどっちかなど言い当てられないと思う。

「じゃ、乾杯」

「お疲れさまです。乾杯……いただきます」

思えば、このときの副島はいつもと少し様子が違っていた。無理やり下品な冗談は言わなかったし、酒の不味《まず》くなるような蘊蓄《うんちく》も披露《ひろう》しなかった。黙って一本タバコを灰にし、ロックグラスを目の高さまで持ち上げる。氷をグラスの内側に巡らせ、その様子をじっと見ている。まるで、試験管に入れた薬液の反応を待っている科学者だった。

かと思うと、ふいに口を開く。

「……村瀬くん、今は、独身なんだよね」

確かに、そんな話をした記憶はある。

「ええ、独身です。っていうか、結婚したこと、ないです」

「付き合ってる女もいないってことで、間違いないよね」

「ええ、いないです。もう……だいぶ、長い間」

居酒屋のホールで一緒だった女の子と付き合ったことはあったが、正直、カノジョとか恋人といった存在がいたのは、そのときだけだ。あとは風俗か、AVで適宜《てきぎ》処理してきた。

副島はウイスキーを、口先ですするようにしてひと口飲んだ。

「……本当はさ、薄々知ってんだろ?」

そう言ってから、ゆっくりこっちに視線を据える。

いつになく、表情が真剣だった。

「えっ、何がですか」

「だから、俺と瑶子の関係だよ」

胸元を、スッと、よく切れる剃刀《かみそり》でひと掻きされた気分だった。

最初は縦に割れただけの、透明な皮膚。しかしその亀裂の奥に、赤い線が一本、細く入る。線は瞬《また》く間に太くなり、血は傷口の大きさを超え、やがて溢れ出す。

急に、何を言い出すんだ。瑶子の話なんて、今までほとんど、したことなかったじゃないか。それをいきなり、なんだ。

「あ、いや……それは」

「とぼけなくていいよ。瑶子とよく、居酒屋で飲むんだろう? 瑶子のアパートと、おたくの会社のちょうど中間辺りにある、『たかはし』とかいう貧乏臭《くせ》え店で……ああ、貧乏臭えとか言ったら悪いか」

動悸《どうき》が速くなり、血が、びしゃびしゃと傷口から噴き出してくる。

「それは、あの……瑶子、さんが、そう、言ったんですか」

「ああ。よく、村瀬さんとご飯するんですよぉ、って」

完全に、バレている——そうか、今日俺をソープに連れていったのは、そういう意味だったのか。瑶子から手を引け、女だったらああいうところにいくらでもいるだろう、俺がいつでも連れてってやるから、他人の女に手ぇ出すような真似するんじゃねえ。そう、副島は言いたかったのか。

「す……すみませんッ」

とりあえず謝って、それで済まないようだったらスツールから下りて、土下座《どげざ》くらいはしなきゃならないだろうな、と思っていた。そこで一発二発、蹴りを喰らうくらいは致し方ないとも思った。

だが、直後の副島の反応は、もっと意外なものだった。

「なんだよ……謝んなきゃならねえようなことまで、しちまったのかよ。村瀬くぅん、俺はそこまで、瑶子からは聞いてねえぜ」

「いえ、そんな……ほんと、『たかはし』でビールを飲む間、ほんの、一時間かそこら、晩《ばん》酌《しゃく》時の話し相手っていうか……いや、瑶子さんがそうだっていうんじゃなくて、俺が、話し相手をさせてもらってるっていうか」

副島は、笑った。

「なに慌ててんだよ。誰も駄目だなんて言ってねえじゃねえか。そうならそうって言ってくれって、そう言ってるだけだよ」

「あ、はい……すみません」

いや、でもちょっと待て。瑶子が俺とのことを副島に話したのだとしても、それで俺が、副島と瑶子の関係を知っているということにはならないのではないか。今ここで言われて、え、お二人は付き合ってたんですか、と驚いてみせたってよかったわけだ。鎌をかけられたのか。それとも、別に根拠があったのか。

しかし、俺がそんな何かを確かめる前に、副島は話を進めてしまった。

「村瀬くんさ……瑶子のこと、嫌いじゃないだろ」

は？　いま自分から瑶子との関係を明らかにしたばかりなのに、何を言っているんだ、この男は。

「あ、そりゃ、ええ……一緒に、酒を飲んだりは、するわけですから」

「はっきり答えろよ。嫌いじゃないんだろう？」

「あ、はい……嫌い、では、ないです」

「じゃあ好きか」

なんなんだ、一体。

「いや、そういう訊き方をされると……どうでしょう」

「あっそう。ま、それはどっちでもいいや。嫌いじゃないってのも、立派な一つの答えだしな。そこで一つ、村瀬くんに頼みがあるわけよ」

何やら、嫌な予感がしてきた。

「……はあ、なんでしょう」

「うん。その、瑶子とね、結婚してやってほしいんだ」

ハァ？　と、思わず大声をあげそうになった。だが実際には、声はまったく出ていなかった。

「村瀬くん、独身でしょう？　付き合ってる女性もいないわけでしょう？　だったらさ、とりあえずいっぺん、結婚してやってくんねえかな。ほら……俺には会社だって、家庭だってあるしさ。それに……今の会社の社長って、俺の嫁の姉さんなんだよ。嫁と別れるようなことになったら俺、会社役員の立場まで危うくなっちゃうんだよ。それはさ、ちょっとリスキーが過ぎるだろう？　そこまでして、俺が瑶子と結婚してやるわけにゃいかないだろう。なあ？　それは分かるだろう」

よく、分かる。あんたという人間が第一印象の通り、どうしようもない野郎だってことがよく分かった。

「でも……何も、無理やり結婚しなくたって」

「馬鹿、そうじゃねえんだって。結婚しなきゃマズいんだって。あいつさ、留学で日本にきたくせに、途中で大学いかなくなっちゃってさ、だからもう、とっくにビザ切れてんだよ。それ発覚したらさ、あいつ、強制送還になっちゃうんだぜ？　でもさ、それは可哀相《かわいそう》だろう。村瀬くんだって、それは可哀相だって思うだろう？」

さらに内緒話のように、こっちに口を寄せてくる。

「書類はさ、そっち系のプロが作るから、村瀬くんはそれに判押して、ちょっとさ、これだけは面倒かもしれないけど、一度だけ法務局で面接受けてもらって……でも、言ったらそれだけなんだよ。他に面倒なことなんて、なんもないから。それで、結婚さえしてくれれば……なんだったら、一回くらい抱いてもいいから……瑶子を」

カッ、と脳の中心が熱くなった。思わず、副島を睨みつけそうになった。だがなんとか、その衝動はビールのグラスから目を離さないようにして堪《こら》えた。

副島はまだ続けた。

「なんだったら、越田辞めてさ、ウチに入ってもらったっていいんだぜ。いくらもらってんの？　月給、越田から。言っても、ウチもそこそこ会社デカいからさ、周りとのバランスもあるから、あんまり無茶なことはできないけど、でも十万くらいの上乗せはできると思うよ。とりあえずどっかの店長やってもらって、しばらくしたらエリアマネージャー、みたいな。

な？　悪い話じゃないよなぁ？」

いや、悪い。

ただし、悪いのは話ではなくて、あんたという人間だ。

9

金本、渡辺、臼井と久江で、戸籍全部事項証明書を詳しく読んだ。

村瀬邦之の結婚相手、楊白瑶、二十七歳。

「この女が今どこにいるのか、確認する必要はあるな」

金本の言葉に、全員が頷く。

でも、と渡辺が書面を指差す。

「西川チョウの話では、村瀬の部屋への出入りは、昨日からなかったわけですよね」

「ああ。男女を問わず、出入りそのものが一件もなかったと。聞いた報告はそういうことだった」

「となると、泊り込みになるような仕事ってことでしょうか」

白瑶が外国人であることを考えると、看護師などといった資格の要《い》る仕事は考えづらい。

他に徹夜で勤務する仕事といったら、朝までやっている飲食店、カラオケボックス、レンタルビデオ店、コンビニもあるか。むろん、違法な風俗営業というのも充分考えられる。なんにせよ、勤務から上がって帰宅するまで待っていたら、桜台のあのアパート付近で接触できる可能性はある。

金本が携帯電話を構え、誰かにかける。

「……ああ、俺だ、金本だ。何か動きはあったか……あのな、実は戸籍を見たら、村瀬は結婚してることが分かってな……相手は二十七歳の中国人だ。顔も背恰好も分からないが、そういう女がいるってことには留意してくれ……よろしく頼む」

終了ボタンを押し、フウと息をつく。内容から、相手は桜台に残してきた宇野だろうと察した。

久江が訊く。

「まだ、動きありませんって？」

「ああ。出入りはなしだって……あっちは宇野に任せて、俺たちはこっちを当たってみるか」

金本が指差したのは、白瑶《パイヤオ》が以前住んでいた住所だ。練馬区北町二丁目△－◎、クレール北町三〇三号。

一瞬、久江には金本の意図が読めなかった。

「なぜ、以前の住所を？」

「楊《ヤン》白瑶なる女がどういう人物なのかを、知っておく必要もあるかと思ってな。まだ結婚してから一年も経ってない。知っている人物が現地にいれば、情報も拾えるかもしれない」

なるほど。それは、確かにそうだ。

四人で北町二丁目まで移動する。クレール北町は、三階建ての小綺麗なマンションだった。ベランダの仕切りで数えると、ワンフロア五世帯。一階から三階まで几《き》帳面《ちようめん》にも同じ幅になっているので、計十五世帯か。白瑶の部屋は三〇三号だったのだから、三階の真ん中といったところだろう。

管理人室のようなものはなく、建物出入り口はオートロックになっているものの、集合郵便受けはそれより外に出ている。

いち早く確認にいったのは渡辺だった。

「あれ……三〇三号、楊さんになってますね」

どういうことだ。

全員で確かめにいく。確かに、三〇三号の箱に付けられたプレートには「楊」と書いてある。ただし名前はない。

「まだ家族が住んでる、ってことですかね」

久江が言うと、金本は眉をひそめながら首を傾《かし》げた。

「中国人ならな、あり得ねえ話でもねえけど、でもここも、なんとなく一人暮らし仕様って感じがするけどな」

あくまでも外から見た印象だが、ちょっと広めの１ＬＤＫといった間取りではなかろうか。だとしたら、村瀬のアパートよりこっちの方が、二人で住むには適していそうだ。

「金本さん。村瀬と結婚して、白瑶が桜台に引っ越すんじゃなくて、結婚して、村瀬がこっちに転がり込んできた、ってことだってあるんじゃないですかね」

「なくはない、かもな。こっからなら、東武東上線で池袋に出て、ＪＲに乗ってひと駅で大塚か。交通の便も、大して変わらんしな」

そんな話をしていると、中から一人、住人らしき人物が出てきた。細身で、ちょっと髪を伸ばしてはいるが男性だ。濃紺のブルゾンと、キャメル色をしたコーデュロイのパンツというコーディネート。背中にあるリュックタイプのバッグは、なんと革製。なかなかお洒落な青年だ。大学生だろうか。

「恐れ入ります」

率先して声をかけにいったのは金本だった。

「……失礼ですが、ここの、住人の方ですか」

言いながら警察手帳を開いて見せる。久江と渡辺、臼井は、会釈をしただけで身分証の提示は省いた。

青年は不安げに「ええ」と頷いた。

「そうですけど、何か」

「お部屋は、何階ですか」

「二階、です」

「三階の……？」

多少怪訝な表情はされたが、それでも青年は答えてくれた。

「二〇三、ですけど」

楊白瑶の真下か。好都合だ。

金本が続ける。

「ちなみに、真上に住んでいるのがどういう方か、ご存じですか」

「ええ、中国の方ですよね」

「男性ですか、女性ですか」

「女性、でしょう」

「女性、一人？」

「ええ、たぶん。ここってどの部屋も1LDKなんで、基本的に一世帯一人だと思いますよ」

村瀬がこっちに転がり込んだ、という線はハズレか。

「今も、女性が一人で住んでいる？」

「たぶん、そうだと思いますけどね。そんなに親しくもないんで、よく分かりませんけど」

「一番最近、見かけたのはいつですか」

「今朝も会いましたよ。ここのゴミの収集、朝八時頃なんで。住人はみんな、すべり込みで出しに出てくるんで。そのときに、いる人とはたいてい顔を合わせますね。よかった、間に合いましたね、って感じで」

村瀬はこっちにきていないが、白瑶は確実にこっちで暮らしている。ということは、なんだ。二人に夫婦としての生活実態はない、ということか。

実際には一緒に暮らしていない、日本人男性と中国人女性の夫婦。

つまり、偽装結婚。

「……すみません、電車の時間があるんで、もういいですか」

「ああ、申し訳ありませんでした。ご協力、ありがとうございました」

お洒落な青年は一度お辞儀をすると、すぐさま駅方面に小走りしていった。

渡辺が三階辺りを見上げる。

「ピンポン、してみましょうか」

「やめとけ」

金本の表情がやけに険しい。彼はこの状況を、かなりネガティブに捉《とら》えているようだ。付き合いが長いせいか、金本のそういうところだけは、久江はよく分かる。

「……もし、白瑶が犯行に係わっているとしたら、いま俺たちが接触するのはマズい。ここでこうしていることも、白瑶には見られない方がいい……少し移動しよう」

四人で連れ立って、ワンブロック先まで歩いた。

クレール北町の三〇三号からは絶対に見えない物陰に入り、金本が足を止める。

「渡辺、お前はここに残って、白瑶の部屋を見張れ。俺たちはいったん指揮本部に戻って状況を報告してくる。白瑶が動いたら尾《つ》けろ。直当《じかあ》たりはせずに、行動だけ確認しろ」

「はい、了解しました」

「絶対に見失うなよ」

「はい」

久江も、できればここに残って白瑶がどんな女性か見てみたかったが、まあ、金本が戻るというのでは仕方がない。

東武練馬駅から東武東上線に乗った。午前十一時。車内はほとんどガラガラといった様子だ。

「……白瑶、出てくるまで待ってなくて、よかったんですかね」

「相手は女一人だ。何があったって、渡辺が取り逃がすことはねえさ。心配無用だ」

白瑶が本当に一人で暮らしているならば、確かに心配は無用だろうが――。

ふと、妙な想像が脳裏に浮かぶ。

「金本さん。仮に、さっき言ってたみたいに、白瑶が犯行に係わっている可能性があるとして」

「ああ。あるとして？」

「それには、どういうパターンが考えられますかね」

「お前は、どんなパターンがあると思う」

そう。金本は意外と、人を試すような物言いをする。いわゆる質問返しだ。でもそれが、いい頭の体操になるのも確かだった。ほかでもない久江自身が、そうやって金本に刑事の仕事を仕込んでもらった。

「そう、ですね……白瑶が係わってるってことは、村瀬も係わってるってことだと思うんですよ」

「白瑶と村瀬はグル、ってことだな」

「はい」

「続けて」

懐かしい。「続けて」というひと言の、平板なイントネーション。

「……ってことは、副島が誘拐されて、村瀬が巻き添えを喰った、という絵図は実は嘘で、本当は、村瀬が副島を誘拐した。白瑶はその手伝いをしている、という筋でしょうか」

「うん。俺もその線はあると思う。まだ、なんの確証もないがな」

中板橋《なかいたばし》駅に着き、少し客が増える。でもまだ、話はできそうだ。

金本が続ける。

「村瀬と楊白瑶はおそらく偽装結婚だろう。ということは、白瑶は間違いなく金に困っている。偽装結婚をブローカーにコーディネートさせたら、今だって百万や二百万はとられるからな。どういう資格で日本にきたのかは知らないが、合法だろうが密航だろうが、実家がよっぽど金持ちでない限り、本国でも相当額の借金をしているはずだ。二百万とか、三百万とか……それを、この不景気な日本で外国人が働いて返すのは、容易なこっちゃねえぜ」

借金塗《まみ》れの中国人女。そのイメージは、容易《たやす》く風俗産業に従事するそれと重なる。

「……白瑶もそうだが、村瀬の方もアパートがあれじゃ、裕福とは言い難いよな。偽装結婚してやって、手元にいくら入るかは知らないが、一説によると、中国人女と偽装結婚してやると、月一、二回はセックスがオマケで付いてくるらしいぜ」

「やだ……何それ」

意地悪そうに、金本が唇を歪ませる。

「だからさ、偽装とはいえ結婚するには、やっぱり容姿が問われるってことだよ。この娘と偽装結婚してやってください、月一、二回は夜のお相手もしますから、なんて言われてさ、相撲取りみたいな女連れてこられたら洒落になんねえぜ。頼む、金は返すから勘弁してくれ、なんてな」

中国人女性というと、なんとなくスラッと痩せているイメージがあるが。

「金本さん、それ、どこまで信憑性《しんぴょうせい》があると思って言ってます？」

主犯は村瀬、従犯は白瑶、被害者は副島のみ。

「分からん……現時点ではな。ただ、そういう可能性が成り立つことは、頭の隅に置いておいて損はない。分かるな？」

「はい」

男として、家庭人としてはともかく、この金本健一という男、刑事としては間違いなく優秀だと、久江は常々思ってきた。

その思いは、今もまったく変わらない。


中野の指揮本部に戻り、村瀬周辺の捜査結果について管理官に報告する。楊白瑶という中国人女性と結婚していたが、桜台の村瀬の部屋にも、北町二丁目の白瑶の部屋にも夫婦としての生活実態はなさそうだ、という見解も添えて。

「確かに、眉唾物《まゆつばもの》の夫婦関係、ではありそうだな……何をやっている女かは、分からんのか」

「それは、まだ。何しろ、結婚前の住所にいまだ一人で住んでいるらしい、という情報だけですから。仕事までは」

何か補足できることはないか、久江は隣で報告を聞いていたが、特になかった。同時に辺りの様子も窺っていたが、今のところ事件は膠着《こうちゃく》状態なのか、指揮本部に無線機以外の音や声はない。

同じことを思ったか、金本が訊く。

「管理官。今朝になって、何か手は打ったんですか」

「いや、相手の出方を待っている」

「身代金が用意できた、ということは」

「伝えていない……だから、向こうの出方を待っているんだ」

金本が、呆《あき》れたように小さく鼻息を噴く。

「出方を待つって……それでマル害が殺されでもしたらどうするんですか」

「金の受け渡し方法を話し合う前に、人質を殺す可能性は低い」

「思わぬ抵抗に遭ってとっさに、なんてのはよくある話ですよ」

「それは抵抗したから殺されたのであって、我々の交渉が失敗したから殺されたのとは違う」

「ああ、ダメダメ……そういう、最終的に誰の責任とか、そういうこと今から考えちゃ駄目ですよ、管理官。もっとさぁ……」

そこに、別の幹部が割って入った。

「金本、口を慎め。お前、何様のつもりだ」

言われて金本は肩をすくめ、管理官に一礼してその場を離れた。

出口に向かいながら、久江にスッと顔を寄せてくる。

「……また、怒られちまった」

しょうがない男だ。

「そんなんでよく、捜査一課から追い出されないわね」

それには、金本はちょっとだけ胸を張ってみせる。

「その分、仕事はしてるからな……今のあいつ、ナカモリって管理官なんだけど、そもそもは警備畑なんだよ。人事交流だかなんだか知らねえけど、捜査経験がねえもんだから、話がトンチンカンでさ。参るぜ、正直」

「直上なの？」

殺人班七係だと、第四強行犯捜査の管理官がつく感じだろうか。

「いや、隣。第三強行犯の管理官。助かったぜ、あんな素人じゃなくて。聞こえてくる噂もひでえんだ……」

金本の話に笑ってみせ、ちょうど講堂から出ようと、久江がドアノブに手をかけたときだった。


「……きましたッ、マル被からメールきました。中江社長の携帯にです」

最初にいったのは無線担当だが、

「はい、受信しました。出します」

パソコン担当が手を挙げ、すぐにそれをプリントアウトする。

気の早い管理官が複合機に手を突っ込み、一枚一枚取り出しては周りの管理官に配る。

「これ……どういう意味だ」

「待ってください。これ、添付ファイルがありますね。たぶん画像です。それも出しますから」

続けて複合機から何やら出てくる。最初の一枚を取り出した管理官が、閻魔《えんま》の形相《ぎょうそう》でそれを凝視する。

「……これ、どっちだ」

久江たちも、なんとかその輪に加わってメールを見ようとした。後ろから覗いていると、文面ではない、何かの写真をプリントしたものがそこに回ってきた。

それは、両手を後ろで縛られ、両足も足首で括《くく》られ、猿轡《さるぐつわ》を噛まされ、フローリングの床に転がされた男の写真だった。気の毒なのは、ズボンを脱がされて、ワイシャツとトランクスという恥ずかしい恰好になっていることだ。白い水玉模様の入った水色のトランクスが、なんとも緊張感に欠けていて物悲しい。フラッシュの加減なのかもしれないが、顔色がやけに暗く写っている。ひょっとしたら殴られて、頰の色が変色しているのかもしれない。

それとは違う写真を、金本が調達してきて久江に向けた。

「水玉パンツが副島、この、グレーのボクサーパンツが、村瀬ってことか」

体の向きこそ違うが、状況はほとんど同じだった。両手両足を縛られ、床に転がされている。村瀬は窓の近くなのか、アルミサッシの窓枠が背後に少しだけ写り込んでいる。ただ、副島よりは顔がよく分かるアングルで撮られており、こちらは明らかに暴行を受けた痕《あと》が窺える。

「……相当、やられてるな」

「ええ」

頰は赤黒く変色し、左目は塞がるくらい赤く腫《は》れ上がっている。よく見れば唇から垂れているのは血だ。額にはタンコブまでできている。

今これを見て、すぐ金本に問うことはしない。ただ、訊いてみたいとは思っている。

金本はこれを見てもなお、村瀬自身が犯行に係わっていると、その見解を変えないのだろうか。

10

ふざけるな、としか言いようがない。

とりあえずいっぺん結婚してやってくれ？　なんだそれは。「とりあえず」も「いっぺん」も「してやってくれ」も理解不能だ。

とりあえず結婚させて、そのあとはどうするんだ。首尾《しゅび》よく瑶子が日本国籍を取得したら俺はもう用済み、いつ別れてくれてもいい。そういう話か。俺の戸籍は、お前の愛人に日本の永住権をくれてやるための引換え券か。副島、あんたはそんなに偉いのか。外食チェーンの専務取締役は、酒屋の配達スタッフの戸籍なんざ、次回三百円割引のサービスチケット程度にしか思っていないということか。

いっぺん、というのも同じ発想が言わせた言葉なのだろう。「健やかなるときも病めるときも」などという厳粛《げんしゅく》な結婚とは思わなくていい。必要な手続きさえ済めば、たちまち存在価値のなくなる偽りの夫役。それに最も相応《ふさわ》しいのが俺ってことか。こいつはとんだ三文芝居だ。

結婚してやってくれ、というのも失礼な話だ。俺にではなく、瑶子に対して。どれだけ彼女を見下せば気が済むんだ。留学で日本にきたのに途中で大学にいかなくなり、でもそれでビザが切れるのは可哀相だと思うだろう、ってか。違うじゃないか。そうじゃないだろう。あんたは瑶子が可哀相なんじゃなくて、彼女が強制送還されたら自分に愛人がいなくなってしまうから、それが嫌なだけじゃないか。それとも、他にも愛人はいるのか。だったら瑶子は諦めた方がよくないか。彼女のことはもう、自由にしてあげたらどうだ。

挙句の果てに、一回くらい抱いてもいいだと？　愛人が強制送還されていなくなるのは我慢ならないのに、酒屋の配達スタッフに、同じその女が抱かれるのは我慢できるのか。しかもそれを、自ら瑶子に命じようというのか。おい瑶子、村瀬さんが偽装結婚してくれるそうだから、お礼にいっぺんセックスさせてあげなさいと。正気か。自分が何を言っているのか分かっているのか、あの男は。

瑶子は、これについてどう思っているのだろう。

そもそも、日本には何を勉強するためにきたのだろう。大学にはいかなくなってしまったということだが、本当はまだいきたいのだろうか。将来、どうなりたいのだろう。少なくとも、会社役員の愛人になりたかったわけではあるまい。かといって、俺みたいな男と本気で結婚したくもないだろうが。

それでも、瑶子には会いたかった。

仕事帰り。急ぎ足で駅方面に向かい、だが「たかはし」の近くにきたら歩をゆるめる。紺色の、色褪《いろあ》せた暖簾がかかった出入り口。その横には和風の丸窓があり、中の障子が閉まっていなければ店内を覗くことができる。小上がりの左奥。今夜、そこに彼女の姿はなかった。一人のときも、俺と一緒のときも、彼女はいつもそこに座る。あそこ以外の席に彼女が座っているのは見たことがなかった。

結局、暖簾はくぐらず、そのまま駅に向かった。

彼女のマンションまでいってみたいという誘惑はあった。

夕暮れ、薄紫の空に浮かぶ窓に明かりはあるのか、ないのか。明かりがなければ、留守。アンジェリカに出勤しているものと考えていい。でも明かりがあったら。いつかの夜のように副島がきていて、二人きりの時間を過ごしているのかも、と考えてしまう。それは、正直つらかった。

だから、マンションにはいかない。

冷たく暮れた、東の空に向かって歩く。彼女を思いながら。両手をジャンパーのポケットに突っ込む。

電車を使うときは、彼女も同じ東武練馬駅から乗り降りするはず。今日は仕事が休みで、買い物か何かに出かけていて、その帰りに偶然出くわす、などという可能性もないではない。

向こうから歩いてくる彼女に、おそらく俺は声をかけない。気づいていない芝居をしながら、彼女が気づいてくれるのをじっと待つだろう。

ああ、村瀬さん。今お仕事帰りですか。

素《す》っ頓狂《とんきょう》なくらい高い声で、瑶子はそう言うだろう。その、最初のひと声さえもらえたら、あとは俺もすんなり話ができる。

うん、いま帰るところ。

ちょうど、お電話しようと思ってたんですよ。今日は、これからどうしますか。ご飯食べるの、大丈夫ですか。大丈夫なら、一緒にしましょう。

そうだね。そうしようか。

腕を組むわけではない、手を繋ぐわけでもない。でも俺は、瑶子と一緒に「たかはし」までの道を戻る。互いに、今日はどんなふうに過ごしたとか、昨日仕事でこんなことがあったとか、どうでもいい話をする。俺は自分の立場に置き換えて、どうのこうの意見したりはしない。ただ、そうなんだ、と笑って頷く。彼女だってそうだ。へえ、そうだったんですか。それ以上の感想があるわけでも、展開やオチがあるわけでもない。

そう。単に、聞いてほしいだけなんだ。この前君に会ってから今日という日まで、自分がどう時間をやり過ごしてきたのか。君に聞いてもらって、認めてもらって、過去にして、そうするとようやく、終わったこととして流せるんだ。さしてつらいことも、嬉しいこともなかったけど、このままじゃただ過ぎていくばかりで、なんの意味もなかったように思えて仕方ないから、君に報告して、頷いてもらって、君に聞いてもらえたっていう、それだけの意味でいいから、それだけの価値でいいから、ほんのちょっと付け加えたいんだ。

おかしいだろうか。四十にもなった男が、君みたいに若い女の子に、こんなことを期待するなんて。

鳴りも震えもしない携帯電話を、ポケットの中に確かめる。

いつのまにか、駅近くの商店街までできていた。

賑やかだ。店先の照明が目に眩《まぶ》しい。


瑶子に会えない日が、しばらく続いた。

「クニさん、なんかあった？　元気ないじゃない」

いつの頃からか、同僚の後藤は俺のことを「クニさん」と呼ぶようになっていた。ひと頃は「ムラさん」と呼ばれていたのだが。

「いや、別に……なんでもないよ」

「なんでもないって顔じゃないじゃない……なんだよ、水臭《くせ》えな。金と女と仕事の不満以外だったら、どんな悩みでも聞くぜ」

思わず、噴き出してしまった。確かに、笑ったのは久しぶりだったかもしれない。

「……金と女と仕事以外で、何を相談しろっていうの」

「分かんない。でも、あるかもよ。金縛りがひでえとか」

「なに、後藤ちゃんに相談すると、金縛り、なんかいい解決方法教えてくれんの」

「いや、聞くだけ。金縛りで大変なんだ、へえそうなんだ、って、聞いてあげるだけ」

意味ねえじゃん、ともうひと笑いした。でも、そういう笑いにこそ意味はあるものだと、このときの俺は知っていた。

すると、後藤の方から誘ってきた。

「クニさん。たまには、一杯やってから帰ろうか」

支給品のスウェットとチノパンから、私服に着替えたタイミング。以前は、わざわざどちらかが誘わなくても、当たり前のように二人で飲みにいっていた。

「でも……早めに帰ってあげないと、奥さん、ご機嫌斜めになっちゃうんじゃないの」

「いいのいいの。今ほら、ご飯の炊《た》ける匂《にお》いとかキツいらしくてさ。家帰っても、実は俺のメシの用意とかしてねえんだわ」

そう。後藤は、もうすぐ父親になるのだ。

「大丈夫なの、本当に」

「平気平気。そんな、俺なんかの浮気、疑わないって」

そこまでは、俺も言っていない。

「じゃ、いこうか……そこの『たかはし』って店でよかったら、俺が奢《おご》るよ」

「えっ、なに、クニさん、常連なの？　何それ」

「いや、安いの分かってるから……って、言わせんなよ」

むろん、ちょっとした偶然も、期待してはいた。

いつも瑶子が座る席に、自分が納まっているのは妙な気分だった。

「じゃ、カンパイ」

「カンパーイ」

最初の一、二杯を空ける間は、ふいに瑶子が入ってくるのではないかと、なんだか気が気でなかった。でも少し酔いが回ってきた辺りから、それも徐々に考えなくなっていった。

それに合わせて、口の方は次第に軽くなっていく。

「……後藤ちゃんさ、結婚って、どう」

後藤は「ん？」と両眉を吊り上げた。

「珍しいね、クニさんがそんなこと訊くなんて。なに、そういう相手、できたの。いるの」

若干、冷やかしの入った目で見られる。しかしそれも、決して不快ではない。

「うん、まあ……いるっていうか、いっぺん、真面目に、考えてみようかな……みたいな」

言いながら、店の奥さんに聞かれていないか、それだけは気をつけていた。それが瑶子のことと気づかれても、別の女性のことだと勘違いされても、それが彼女に伝わるのは避けたかった。

「えっ、マジで……っていうか、女の相談は駄目だって言ったじゃない」

「なに、聞く気あるの、ないの」

「いや、あるよ……聞くけどさ。ちょっと……いきなりだったたから」

そうだろう。これまでの付き合いで、俺から女の話をしたことなど一度もなかった。驚くのも無理はない。

「で、どんな人なの」

「うん。それが問題……って、そんなに問題でもないんだけどさ。日本人じゃ、ないんだよね」

後藤の眉頭が、片方だけギュッと下がる。

「何人《なにじん》なの。フィリピンとか、あっち系？」

真っ先にその国名を挙げるのも失礼な話だ。

「いや、フィリピン、ではない」

「じゃなに、ロシアとか、そっち系か」

「後藤ちゃん、どういう発想で国を選んでんの。そういうふうに出会ったわけじゃないから。別に、パブに出てた女の子と仲良くなったのと違うから」

ほうほう、と後藤が頷く。

「ま、そうだよね。そういうところに通い詰めて口説《くど》くタイプじゃないもんね、クニさんは」

やはり、そういう目で見られていたのか。

「で、結局何人なの」

「後藤ちゃんが思ってるより、もうちょっと身近な国だよ」

「えっ……アメリカ？　そんなに本格的な国際結婚なの？」

日本人の欧米に対するコンプレックスは、いまだ根強いものがあるということだ。

「もういいよ。中国人。中国の子」

「へえ……それ、どこで知り合ったの」

「まあ、水商売の人ではあるんだけど、他にも、なんていうか……別の出会い、みたいなのもあってね。うん……付き合うことに、なったっていうか……なりそうっていうか」

自分でも、自慢げな顔になっているであろうことは自覚していた。交際の実態など、まるでないのに。

「水商売ってことは、なに、うちの取引先の店にいた子とか、そういうこと？」

そうか。そういう線で手繰《たぐ》られていったら、すぐに行き着いてしまうか。

「まあ、きっかけは、そうなるかな」

「池袋辺り？」

参った。案外鋭い。そもそも、俺が入社する前に池袋エリアを担当していたのはこの後藤だ。正解するのも時間の問題だ。

「居酒屋とかではなくて？」

「うん……居酒屋、ではないね」

「ラーメン屋とかでも、ないんだよね」

「そう、ね」

「じゃあ、やっぱキャバクラか」

「まあ、そういう括《くく》りに、なるかな」

「なんだよ、クニさん。やるときゃやるなァ」

たぶん、後藤がイメージしているような出会いではないと思うが。

「何よ、どこよ。池袋だったら、『レッドブーツ』とか?」

マズい。一軒一軒挙げられていったら、いつかは確実に正解する。

「いや、違う……」

「分かった、『フォクシーレディ』だ」

「そこ……でもない」

「じゃあ『ツー・ウェイ』か」

「違うなぁ」

ようやく、十軒目くらいだったろうか。

「そっか……『アンジェリカ』か。そりゃ意外だな」

「なんで。何が意外なの」

「あそこ、若い子が多いじゃない。クニさんだって、なんだかんだでもう四十でしょう……ちなみに、なんて名前の子？」

「瑶子」

「俺、知ってる子かな」

「分かんない。俺が担当になってから入った子かもね」

その辺は、俺もちゃんと確かめてないのでよく知らない。

「そっか……アンジェリカにいる、瑶子ちゃんか……で、その子と結婚する気なんだ」

そう。それが問題なのだ。

「したら、どうなるのかな、って……そもそもさ、結婚って、俺にはよく分からないからさ。なんのためにするのかも、したらどういう良いことがあるのかも、悪いことがあるのかも……」

実際は偽装結婚だから、良いも悪いも、何一つないのかもしれないが。

すると後藤は、普段は見せないような、なんとも意味ありげな笑みを浮かべてみせた。

「結婚ってのは……要は、生活だからさ。美人だとか、体がエロいとか、それだけじゃさすがに、続かないよね。特にクニさんの場合、相手は外国人なわけでしょ。生活習慣の細かいところでさ、小さな衝突はどうしても出てくると思う。でもそれは、東京と埼玉だって実はあることだし、茨城と鹿児島でもあると思うんだよ。でもそれをさ、こいつのためなら我慢しようとかね、できれば、へえ、そういうもんなのかって、互いに受け入れられたら、いいよね」

いつもの後藤とは、別人のようだった。大人、というのが一番当たっているだろうか。家庭を持ち、家族を守る、大人の男の顔。強く、大きく、なお、幸せそうに見えた。すでに、父親としての自覚も芽生《めば》えているのかもしれない。

比べて自分はどうだ。実際は偽装結婚を頼まれただけ。そのことに憤《いきどお》りを感じながら、なぜか拒否もしないでいる。瑶子との結婚を妄想し、今また都合よく後藤に漏らし、俺にだってそういう話くらいあるのだと、下らないアピールをして自尊心を満足させようとしている。

それでいて、相手はキャバクラ嬢、しかも中国人、それを自嘲気味に言う自分もいる。副島に対しては、瑶子を見下すなと肚《はら》を立てるくせに、自分の結婚相手となると、やはり何か後ろめたさを感じずにはいられない。

小さい。どうしようもなく、小さく感じられてならない。自分という存在が。

「ま、言っちゃえばそんなの、全部相性だからさ。こいつのためにがんばろうって、そう思えればいいわけで。それが、顔や体で選んで……あと、若さとかね。そういうので選んで、実際に生活してみたら、人間的に肚が立ってしょうがねえとか、どうしてこんな簡単なことができねえんだ、どうしてこんな無駄なことに金を使うんだ、とか、そういう価値観のズレとか出てきて、それがどんどん大きくなっていくと……離婚、ってなるんじゃねえのかな。

一般的には」

後半の喩《たと》えは、やけに真に迫って聞こえた。

「なに、後藤ちゃんも、そういうふうに、家で怒ったりするの」

そういうと、またふにゃりと、さっきの笑みに戻る。

「いや、俺さ……こう見えても、バツイチなんだわ。今まで言ったことなかったけど。そんときは、けっこう荒れてね。まあ、最初の嫁もひどかったけど、俺もまだまだガキだった。上手くいかない苛立ちを、どこに持っていっていいのか分からなかったし、相手の不満を、上手く軌道修正してやることもできなかった」

そして一度、深く頷く。

「でも……今はもう、大丈夫。いい経験になった、なんて言ったら最初の嫁に悪いけど、でもいい勉強させてもらったよ。ああ、ここで修正しとかないと、取り返しつかなくなるな、とか、分かるもん、さすがに今は……でもそんなの、クニさんは心配ないかな。優しそうだもんな。俺みたいにブチ切れて、何もかもブチ壊しちゃうなんてこと、なさそうだもん」

それはあくまでも、壊すものがあれば、の話だ。


なぜだろう。こんなにも会いたいのに、瑶子とはなかなか会えずにいた。向こうから連絡をくれることもなく、「たかはし」で偶然出くわすこともない。

むろん、自分から電話をすることはできた。メールだってよかった。でも、なんと言っていいのかが分からなかった。

副島さんから、君と偽装結婚してほしいって頼まれたんだけど。

そう訊いて、俺は瑶子になんと答えてほしいのか。

わあ、村瀬さんでよかった、お願いします。そんなふうに喜んでほしいのか。では仮に、俺がこの話を受けなかったらどうなる。副島は別の男を見つけて、その男と瑶子を結婚させて、さらに瑶子をその男に抱かせるのか。戸籍を持っている日本人男性なら誰でもいい。その誰でもいい男に、瑶子は抱かれるのか。

だったら俺が。

その考えがないと言ったら嘘になる。一度でもいいから瑶子と、という浅ましい考えが頭の真ん中に居座っている。

一方で、もう一つの条件も俺の下心をくすぐっている。

越田酒店を辞めて、富士見フーズに転職するという、アレだ。給料はおよそ十万円アップ。単純計算で、年収は五百万を軽く超すことになる。かなり生活は楽になるはずだ。

でもそれは、瑶子との偽装結婚を受け入れた見返りとしての転職なのだから、富士見フーズで得た収入で瑶子と暮らせるようになる、ということではまったくない。まあ、このままいても、瑶子とどうにかなることはないと思うが。

もう、どうしていいのか分からなくなってきた。

ちょっと、状況を整理してみる必要があるだろう。

俺が偽装結婚を拒否した場合、瑶子とはどうなってしまうだろう。最悪、瑶子は強制送還。俺も富士見フーズに就職できず、今の生活から瑶子だけがいなくなる状態が予想される。

これは、俺にとっては最悪だ。

では偽装結婚を受け入れた場合、俺は富士見フーズに就職して収入アップ、瑶子は国籍を取得して日本に永住が可能になる。一度は――という話は嫌らし過ぎるから、いま考えるのはよそう。

おや、悪くない。むしろ良いじゃないか。今まで通り瑶子がこの街にいてくれて、たまに「たかはし」で一緒に酒を飲んで、昨日あったこと、今日の出来事、下らないことだけど互いに話せるのなら。そうしたら、俺もまた明日からがんばれる。それだけで充分じゃないか。

あれ。偽装結婚をしたくない理由って、そもそもなんだったのだろう。

11

副島孝と村瀬邦之。人質二人が拘束されている画像が送られてきたことにより、にわかに指揮本部には緊張が走った。

特に村瀬の顔がひどい。久江の目には「ボコボコ」という表現がぴったりのように映った。

情報デスクの輪から一歩下がって、金本が呟《つぶや》く。

「……やられてから、そんなに時間は経《た》ってないな」

どこを見てそう思ったのだろう。

「タンコブの色、とかですか」

「それもある。あと、目の腫れもぷっくりしてたろう。あれ、時間が経つと内出血で、もっと変色してくる。そこまで時間は経ってない。つまり……」

言いたいことは大体分かった。

「撮影するために、わざわざ殴ったたってことですか」

「誰かに殴らせた、という可能性もあるってことだ……なんだよ。そんな目で見るなよ」

自然と睨《にら》むような目になっていたのだとしたら、申し訳ない。

「金本さん。ちょっと、村瀬を斜めに見過ぎじゃないですか」

「別に。俺は可能性の話をしてるだけだ」

「にしたって、あれだけ殴られるのは並大抵じゃないですよ」

「並大抵のことをやってたら、誘拐なんて成功しない」

それは、そうかもしれないが。

「……でも、殴らせたとかじゃなくて、副島が拉致《らち》されそうになって、村瀬はそれを止めようとして、慌《あわ》てて割って入って、そのときに殴られたのかもしれないじゃないですか」

金本が小刻みに頷く。

「むろん、その可能性だってある。俺はそれを否定してるわけじゃない。ただ、それにしては傷ができたてじゃないか、色が腫れ始めっぽくないかと、俺はそう言っただけだ」

「それは、拉致してきて、緊縛して、すぐ撮影はしたけど、こっちに送ってきたのが今になったってだけで、別に、殴られたのが今さっき、ってことじゃないかもしれない」

今度は呆れたようにかぶりを振る。

「だから……それもありだと思うよ。ただ、そうじゃない可能性も考えられるだろうって、俺はそう言ってるだけだ。お前だって俺が、さほど時間は経ってなさそうだって言ったから、だから今みたいな反対の見方をしたわけだろう。それでいいじゃないか。一個の見方に偏《かたよ》るのはよくない。いろんな可能性を考えて、いったん風呂敷《ふろしき》を広げて、それから少しずつ、また畳《たた》んでいけばいい。それが捜査ってもんだろう」

それが金本の、昔からの考え方だ。

「……分かりました。すみませんでした」

「別に、謝んなくたっていいけどよ」

いや、違う。いま久江が思っていたのは、捜査の手順とか、考えの道筋とか、そういうことではない。単に、現状被害者とされている村瀬邦之を、なんの根拠もなく犯人側の一人と見ることに抵抗を覚えただけだ。偽装結婚の疑いがあるからといって、身代金目的の誘拐まで疑うのは可哀相な気がしただけだ。

少しすると、方針を協議していた指揮デスクの管理官たちが一斉に動き始めた。ある管理官は「身代金が用意できたと犯人側に伝えろ」と、富士見フーズ本社にいる班に指示を飛ばす。別の管理官は、富士見フーズの本社人事部に、村瀬邦之の資料を提出させるよう係員に指示している。

本社人事部に連絡を入れる、ということは。

「……つまり、村瀬犯人説は、なくなったと思っていいですかね」

久江がそう呟くと、金本はふざけたように肩をすくめた。

「さあね。お偉いさんの考えることは、俺には分からん」

まもなく、村瀬の資料がＦＡＸされてきたのだろう。お声がかかった。

「……金本ォ、金本警部補はいるかァ」

「はーい、います」

用紙を持って辺りを見回している管理官のもとに急ぐ。金本があまりよく思っていない中森、ではない。別の管理官だ。

「はい、金本です」

「村瀬の履歴書が届いた。これによると、結婚とほぼ時期を同じくして、富士見フーズに途中入社していることになる。その前の勤め先は、越田酒店。酒の卸問屋みたいだな。所在地は練馬区北町五丁目……」

思わず隣を見ると、金本とばっちり目が合った。考えたことは同じだったようだ。

金本が「あの」と口をはさむ。

「……村瀬の結婚相手、楊白瑶の居宅が、北町二丁目にあります。とすると、村瀬が楊白瑶と出会ったのは、ひょっとするとその、越田酒店に勤めていた頃なのかもしれませんね」

管理官がぐっと顎《あご》を引く。

「偽装結婚かもしれないという、例の中国女か」

ちょうど指揮デスクの方でも同じ名前が出ていた。

「……北町二丁目、楊白瑶が動き出したとのことですが、理事官。尾行の増強が必要ではないでしょうか」

金本は「いらねえよ。渡辺組だけで充分」と呟いたが、向こうにいる理事官には聞こえていない。

「いま何人いっている」

「二人ひと組です」

「確かに薄いな」

さらに金本が「薄くねえって」と囁《ささや》く。

「かといって、今後は受け渡し現場の確認や捕捉《ほそく》態勢に人数が必要になる。あまりこちらから多くは出せん」

「では理事官、近隣署から集めて行確《こうかく》（行動確認）を補充しましょう」

「できれば、そうしてくれ」

金本が「うわ」と呆れ顔をしてみせる。

「ここ、人数余りまくってるじゃねえか。どこまで他力本願なんだよ、あいつは」

「ちょっと金本さん……声大きい」

目の前にいる管理官も、あっちとこっちを両睨みといった感じだ。

「……とりあえず、おたくらの組で、この越田酒店を当たってみてくれ。村瀬の評判、上手く拾えたら、あんたの言った楊白瑶との馴《な》れ初《そ》め、その辺りだな。軽く感触だけでかまわない。臭くなかったら上がってきていいから」

「了解しました」

一応調べてみて、シロであることが確認できればいい。消去法。それもクロを特定する重要なプロセスだ。

「いくぞ、魚住」

「はい」

とりあえずは、北町五丁目だ。

久江が自前の携帯電話で調べたところ、越田酒店は資本金一千万円、従業員数五十三名、年商三十七億円という、なかなか元気な会社のようだった。

実際に着いてみると、敷地もだいぶ広い。見た目は倉庫というか、配送所のような眺めだ。それも当たり前か。お酒の卸問屋をしているのだから。

トラックが出入りしている、プラットフォームのような荷物の受け渡し場所は避け、

「金本さん、あっちですね」

「ああ」

建物の端っこ、事務所に続いているのではないかという出入り口に向かった。

こういうとき、先に声をかけるのは久江の役目だ。昔からそうだった。

「……恐れ入ります」

だがドアを入ったそこは、警察でいったら一階の受付、伝票の受け渡しやら電話の取り次ぎやらでやたらと忙しそうな部屋だった。

それでも、一番近くにいた女性が「はい」と応対にきてくれた。

「いらっしゃいませ。ご用件をお伺いいたします」

「あの、私……」

カバンの陰に隠して警察手帳を提示する。金本は、黙って後ろに控えている。

「……警視庁の者です。少しだけお伺いしたいことがありまして、社長さまとお会いすることは可能でしょうか」

「えっと……」

彼女はちらりと背後を見、すぐまた久江に向き直った。

「社長はただいま外出しております。社内にいるのは、取締役ですと専務か、あとは営業部長ということになりますが」

マズい。どっちの方が話しやすいのか、全然見当がつかない。

ふいに、後ろから金本が顔を突っ込んでくる。

「……あなた、村瀬邦之さんって、以前ここに勤めてた方、ご存じ?」

そう。けっこう金本はこんなふうに、単刀直入に個人名を出すところがある。久江は駄目だ。警察官に名指しで話を聞かれて気分のいい人はいない。あとで「なんであの人が?」と噂になったら申し訳ない。そんなことを考えると、どうしても話が回りくどくなってしまう。それも、自分が殺人犯捜査に向いていないと思う理由の一つである。

だが、訊かれた方は案外ケロッとしていたりする。

「ああ、村瀬さん。はい、分かります」

「彼がここにいるとき、一番仲良かったのって、どなたかな」

一瞬、彼女は背後の誰かに訊くような素振りを見せたが、すぐに思い出したのだろう、金本の方を向いて頷いた。あるいは、みんな忙しそうだから遠慮したのか。

「それだったら、ゴトウですね。今ちょっと、配達に出てしまってますけど、まもなく戻ると思います。どうしましょう？」

「何時頃戻るか、分かりますかね」

「少々お待ちください。訊いてみます」

だが、いこうとする彼女を久江は止めた。

「あの……まだ警察云々《うんぬん》は、ご内密に。あまり大袈裟《おおげさ》になるのは、困りますんで」

「はい。分かりました」

一礼して彼女は机に戻り、電話機に手を伸ばした。

金本が顔を寄せてくる。

「……お前、相変わらず、石橋を叩いて渡らないクチだな」

「金本さんはツッコミ過ぎです。見てるとヒヤヒヤしちゃう」

「何がだよ。マル対（対象者）がクロなら気ぃ遣《つか》ったって意味ねえし、シロだったらあとで笑い話のネタになる。それだけのことじゃねえか」

「違います。それだけじゃありません。変な噂になったり、他にも迷惑になることがあるんです。私は、それが嫌なんです」

実際この聴取がきっかけになり、村瀬と楊白瑶の結婚が偽装ではないかと噂になる可能性はある。本当は愛し合って結婚したのかもしれないのに、そういう色眼鏡で見られたら迷惑この上ないだろう。

彼女が戻ってきた。

「もう、近くまで戻ってきてるみたいです。十分か、それくらいで着くと思います」

よかった。

「では、それまで待たせていただいてよろしいですか」

「じゃあ、こちらの応接室に」

「いえ、ここでけっこうです」

どうせゴトウが帰ってきたら、外で話を聞くことになるのだ。

実際に十分ほどすると、

「……あ、あれがゴトウの車です」

緑色の文字で「越田酒店」と入ったパネルバンのトラックが敷地内に入ってきた。

他のトラックと並ぶように停まり、やがて男が一人降りてくる。紺色の作業ジャンパー、同じ色のスウェットに、前掛け。ズボンはベージュのチノパンだ。

久江は彼女に一礼し、金本と一緒に事務所から出た。

こっちに歩いてくる男に、正面切って近づいていく。

ここでも声をかけるのは久江だ。

「恐れ入ります。ゴトウさん、ですか」

ファイルのようなものを抱えた彼は、すっとかぶっていたキャップを脱いだ。高校球児のようなキビキビとした動作だ。

「はい、私が、ゴトウですが」

「お忙しいところ申し訳ございません。私、警視庁の魚住と申します。以前ここに勤めていらした村瀬邦之さんについて、少しお伺いしたいのですが、お時間よろしいでしょうか」

ゴトウは「ああ、クニさん」と小さく頷いた。

「えっ……クニさん、なんかやったんですか」

こういう反応があるから、久江は迂闊《うかつ》な訊き方をしたくないのだ。

「いえ、そういうことではありません。ただ、どういう事情かも、現時点ではご説明できかねます。何卒《なにとぞ》、ご了承ください」

はあ、とゴトウは、気の抜けたような返事を漏らした。

「あの……私どもは、まだ村瀬さんには直接お会いしたことがないんですが、ゴトウさんから見て、村瀬さんというのは、どういう感じの方でしたか」

「どういう感じ、って？」

「人柄とか、そういう面で」

「ああ、すごく、優しい人でしたよ。気遣《きづか》いもあるし、仕事もできるし、真面目だし。そもそも、この会社に彼を連れてきたの、自分ですからね」

それは興味深い。

「ここの前は、どんなお仕事を?」

「居酒屋のホールです。それまでは、そういう仕事が多かったみたいです。ここには、六年くらいいたことになるかな」

「なぜ、ゴトウさんが村瀬さんを、こちらに?」

「まあ、仕事先で顔合わせてるうちに、世間話くらいはするようになって。当時うちの会社、無駄に忙しくて。ほんと、誰でもいいから入ってくれる人いないかな、みたいな話したら、彼が興味持ってくれて。で、実際入ってくれて。連れてきた手前、何かと俺も面倒は見るようにしてたけど、そういう気遣いっていうより、ほんと、いい人だったから。普通に友達付き合いしてましたよ」

これまで、村瀬が犯行に係わっている可能性を考慮し、ほとんどどんな人物かを探ることさえできなかったが、いま初めて見えてきた。

村瀬邦之というのは、どうやらそういう男らしい。

ふいに金本が口をはさむ。

「村瀬さんが結婚されていたことは、ご存じ?」

「ええ、もちろん知ってます」

「どんなお相手かは」

「中国の方でしょう。ヨウコ？　ひょっとして「楊白瑶」の「瑶」をとって「瑶子」か。

「お会いになったことは」

「一度だけありますよ。そこの居酒屋で夕食がてら、一緒に飲みました」

「どんな様子でしたか、お二人は」

ちょっとそれは訊き過ぎ、と久江は思ったが、止める間もなかった。

「どんな様子って……まあ、仲良さそうでしたよ。新婚でしたしね。あとは……結婚するからって、急に呼び名は変えられないのかもしれないけど、すぐ奥さんになるのに、彼女がクニさんのこと、村瀬さん、村瀬さんって呼んでたのが、なんか、外国人妻っぽくて、可笑《おか》しかったたな」

しかもゴトウは、その「村瀬さん」というのに外国人風のイントネーションを加えている。ある意味分かりやすい。

今度は久江が訊く。

「そのヨウコさんは、なぜ日本にいらしたか、お分かりですか」

「いや、会ったのは、その一回だけだから、そういう話まではしなかったたな。その後、すぐにクニさんは仕事替わっちゃったし」

「出会いのきっかけとか」

「それは、アレですよ……」

ゴトウはその場でタバコを銜《くわ》え、火を点けた。

「……彼女、夜のお店に出てたらしいから。そこで知り合ったって言ってましたよ」

「どこのお店か、お分かりになりますか」

「えっとね……池袋の、なんだったかな……調べたら分かるんだけどな。ウチと取引あるお店だから」

「では、それはのちほどお願いします。それと、村瀬さんが仕事を替えられた理由は、何かご存じですか」

ひと口深く吸い込んでから、ゴトウは頷いた。

「……それはやっぱり、収入の問題だと思いますよ。そりゃ、クニさんは確かにここにきてがんばってたけど、入ったの、三十半ばになってからですからね。基本給だって、そんなには伸びないし。でも何かのきっかけで、富士見フーズの副社長さんかな？　そういう人と知り合いになって、気に入られて。それでこっちこないかって、誘われたみたいですよ」

ちょっと、修正確認しておこう。

「それは副社長ではなくて、専務取締役の、副島さんではなかったですか？」

ゴトウは、ああ、と人差し指を立てた。

「そうそう、副島さんね。そういってた」

ここから富士見フーズに移るのには、副島が係わっていたわけか。

「ゴトウさんは、副島さんとは面識がない？」

「ああ、自分は知らないですね。普通、ないですからね、そういう人と知り合いになることって。営業職なら別なんでしょうけど、こっちは現場部隊なんで。取引先の、背広の人とは面識ないですよ」

「でも村瀬さんは、知り合いになった」

「ねえ、どういうきっかけだったんでしょうね」

「それは、お聞きになってないですか」

「聞いたかもしんないけど、忘れちゃったな。でもたぶん、普通に配送やってるうちに、偶然、ってことなんでしょう」

なるほど。もう一つ訊いておく。

「それと、ヨウコさんですね。ゴトウさんから見て、彼女はどんな感じの女性でしたか」

最後のひと口を吸って、吸殻は自分の携帯灰皿に入れる。

「どんな感じ、って……何しろ、一回しか会ってないから、詳しくは知らないけど、大人《おとな》しい感じの子でしたよ。キャバ嬢っていっても、全然派手じゃなかったし。ちょこんと、クニさんの隣に座ってね。俺たちの話も、分かってるんだか分かってないんだか分かんないけど、ニコニコ聞いててね。料理なんかも、小まめに取り分けてくれて……うん、可愛い感じかな。いい奥さんになってんじゃないかな、今頃」

しかし実のところ、二人には結婚生活の実態がない可能性がある。

もう一ついいですかね、と金本が割り込んでくる。

「村瀬さんが富士見フーズに転職したのは、収入の問題だとさっき仰《おっしゃ》いましたが、当時村瀬さんは、何かお金に困っていたんですか」

そんな訊き方して、と思ったら、案の定、ゴトウはちょっと気分を害したように眉をひそめた。

「特に、クニさん一人が何ってわけじゃないですよ。金に困ってるか困ってないかって言われたら、自分らはみんな、困ってる部類に入りますよ。月給が手取りで三万アップする、五万アップするって聞いたら、そりゃ会社移りますって。そっちの方が会社規模も大きくて将来性があるってなったら、動きますって。そんなね、公務員みたいに安定してないんだから、民間は」

ほら。せっかくいい感じで話してくれてたのに、怒らせちゃって。

帰り道、そのことを指摘すると、金本は悪びれもせずに言った。

「魚住がちゃんとケツ拭いてくれると思ってるから、俺だって思いきって訊けるんだよ。そんな、気の回らない奴が相方だったら、俺だってあんな無神経な訊き方しないって」

フォローを期待する方は、それでいいかもしれないが。

「そんな……こっちは、そのたんびにヒヤヒヤさせられるんですからね。ほんと、金本さんと聞き込みしてると、神経すり減るわ」

しかし、この程度の嫌味は笑って流されるだけだ。

「ま、俺のリードのお陰で、村瀬と白瑶がどんな関係だったか、多少は見えてきたじゃねえか。やっぱりさ、俺たち、けっこういいコンビなんだよ。そうは思わねえか」

いいえ、思いません。

12

ようやく瑶子と会えたのは、副島から偽装結婚の打診をされた二週間後だった。彼女の方から電話があった。

『村瀬さん、今日は、ご飯、どうですか……大丈夫、ですか』

もともと遠慮深い人ではあったが、このときは、なんだか恐る恐るといった様子だった。

「うん、大丈夫。いつもくらいの時間でよければ、俺は『たかはし』にいけるよ」

その夜、彼女は少し早めにきていた。いつもの席ではなく、なぜかその向かい、これまでなら俺が座るところにいた。

「こんばんは……どうしたの。奥に入りなよ」

しかし、頑《かたく》なにそれは拒否する。

「今日は、村瀬さん、奥に座ってください……今日は私、こっちです。絶対にこっちです」

いくら言っても正座したまま、頑としてそこを動こうとしない。

「分かった、じゃあ……」

俺が奥に入り、飲み物と料理をいくつか頼んだ。乾杯のあとは、俺が最近の仕事の話を少ししただけで、瑶子からはあまり話してこなかった。

彼女が口を開いたのは、

「はい、出汁《だし》巻《ま》き卵ね」

注文した料理が全部揃ってからだった。

小さく、頭を下げてから瑶子は話し始めた。

「……村瀬さん、ごめんなさい。私、副島専務のこと、ずっと、黙ってました……ほんと、ごめんなさい」

彼女の謝罪したい気持ちは、分からなくはない。ただ、謝られたところで自分は何を赦したらいいのか分からないし、逆に、自分も謝らなければならないのではないかと思っていた。

瑶子と副島の関係を知っていて、それでもこうやって、知らん振りをして会っていたのだから。

「いや、あの……そういうの、よそうよ。俺もさ、付き合ってる人がいるかとか、そういうこと、訊かなかったもんね。だから、お互い様ってことで……顔、上げてよ。せっかく、久しぶりに会ったんだからさ、楽しく飲もうよ」

それでも、瑶子は俯いたままかぶりを振る。

「私、もう、すごく悲しくて、すごく怒ってて……副島専務、村瀬さんに、すごくすごく失礼なお願い、しました。私もう、本当に恥ずかしくて、とても怒ってて……なんか、村瀬さんにメール、ずっとできませんでした。ご飯一緒は、誘えませんでした。本当は、今も駄目だと思います。でも、会って謝りたかったから、今日です。本当に、ごめんなさい」

恥ずかしいのは、こっちだった。

この問題で悩んでいた自分が、急に情けなく思えて仕方なくなった。偽装結婚を受け入れて、富士見フーズに就職し、ひょっとしたら瑶子とも一度くらい——そんなことを考えていた自分が、いかに卑しい人間かを思い知らされた。

それでも、瑶子と副島の間に、具体的にどういうやり取りがあったのかは気になった。

「……副島さん、君に、なんて言ったの」

瑶子は、きゅっと眉根に力を込めた。

「日本人の、結婚相手、探してきてやったぞ、そいつと結婚すれば、日本にずっといられるぞ、瑶子も知ってる奴だぞ、って……酔っ払って、笑いながら、言いました。前に、結婚したら日本にずっといられる話を、聞きました。でも、副島さんはそういう人ではないし、私も違うと思ったから、知っていたけど、考えませんでした。そうしたら、いきなり……」

悲しげに口を尖らせる。

「……村瀬さん、だって。本当は、村瀬だ、仲良いんだろ、を、言いました。私、頭空《から》っぽになってしまって、どうしていいか、分からなくなりました。少し気持ちが戻ってきたら、今度は、怒りました。村瀬さんに、そんなこと駄目です、私はしません、言いました。でも専務は、もう頼んだから、村瀬もOKだから、大丈夫大丈夫って……」

OKは、断じてしてないが。

「あの……村瀬さん。今からでも、間に合いますから。専務に、断ってください。瑶子とは結婚しない、はっきり言ってください。私と結婚したら、村瀬さん、バツイチでしょう? 戸籍が、汚れてしまうでしょう?」

そこはちょっと、事実誤認があるようだ。

「いや、結婚しただけじゃ、バツイチにはならないよ。結婚して、離婚したら、バツイチになるんであって。それに今どきは、一回離婚したくらいで戸籍が汚れたなんて、誰も思わないよ。誰に聞いたの、そんなこと」

少し笑ってみせても、瑶子は表情を曇らせたままだ。

「それでも、駄目です。村瀬さんは、とてもいい人だから、私が中国に送り返されたら可哀相を、思ってるだけでしょう。でもそれで、私を嘘のお嫁さんにしたら、それは……」

テーブルに身を乗り出し、声を小さくする。

「……法律で、駄目でしょう」

それだけ言って、またもとの姿勢に戻る。

「そんなこと、村瀬さんに頼むなんて、絶対に駄目です。村瀬さんを悪い人にしようなんて、考えるはひど過ぎます。私、すごく怒りましたよ。スリッパでたくさん、専務を叩きました。もうこないで、私の部屋に現われないで、言いました……今も、怒ってます。もう、専務とは会いたくないです」

そこまで言って、瑶子は顔を上げた。

「……あれ、村瀬さん、なんで笑いますか」

いや。

「え、俺、笑ってた？」

「笑ってましたよ。ニヤリの顔をしてました。あ……馬鹿にしてますね。私が怒ってる話、何が可笑しいですか。失礼ですよ」

そうかもしれない。確かに、俺は少し、笑っていたかもしれない。

「いや、馬鹿にはしてないよ。真剣に聞いてたし、うん……ちゃんと、真面目に、考えてたよ」

「じゃあ、なんで笑いましたか。笑うは真面目の反対ですよ。失礼ですよ、それは……んもォ、信じられませんね、誰も」

俺が笑ったんだとしたら、それは君が、真面目に、俺のために怒ってくれたと聞いたからだろう。それが嬉しくて、でも同時に、あまりにも可愛かったから、だから思わず、笑ってしまったんだと思う。

無意識なんだ。

君といると俺は、知らぬまに、笑顔になってしまうんだ。

でもそれは、決して悪いことではないだろう?

妙な結論だと、自分でも思っている。

瑶子を強制送還させず、日本に住まわせることによって、副島との愛人関係を継続させる。そのために俺は、自分の戸籍を差し出そうとしている。ニセの夫になることによって、副島が欲望を充たす手助けをしようとしている。

なぜなら、瑶子のことが、好きだから。

彼女を、失いたくないから。

「いやぁ、村瀬くんだったら、必ず協力してくれると思ったよ」

しまった。

麻布《あざぶ》にある高級焼肉店。食べたいとも言っていないのに、特上カルビを四人前も頼まれて

「実際、面倒なことは村瀬くん側にはないらしいから。面倒なのは瑶子の方で。中国側で発行された書類とかさ、なんかそういうのいろいろ必要なんだけど、それは全部プロがやるから。村瀬くんは、なーんにも心配しないで」

はい焼けたよと、次々と肉を取り分けられる。

「……すみません。いただきます」

「まあ、ちょっと面倒っていえば、法務局にいって、面接を受けてもらうことくらいかな。そこだけはさ、きっちりやってもらいたいんだ。馴れ初めとかさ、交際期間のこととかさ、いろいろ訊かれると思う。そこだけはさ、ちゃんと口裏合わせて、言えるようにしとかないとマズいんだわ……なんだったら、俺が台本作ろうか？　どういうふうに出会って、どういうふうに付き合い始めたか、俺が具体的に書こうか？」

副島の目が、異様なまでに淫靡《いんび》な光を放つ。

「……いえ、けっこうです。それは、瑶子さんと、適当に」

すると、途端に仰《の》け反《ぞ》って笑い出す。

「そうだよな、俺に隠れてこそこそ会ってたんだから、いくらでもそういうネタはあるよな……でもまさか、姦《や》ってはないよね？」

この男、どこまで本気で言っているのか、まったく分からない。

「そんなわけ、ないじゃないですか……瑶子さんに失礼ですよ」

失礼、という言葉を遣ったところに、俺なりの抵抗があったわけだが、副島がそれに気づいた様子はこれっぽっちもなかった。大口を開けて、また笑い出す。

「だよなァ。あいつは……瑶子はああ見えて、俺にぞっこんだからさ。それをさ、中国に帰すなんて、俺にはできないわけよ」

もう部屋にこないで、と言われたのではなかったのか。

「分かってます……お引き受けするからには、手抜かりがないように、きっちりやり通します。ご安心ください」

そう言えば、うんうんと満足げに頷く。なんとも単純な男だ。

「こっちのこともさ、村瀬くんは心配しなくていいから。ちゃんと店長のポスト、空けておくし、半年かそれくらいがんばってくれたら、もうエリアマネージャーだから。大船に乗った気でいろよ」

仕事のことは、もはや自分に対する言い訳に過ぎなかった。この結婚は自分にとってもプラスの面がある。そう自身に言い聞かせ、誤魔化すネタでしかなかった。

ただ、後藤を利用したようになってしまったことは、今でも少し後悔している。

「……嫁をさ、ちょっと、紹介したいんだ。後藤ちゃんに」

すると後藤は、やけに大袈裟に驚いてみせた。

「ええーっ、やっぱ、ほんとに結婚すんの？　十四も年下の、中国の女の子と？　マジで」

「ちょっと……声でかいって」

倉庫の片隅にあるロッカールーム。辺りを見回したが、誰かが聞いていたということはなさそうだった。

「この前いった『たかはし』にさ、彼女も今夜くるから。ちょっと一杯、帰りに付き合ってくんねえかな」

「別に、それはいいけど……でもなんで、俺に紹介すんの。なんか、一度相談に乗ったからとか、そういう義理立てだったら、いいぜ。そういうんで、一度は紹介しなきゃとか、堅苦しく考えなくてもいいんだぜ」

「いや、そうじゃなくてさ。彼女も不安がるんだよ。俺はもともと、親もいないしさ。かといって、俺が彼女の親に会いにいくってのも、そう簡単じゃないじゃない。それに、金の都合もあるから、式も結局、挙げられそうにないし。そうなると、これが俺の嫁です、みたいに、公《おおやけ》にする機会、全然ないんだよ。そういうのが、ちょっと向こうは不安みたいなんだ。だから、友達紹介して、友達とご飯いこうって、しつこくてさ……そう言われても、俺も友達なんて、後藤ちゃんくらいしかいないじゃない。だから、悪いんだけど」

そっか、と後藤は真顔で頷いた。

「そういうことだったら、喜んで……ってことは、クニさん、ショウニンもいないんじゃないの？」

なんのことを言っているのか、そのときは分からなかった。

「え？」

「婚姻届の証人だよ。別にあんなもん、誰だっていいんだけどさ、そういうアレだったら、俺がなってやろうか」

これに関しては後日、その通りにお願いした。ちなみに瑶子の側の証人は、アンジェリカの同僚だった。「宮前富美子《みやまえとみこ》」という名前に覚えはなかったが、瑶子に訊くと「エレナさんです」という。いやはや、すごい源氏名をつけたものである。

「たかはし」に後藤を連れていくと、また瑶子は手前の席に座っていた。

俺を見て、慌てて小上がりから下りる。サンダルを突っかけようとして、またコケそうになる。

「あ、あの……すみません、えっと……私、瑶子です」

後藤も合わせて頭を下げる。

「初めまして、後藤です……クニさん、やるねェ。すごい可愛い子じゃん。隅《すみ》に置けねえなァ」

案の定、また奥の席の譲り合いになった。でも今日は二対一。手前に二人並ぶというのも据わりが悪いので、俺たちが奥にいくことにした。

実をいうと、ここに至るまでに瑶子とはいろいろ話し合いを重ねていた。

瑶子としては、俺に偽装結婚という違法行為はさせたくない。そもそも普段の生活に問題はない。問題があるとすれば入管に摘発されたときだが、そうなったらなったで諦めると、半ば自棄《やけ》を起こしたような発言もしていた。

だったらなおさら結婚しよう、と俺は言った。

偽装かどうかは第三者、具体的には法務局がどう判断するかにかかっている。でもこの実態を見て、これが偽装結婚だと断ずることが誰にできるだろうか。俺たちは実際、都合さえ合えばこうやって「たかはし」で待ち合わせ、共に食べ、共に飲み、共に帰っていく。肉体関係があるかどうかは問題ではない。結婚前には交渉を持たないと、そういう関係だってあっていいはずだ。それを理由に偽装結婚と決め付けられるものではない。そもそも、そんなことは調べようもない。

また、俺の側にも得はある、と瑶子には言った。副島さんが就職の世話をしてくれる。それは俺にとって、とてもメリットのあることだ。ただ哀れみで戸籍を貸すわけじゃないんだよ、と説明した。

話し合いを重ねると、瑶子も、次第に態度を和らげていった。

「村瀬さんの、お嫁さん……なんか、ワクワクします」

ただし、後藤に紹介すると言い出したのは俺だった。この飲みには、単なる紹介とは違う目的もあった。

「後藤ちゃん、悪いんだけどさ……一緒に、写メに入ってくんねえかな」

女将《おかみ》さんにシャッターを押してもらい、後藤と瑶子、俺の三人で写真に収まる。ツーショット写真はすでに撮影してあったが、誰か友達と一緒というのは今までなかった。こういう、関係性の広がりを証明できる写真があると法務局の面接で有利らしい、と副島が言っていたのだ。

撮影後、真っ先に携帯の画像をチェックしたのは瑶子だった。

「……あ、私、目が瞑《つぶ》ってますね。これは失敗です。もう一回撮りましょう」

後藤も横から覗き込む。

「いや、瑶子ちゃん可愛いよ。これはこれでいいよ」

「後藤さんは、自分の目が開いてるからいいですよ。私、開いてないですから」

「大丈夫だって。開いてなくたって可愛いって」

「そういうのは違います。目を開けてないは失敗です。私だけ失敗は、私は嫌です。無理です」

「……瑶子ちゃん、案外わがままだな」

何度か撮り直しをし、結局瑶子がＯＫを出したのは五枚目だった。

その写真では、俺が目を瞑っていた。


法務局での面接は、さすがに緊張した。

「知り合った時期と、きっかけは？」

小さな会議室のような部屋。別々に面接されるのかと思っていたが、実際は二人いっぺんにだった。

「二年前、くらいだと思うんですけど……でも、彼女がフロアレディで、当時自分は、酒屋の配達でその店に出入りしていたので、正確には分かんないですね……ねえ？」

「うん……ちょっと、寒かったの気がしますけど、どうですか」

「いや、俺は全然覚えてない」

面接官は曖昧《あいまい》に頷くだけ、納得したかどうかまでは分からなかった。でも、事実なのだから仕方ない。

「同棲《どうせい》は、していらっしゃらないんですね」

「はい、今はまだ、別々に暮らしています」

「結婚後は」

「新しく部屋を借りようと思っています」

「結婚を考え始めた時期は？」

これは、副島から打診された時期、と考えればいい。

「……三ヶ月前くらい、かな」

「私は、もっと前から考えてましたよ」

「いつだよ」

「分かんないですけど、私はもっと前です」

段々、面接官が面倒になってきているのが手に取るように分かった。

「……はい、分かりました。ええと……村瀬さんは、ご両親共にいらっしゃらなくて……楊さんの、中国のご両親は、このことをすでにご承知なんですね」

「はい。旅費を貯金できたら、二人で中国にいきます」

「この、写真の男性はどなたですか」

例の写真はあらかじめ、書類と一緒に提出しておいた。

「私の、勤め先の同僚です。とても祝福してくれていまして、婚姻届の証人も引き受けてくれました。ちょくちょく三人で、馴染《なじ》みの飲み屋にいくんです。彼女の自宅が、うちの会社の近くなんで」

他にもいくつか訊かれたが、特に難しいものではなかった。

俺たちの出会いや、付き合い始めのきっかけは本物なのだから。

何一つ怖れることはなかった。

二週間ほどして、婚姻が認められた旨の連絡を法務局から受けた。それを再度、婚姻届を提出した練馬区役所に報告したら、完了。

ようやく俺たちは法律上、夫婦と認められるに至った。

区役所からの帰り道。

「なんだか私、勘違いしてるみたいです……頭は、違うの分かってますけど、気持ちは、村瀬さんのお嫁さんになって、安心してます……本当は違うの、分かってますよ。分かってますけど……うん。なんか、とても、落ち着いています」

それは俺も同じだった。

同じ目的に向かって、いろいろ一緒に作戦を練って。いつ相手を認識し始めたかも、お互いけっこう忘れていたりして。そんな、わざわざ口裏を合わせる必要がないことが、やけに嬉しくて。

その日は、あえて俺から提案してみた。

「ねえ、今日は『たかはし』じゃなくて、別のお店にいこうよ」

ぱちくりと、瑶子が目を瞬《しばた》く。

「別の、どこですか」

「寿司でも、焼肉でも、なんでもいいよ」

この辺は若干、副島の影響を受けていたかもしれない。ちょっとグルメになったつもりでいた。

でも、瑶子のリクエストは意外なものだった。

「だったら私、流しそうめん食べたいです。今日は流しそうめん、いいですか?」

それはさすがに、俺も心当たりがない。

13

東武練馬駅に着く直前に、久江の携帯が震えた。

ポケットから取り出したそれを、金本が無遠慮に覗き込んでくる。

「誰だよ」

「さあ。都内の、固定電話みたいですけど……」

しかも、おそらくは練馬区近辺。普段、事件やその他で区内電話をかけるときにありそうな番号だ。

通話ボタンを押し、左耳に当てる。

「もしもし」

『あ……魚住さん、ですか』

久江と同年代くらいの、男性の声だ。

「はい、練馬署の魚住です」

『ついさきほど、お話ししました、後藤です。越田酒店の』

前の職場で村瀬と一番親しくしていたという、彼か。別れ際にもらった名刺は【城北地区主任　後藤正範】となっていた。

「ああ、先ほどはどうも。お仕事中に失礼いたしました……えっと、村瀬さんの件で、何か思い出されたことでも？」

『いや、そうじゃなくて、ヨウコさんの勤め先。ちょっと調べたら、分かったんで』

それを、すぐに確かめて連絡してきてくれたわけか。意外と律儀《りちぎ》な人だ。

「ありがとうございます。わざわざご連絡いただいて、申し訳ありません」

『いえ……ええと、店の名前、いいですか』

「はい、お願いします」

隣では、すでに金本がメモ帳を構えて待っている。こういったところは、やはり気心の知れた相手だとやりやすい。

『池袋二丁目、△の◎、プリンセスビル二階の、キャバクラ、アンジェリカです』

復唱すると、後藤は『そうです』と返し、金本も間違いなく、その通り書き取った。

「……はい、了解いたしました。ご連絡、ありがとうございました。また何か、お尋ねすることもあるかと思いますが、何卒よろしくお願いいたします……はい、失礼いたします」

だが終了ボタンを押し、携帯を元通りしまうと、隣で金本が妙な顔をしている。先を引っ込めたボールペンで、トントンとメモ帳のページを叩いている。

「なんですか、そんな難しい顔して」

言うと、さらに口を尖らせる。

「うん……やけに親切だな、と思ってな」

「ハァ？　金本さん、あの人まで疑うんですか」

思わず声が大きくなりかけた。でも大丈夫。たまたま聞こえる範囲に人はいなかった。

「じゃあお前、あの後藤が犯行に関与していないと断言できる根拠は、何かあるのか」

「そりゃ、この時点でシロと断定できるものは、ないですけど……さっき、初めて会ったばかりですし」

「だろう。だったら、疑ってみるのも必要じゃないか？　特に、この手の事案の動機は最初からはっきりしてる。金だ。金がほしいからだ。だが金がほしいのは誰だって一緒だ。俺だって、お前だって金はほしい。そういった意味じゃ、誰だって身代金誘拐を目論《もくろ》む可能性はある」

そんな無茶な。

久江は改札の方に足を向けた。

「お金がほしいのは、そりゃ誰だって同じかもしれないですけど、実際にやるとなったら話は別です。それに、身代金目的の誘拐はそんなに簡単な犯罪じゃないし、頻発もしてません」

隣に並んだ金本がかぶりを振る。

「……さっき、後藤はなんと言った？　金に困ってるか困ってないかと訊かれたら、俺たちはみんな困ってるって言ったんだぞ」

「正直でいいじゃないですか」

「いいから聞けよ……しかも村瀬は、後藤が紹介した越田酒店から、富士見フーズに転職している。給料のいい方に移っている。富士見フーズは景気のいい会社だと、後藤は考えただろう。それに、村瀬を引き抜いたのは副島だ。村瀬から富士見フーズの内部情報を引き出して、犯行に及んだという図式だってあり得ないわけじゃない。何しろ、副島っていう大の男を拉致してるんだからな。そもそも村瀬一人では難しい犯行だ。協力者がいると考えた方が自然だ」

「それが、さっきの後藤だっていうんですか」

すると、フッ、と鼻から息を漏らして笑う。

「それは……分からん」

「なんなんですか。本気で後藤を疑ってるわけではないんですか」

金本は、ふざけているみたいに久江を指差した。

「いいから、後藤をシロにしたいんだったらそれなりの根拠を示せよ。お前にはどうも、人間を加点法で見る癖がある。一所懸命汗をかいて働いてた？　訊けばスラスラと話してくれた？　そんなことで犯人じゃありませんだなんて決めてたら、検挙率はそのうちひと桁《けた》になっちまうぜ」

別に、そんなことで後藤を信用したわけではない。

ＩＣカードを当てて、改札を通る。

「だって、後藤が犯行に関与してるとしたら……少なくとも、事件発生時のアリバイはないわけですよね」

「奴はおそらく、昨日の午前中もトラックで配達中だったはずだ。ひょっとすると、あのトラックで副島を運んだ、なんてことも、あるのかもしれんな」

あの、パネルバンの荷台内部がどうなっているのかは分からないが、ビールケースの間に押し込められた副島の姿を想像してみる。それをする後藤の、悪意に歪んだ表情も——いや、それはない、と思う。根拠はないけれど、後藤はそんな人ではないと、現時点では思いたい。加点法と言われようと、そこは揺らがない。

「だったら……村瀬についても喋《しゃべ》り過ぎてます。私に何を訊かれたって、さあ、そんなに仲良かったわけじゃないんで、とか言っておけば、誤魔化せたはずでしょう」

それにも金本はかぶりを振った。

「こっちは受付の子に聞いて声をかけてるんだ。下手な嘘をついたら逆に疑われる。だから奴は正直に話した」

「じゃあ、白瑶《バイヤオ》のことはどうなんですか。わざわざ親切に電話してくる必要なんてないじゃないですか。こっちから改めて電話をかけて、そのときに明かせば済んだことじゃないんですか」

すると、ニヤリと片頬を歪める。

「それは……いってみて、その店に楊白瑶がいれば、の話だな。俺たちがいってみても、というの昔に辞めていれば、奴にとっては明かしても痛《かゆ》くも痒くもない情報ってことになる。むしろ、捜査を攪乱《かくらん》してやったと、あっちはほくそ笑んでるかもしれない」

言いながら、金本は内ポケットから自分の携帯を出した。中野の指揮本部にかけるようだった。

「……ああ、捜一の金本です。村瀬の女房の勤め先が割れたんで、そっちに回ります。池袋の、アンジュリアってキャバクラです」

お言葉だが、店名は「アンジェリカ」だ。

東武練馬から池袋までは東武東上線で七駅、時間にして二十分弱だから大した距離ではない。

東武東上線の改札を出て左。駅北口から地上に出る。

「なんか、久しぶり……懐かしい」

金本と久江はかつて、同じ時期に池袋署の刑事課強行犯係にいた。そんな二人が揃って本部の捜査一課にいったものだから、「池袋からきた金本と魚住」、思いきり縮めて「袋《ブクロ》の金魚」などと呼ばれたこともある。それも、もはや遠い思い出だ。

「この住所だと、平和通りの、ちょっと手前だな」

「ですね」

北口からしばらく真っ直ぐ。コンビニのある交差点を渡って、右手に二十メートルほどいったところ。

「このビル、ですかね……うん、プリンセスビル」

「間違いないな」

ミラーではないのだろうけれど、それっぽい外壁で覆《おお》われた、いかにも水商売っぽいビルだ。入り口脇には店の看板も出ている。白をバックに紫の飾り文字で「Angelica」とある。その口ゴをはさむ恰好で、左に三人、右に五人、女の子の写真が配置されている。各人の下には源氏名もある。一番大きく写っているのが、いわゆるナンバーワンなのであろう「エレナ」。それよりはやや小さくなるが、右の固まりの左から二番目に写っているのが、

「金本さん、この娘《こ》」

「ああ」

楊白瑶ではないだろうか。源氏名は「瑶子」となっている。

こういうのを「卵型の顔」というのだろう。全体的にはつるっとした丸顔だが、顎がキュッとすぼまった綺麗な輪郭《りんかく》をしている。他の娘と比べると髪がやけに黒々しており、一見地味な印象を受けるものの、一人くらいこういう娘がいた方がバランスがとれていいようにも思う。少なくとも、見るからに中国人、という感じはしない。

そこで、ポケットの携帯が震え始めた。

「ちょっと、すみません」

なんとなく道端に寄って携帯を開くと、なんと、練馬署の峰岸からだった。

「……もしもし?」

『魚住さん、峰岸です』

なんとも懐かしい声だ。胸の辺りが、ふわりとあたたかくなる。

「うん、どうしたの」

『いま自分、魚住さんの真後ろにいますけど』

「えっ」

思わず振り返ろうとしたが、

『振り返らないでください。楊白瑶がいますから、それとなく、なんの気なしに』

「うん、分かった……」

峰岸の指示通り、辺りに目的のビルを捜すような芝居をしながら、久江は今きた道を振り返った。

すると、確かにいた。鮮やかな水色のコートを着た、細身の女がこっちに歩いてくる。黒いハイネックとのコーディネートがやや日本人離れして見えるが、それは久江がそうと知っているからかもしれない。近くまでくると顔も確認できた。間違いない。彼女こそアンジェリカの「瑶子」だ。即《すなわ》ち村瀬邦之の妻、楊白瑶。寒さに顔をしかめてはいるものの、足取りは普通にしっかりしている。少なくとも、夫が誘拐されて動揺している人妻、というふうには見えない。

それとなく彼女の後方に目を向けると、峰岸が歩いてくるのも見えた。見慣れた濃いグレーのコートを着ているのですぐに分かった。

瑶子は慣れた様子でビル入り口を入っていったが、久江たちはそのまま歩道に留まった。やがて、峰岸ともう一人の捜査員がやってくる。

「お疲れさまです」

「うん……ご苦労さま。っていうか、どうして私がここにいるって分かったの」

「あそこの、交差点で信号待ちしてたら、見えました。あ、魚住さんがいるな、って。たぶん、アンジェリカに先回りしてらしたんだな、と。だったら、これから楊白瑶がそっちにいくって、伝えといた方がいいかな、と思いまして」

なるほど、そういうことか。ようやく事情が呑み込めてきた。

「ひょっとして、彼女が動き出して、それの行確《こうかく》に補充されたのが、峰岸くんだったの？」

そう訊くと、こともなげに「はい」と頷く。

「一度、白瑶は近所のスーパーに買い物に出まして、そのタイミングで自分らは居宅の張り込みに入ったんですが、その、買い物の尾行から帰ってきた捜一のペアが今度は現場に残ることになりまして、代わりに自分たちがここまで尾《つ》けてきた、というわけです。ここまで、どこかに連絡する様子も、銀行で金を下ろしたりすることもありませんでした」

ちなみに「捜一のペア」というのは渡辺組のことだろう。

大体状況は摑めた。

「そう……あ、こちら、捜査一課の金本主任」

峰岸は丁寧に頭を下げたが、金本はまったく見ておらず、さっきから通りの向こうに目を向けている。

「……なに、金本さん。挨拶くらいしてよ」

「俺ちょっと、ヤブさんとこ、いってくるわ」

「は？」

　ヤブさんこと、藪本与太郎《やぶもとよたろう》。この界隈《かいわい》でラブホテルや風俗店を何軒も経営している、いわば「池袋の風俗王」みたいな老人だ。池袋署時代、久江も彼から様々な裏情報を提供してもらい、結果いくつか手柄も立てさせてもらった。

「ヤブさんだったら、私もいきますよ……っていうか、ヤブさんがどこにいるか、金本さん知ってるんですか」

　藪本は決して大人しく一ヶ所にいる男ではない。昼間からラーメン屋でビールを飲んでいるかと思えば、ゲームセンターで競馬ゲームに興じていたり、コンビニで雑誌の立ち読みをしていたりする。よその風俗店にもよくいくし、たまには交番で若い警察官の人生相談に乗っていたりもする。一方で、組事務所にも頻繁《ひんぱん》に出入りしている。なのに、携帯電話は持たないという厄介《やっかい》なポリシーの持ち主だ。さすがに今現在は持っているのかもしれないが。

「今、あそこの薬局に入るのが見えた」

「相変わらず、目はいいんですね……峰岸くん。私たち、ちょっと下調べしてくるから。しばらくここお願いね。裏口もちゃんと見ててね」

「はい」

　せっかく見つけた藪本を見失ってはならない。久江は金本と、一つ先の角にある薬局に急いだ。

　案の定、着く前に藪本は店から出てきた。黒っぽい小瓶を店先でラッパ飲みし始める。滋養強壮ドリンクの類《たぐい》か。ということは、これからどこかの風俗店でひとがんばりする予定か。

金本が先に声をかける。

「ヤブさん、久しぶり」

瓶を上に傾けたまま、藪本がこっちを横目で見る。あの頃よりだいぶ髪は薄くなったが、肌艶《はだつや》や血色は相変わらずいい。元気そうで何よりだ。

「ん……」

最後の一滴まで飲み干し、ようやく瓶を口から離す。

「……懐かしいね。カネモっちゃんに、久江ちゃんじゃないか。二人とも本庁に栄転して、もう池袋になんざ興味ねえのかと思ってたよ」

久江は黙ってお辞儀をしたが、金本は「なに言ってんだよ」とその肩に手をやった。

「俺は何度も池袋にきてるぜ。そのたんびに会おうとしてるのに、ヤブさんがどっかに隠れてて出てこないんじゃないか」

「私はどこにも隠れちゃいないよ。本気なら、こうやって道端でだって会えたはずさ」

確かに。本当に必要なとき、藪本は不思議と自ら姿を現わしてくれる。そんな、ちょっと怖い人物でもある。

「そう、今日がまさに、その本気の日なんだよ……ちょっとそこで、ビールでも飲もうぜ」

金本は強引に藪本の肩を抱き、平和通り商店街に連れ込んだ。

「ええと……そこでいいか」

言いながら金本が指差したのは、界隈でも有名な中華料理屋だ。

「私は、そんなに腹は減ってないけどね」

「棒々鶏《バンバンジー》くらい食えるだろう」

そのまま自動ドアを入る。まだ時間が早いからだろう、店内には女性の三人グループがひと組いるだけで、内緒話をするには悪くないシチュエーションだった。

店の中ほど、壁際の席に座ると、すぐに店員が「いらっしゃいませェ」と寄ってきた。

金本が、壁の短冊を指差してオーダーする。

「棒々鶏と、水《すい》餃子くらいいけるよな……あと、枝豆。飲み物は生ビール一つと、烏龍茶《ウーロン》二つ」

藪本が、苦笑いしながらかぶりを振る。

「相変わらず、カネモっちゃんは強引だね」

「それくらいしねえと、仕事にならねえの」

「そうだろうよ」

店員が下がっていくのを横目で見ながら、藪本が身を乗り出してくる。

「……事情はよく知らんが、急いでるんだろう。最初に、知りたいことを訊きなさいよ」

「ありがたい。ヤブさんのそういう手っ取り早いとこ、好きだぜ。じゃ、早速《さっそく》だが……」

そこ、と金本が入り口の方を指差す。

「プリンセスビルってあるでしょ」

「ああ。一階がマニア向けのレンタルＤＶＤ、二階がキャバクラのアンジェリカ、三階が四《し》川《せん》料理のチンチンテイ、四階が……」

「その、二階のキャバクラなんだけどさ」

うん、と藪本が頷く。

「ケツ持ちの確認かい」

「ああ、それも知りたいね」

「あそこは成和会《せいわ》だろう。店のオーナーは昔、成和会の若中《わかちゅう》だった板倉《いたくら》だよ」

板倉なら久江も知っている。確かにヤクザよりは客商売の方が向いていそうな、笑ってしまうくらい愛想のいい極道だった。

藪本が続ける。

「板倉はとうに組を辞めてるが、付き合いは続いてるみたいでね。あの店から、たまに橋本《はしもと》とか、新谷《しんたに》とかがご機嫌で出てくるのを見かけるよ。それでケツ持ちさせなかったら、逆に問題だろう」

橋本も新谷も成和会の幹部だ。

へえ、と金本が頷く。

「板倉も偉くなったもんだな……ちなみに、店を任されてるのはなんて奴？」

「板倉も店にいるけど、その下のマネージャーはちょっと前に代わってね。今はトガシっていう、わりと色男のボンボンだよ。どっかの、土建屋の次男坊じゃなかったかな」

「そいつは最近、金に困ってそうかい」

「いや、そこまでは分からんけどね。でも、むしろ金回りはよさそうに見えるかな。よく、西一番街の入り口にあるパチンコ屋で一緒になるけど、いつも勝ってるみたいだよ。また出ちゃったよ、もう仕事の時間なのに、なんてボヤいてるくらいだから」

しかし、それだけで身代金目的の誘拐を目論む可能性がないとは言い切れない。

「そいつ、女はどう」

「それはないね。奴、こっちだから」

藪本が、一瞬だけ手の甲を自分の頰に当てる。ゲイ、という意味だろう。

「カネモっちゃんが何を調べてるのかは知らんけど、トガシは真面目ないい奴だよ。ここじゃ言えないけど……気前のいいパパもいるみたいだしね。そのうち、趣味も兼ねてホストクラブでも出すんじゃないかな……いや、ゲイバーか」

くっくっく、と藪本が笑っていると、奥から店員が生ビールと烏龍茶を持って出てきた。

「生ビールのお客さまは……はい、失礼いたします」

枝豆も一緒にテーブルに置かれる。

金本が烏龍茶のグラスを取る。

「とりあえず、乾杯だな」

藪本と久江も、ジョッキとグラスを持った。

「じゃあ、再会を祝して……で、他には何が知りたいんだい」

「できれば、そのトガシの携帯番号を知りたい」

「それなら、いま教えてやるよ」

事もなげに、藪本は内ポケットから携帯電話を出した。

思わず、久江は指差してしまった。

「ヤブさん、携帯買ったんだ」

すると、ちょっと照れたような笑みを浮かべる。

「うん……仙台にいる、孫娘がさ、お祖父《じい》ちゃんとメールしたいって、それで、仕方なくね……でも、慣れるとけっこう便利なもんだね。最近じゃ、絵文字もデコメも自由自在だよ」

池袋の風俗王も、プライベートではいいお祖父ちゃん、か。


金本は店に残り、久江だけ先に出てきた。

早速藪本に聞いた番号にかけ、富樫公宏《とがしきみひろ》を呼び出す。藪本の紹介だというと、富樫は特に渋りもせず、中華料理屋向かいの喫茶店まで出てきてくれた。

いわゆる黒服を着ているので、すぐに分かった。

「恐れ入ります、富樫さん、ですか」

「はい……お電話くださった、魚住さん？」

「ええ。お忙しいところ、お呼び立てして申し訳ありません。ちょっとだけ、よろしいですか」

入り口近くの席にいざない、コーヒーをもう一つオーダーする。

「ご挨拶が遅れました。私、警視庁練馬署の、魚住と申します」

名刺を差し出すと、富樫は興味深げに見ながら、丁寧に両手で受け取った。ぱっちりと大きな、綺麗な目をした青年だ。まだ二十代後半だろう。肌の感じや、わざと癖をつけたヘアスタイルがなんとも今風で若々しい。

「あの、練馬署の方が、どういった？」

ここから先は、久江の裁量に任されている。金本は別れ際、「お前が見て、大丈夫そうなら抱き込め」と久江に耳打ちした。すぐに「減点法で厳しくな」とも付け加えられたが。

「はい。突然で驚かれるかもしれませんが、おたくのお店、アンジェリカで働いている、瑶子さんについてです」

はあ、と小さく頷く、その表情に大きな変化はない。多少不安げではあるが、動揺した様子はない。

「本名を、確認させていただいてよろしいですか」

「ええ……楊、白瑶、だったと思います。爪楊枝《つまようじ》の『ヨウ』の字に、白で、王偏に、なんていうか……揺れるって字の、右側みたいな。それで、ヤンバイヤオ、と読むみたいです」

久江も合わせて、手帳に書き取る芝居をしておく。

「分かりました。楊白瑶さん、ですね……昨日、その瑶子さんは、出勤していらっしゃいましたか」

「はい……っていうか、これってなんの捜査なんですか」

いい質問だ。普通ならまずそこを気にする。

「現時点では、ごめんなさい。なんとも申し上げようがございません」

「例えば、不法滞在とか、そういうことでしたら、瑶子さんは問題ないはずなんですが」

店側としては、まずその点をクリアにしておきたい、ということか。

「……と、申しますと？」

「彼女には日本人の旦那《だんな》さんがいます。きちんとした国際結婚だと伺っています。私も、旦那さんとは面識があります。以前、うちの店にお酒を卸していた業者の、配達担当の方です」

自分の店は不法滞在外国人など使っていないという、警察に対するごく真っ当《まっとう》なアピールではある。

もうひと探り入れてみよう。

「富樫さんは、富士見フーズの副島専務を、ご存じですか」

「はい、副島さんは、うちのお得意さまです。よく、エレナや瑶子を指名していただいています」

パッ、と頭の中に一つ、電球が灯《とも》った。

そうか。楊白瑶と副島孝は、キャバクラのホステスと客という間柄だったのか。

金本の説を支持するようで悔しいが、つまり村瀬と白瑶が結託して犯行に及んだ可能性も、考える必要が出てきたわけだ。

益々《ますます》、楊白瑶への接触は慎重にしなければならなくなった。

その協力者として、この富樫という男はどうだろう。

言葉遣いは誠実だし、警察官に対する物怖《ものお》じもない。こちらが握っている情報と照らし合わせても、発言に矛盾した点は見受けられない。これは、後ろ暗いところのある人間にはなかなかできない芸当だと思う。むろん、根拠や証拠といえるレベルのものではないが、刑事は人を見てナンボの仕事だ。自分の感覚を信じられなければ、捜査なんて何一つ進められなくなってしまう。

ここは一つ、試してみるしかないだろう。

「富樫さん。突然のお願いで恐縮ですが……」

これは、久江なりの賭けだった。

14

転職について後藤に報告するのは、さすがに心苦しかった。

改まって「たかはし」に誘ったりしたら、その場の一時間、二時間が気まず過ぎる。かといって、帰り道に歩きながらするのでは義理を欠くように思えてならない。結局、ちょっといいか、とハンバーガーショップに連れ込んだ。

夕方五時半。ブレザー姿の高校生が携帯を弄《いじ》りながら笑い転げている隣で、後藤と向かい合う。

「何よ、話って。また瑶子ちゃんのことか」

今夜は、悪阻《つわり》も治まった奥さんが久々にカレーを作って待っているという。なので、後藤が頼んだのはホットコーヒーだけ。俺も合わせてカフェオレにしておいた。

「いや、瑶子のことじゃ、ないんだけど……」

「だから、なんなんだって。金と女と仕事の不満以外なら、いつだって相談に乗るって言ってるだろ」

いつもなら、笑うべきところだ。

「まあ、仕事、なんだけど……不満、じゃないんだ」

「仕事に不満はないのに、相談はあるの?」

「相談、でも、ないんだけど……」

「なんだよ……えっ、ひょっとして」

辺りを、ちらちらと見てからこっちに顔を寄せてくる。

「……会社の金とか、使い込んじゃったの?」

「いや、そういうこと、でもなくて」

「じゃなんなんだよ」

段々、後藤の顔に苛立ちの色が濃くなってくる。

仕方ない。思いきって言うしかあるまい。

「あの、俺さ……今月で、会社、辞めようと思うんだ」

ぽか、と口を開けたまま、後藤が固まる。それが、予想以上に気まずく感じられ、俺は慌てて話を続けた。

「まだ、会社には、言ってないんだけど……でもその前に、後藤ちゃんには、言っとかなきゃって思って」

「え……会社、辞めて、どうすんの。仕事、なに、しないで、瑶子ちゃんのヒモ……あ、ごめん。主夫、ってこと?」

「仕事は、する……別の会社に、就職する」

後藤の眉根に、微かに力がこもる。

「別の会社って、どこ」

「ちょっと、誘われて……」

「だから、どこ」

「あの……富士見フーズ」

ええーっ、と、声こそ出さなかったが、口の動きはそう叫んでいた。

「富士見フーズって……何それ。今あそこ、店舗増やしまくってて、めちゃめちゃ上り調子じゃない。もちろん、ホールのバイトとか、そういうことじゃないんだよな？　正社員になるってことなんだよな？」

「まあ……そう」

「なんでまた。どっからそんな話になったの」

仲が良かっただけに、質問も遠慮がないな、と思った。

「仕事中に、たまたま専務の副島さんと、ちょっと知り合いになって……そんな縁で、うちにこないか、みたいに誘われて」

「ちょっと知り合いって……あ、そういや前に、新メニューの試食会とか、そんなのにいったって言ってたよな」

よく覚えてるな、そんなこと。

「それも、うん。あったね」

「それってやっぱ、条件とかいいの。給料とか、こっちよりアップするわけ？　そりゃするよな。だからいくんだもんな」

ある程度覚悟はしていたが、実際に訊かれると、やはり非常に気まずい。

「多少は……うん。上がるかな」

「どんくらい？」

「いや、後藤ちゃんはほら、俺より、元々もらってるじゃない」

「いったって、三万も違わないだろ……一応さ、参考までに教えてくれよ。いくらアップするの」

十万くらい、とはもはや言いづらい。

「どんくらいかな……五万、とか、それくらいじゃないかな」

それでも後藤は、気絶でもするように背もたれに寄りかかった。

「くーっ、五万かァ……そりゃ移るよなァ、富士見フーズに。月五万っていったら、一年で六十万アップだろう。そりゃ生活も楽になるよなァ。そんでもって、そっちは瑶子ちゃんだってまだ働くんだろう？　若いもんな、そうだよな……子供作るったって、まだまだ先でいいもんなァ。いや、そりゃ羨《うらや》ましいわ」

口調は明るかったが、顔は決して笑っていなかった。半泣きのようにも、怒っているようにも見えた。なんとも複雑で、中途半端で、変な顔だった。嫉妬、悔しさ、落胆。そんな感情が顔中の毛穴から、ふつふつと滲《にじ》み出てくるようだった。

「ごめん、後藤ちゃん。せっかく、紹介してもらった会社なのに」

「それは、いいよ……うん」

「仲良くしてもらったし、世話にもなったし、ほんと……申し訳ないと思ってる」

「謝るなよ。余計、こっちが惨《みじ》めみてえじゃねえか」

本当に、目には涙が浮かびかけていた。

それを隠したかったのか、後藤は今一度、背もたれに身を預けた。

「あーあ、五万アップか……羨ましいなァ。俺にも、なんかそういうチャンス、回ってこねえかなァ」

そうなのか、と思った。

これって、一般的には、幸運なことなのか。


後藤との関係がそれまでよりもギクシャクしたのは、正直つらかった。ただ、会社側に辞めたいと伝えてもさほど慰留らしいことがなかったのは、不幸中の幸いだったかもしれない。そもそもバイトに毛が生えたような待遇だったのだから、当然といえば当然か。

もう一つの問題は、瑶子だった。

その月末。越田酒店での最後の仕事を終え、

「長い間、お世話になりました……失礼します」

その帰りに、彼女と「たかはし」で落ち合った。

いつもの席に座る彼女が、この日はやけに小さく見えた。

「今日が、最後だったんですね……」

ホッケをつつく箸《はし》も、なんだか元気がない。

「村瀬さん、お家《うち》はどこ駅でしたっけ」

「桜台。池袋から、西武線で四つ目」

「じゃあもう、こっちの方には、あまりくる用事、ないですか」

「うん……最初の勤務は、高田馬場《たかだのばば》店になるみたいだから、こっちには、あんまりこなくなっちゃうかな」

小さく唇を嚙むようにしながら、瑶子が店内を見回す。壁に貼られたメニューの短冊。大小様々の小判が並んで納められた額。三枚きりの、ヤニで黄ばんだサイン色紙。名前は一つも解読できないが、日付と「たかはしさんへ」と書いてあるのはどれも共通して読める。あとは、入り口近くにある大達磨《おおだるま》と、招き猫。

「私、とても好きでした。ここで、村瀬さんとご飯するの」

しばし、返答に困った。それは、これからもときどき、ここで食事に付き合ってほしいと

いうことなのか。それとも、ここでなくてもいいから、俺に会いたいということなのか。

そんなはずがあるか、と打ち消そうとする気持ちと、もしかして、としつこく膨《ふく》らむ期待の両方があった。

偽装結婚の話が出たとき、瑶子は副島に、もう部屋にはくるなと言って怒ったという。もう彼には会いたくないとまで、俺に漏らした。だが、結局俺は瑶子との偽装結婚を受け入れ、瑶子はこうして日本に留まっている。

今も、専務は部屋にくるの？

そう確かめたい気持ちは常にあった。でも、訊けなかった。どうせ、くるに決まっている。実際、そのために副島は何百万もの金を使っている。偽装結婚に必要な書類を用意し、ひょっとしたら瑶子の部屋の家賃だって彼が払っているのかもしれない。考えたくはないが、それもこれも瑶子を抱くためにほかならない。気が向いたときに、好きなだけあの部屋で、瑶子と――。

悲しいのは、目の前にいる瑶子が、どうしてもそういう女には見えないことだ。副島に抱かれている姿は、無理やりならば想像できる。しかしその表情は、いつも苦悶に歪んでいる。嫌々ながら副島を受け入れる瑶子。またそれが、ケチで独りよがりな幻想であることも、自分で分かっていた。

結局は金か、と思う。瑶子が日本にきたのも、副島の愛人になったのも、俺が会社を移るのも、それを知ったときに後藤が泣きそうになったのも、すべては金があるかないかの問題か。

瑶子は、何度も瞬《まばた》きを繰り返しては、俺を見た。睫毛《まつげ》の動きが、小さな花に止まる、小さな蝶々《ちょうちょう》のようだった。つかまえたい。でも俺には、手を伸べる資格すらない。

小首を傾げて、瑶子が訊く。

「これからも、メールは、大丈夫ですか」

「うん……大丈夫だよ。それは、今までと変わらないから」

「高田馬場って、山手線で、池袋の隣の隣、でしたよね」

「そう。池袋、目白で、その次」

「そんなに、遠くはないですね」

「うん。遠くないよ」

こんなに近くにいても、俺は君に、触れることさえできない。

「たまには、私が飲みにいっちゃおうかな……どうですか。それは、お仕事の邪魔ですか」

なぜだろう。俺はそのとき、黙ってかぶりを振ってしまった。

こない方がいい、とも、邪魔じゃないよ、とも、どちらともとれる返事をしてしまった。

「点点楼高田馬場店」での勤務は、早速翌月の一日からだった。

「初めまして、村瀬邦之です。何も分かりませんが、よろしくお願いいたします」

この店舗には店長が一人、副店長が二人いる。このうち一人は必ず店舗責任者として常駐するという。俺はまず、副店長見習というポジションからのスタートだった。

「じゃあ、村瀬さん。とりあえず、店のメニューをすべて覚えることから始めてください」

店長も副店長も、俺よりずっと若い男性だった。特に俺の教育係になった坂根《さかね》副店長は、大学を出てまだ二年も経っていないということだった。

「冷蔵庫の食材も定期的にチェックして、不足があれば本部に発注します。調理スタッフも足りないものは言ってきますが、基本的に食材の在庫管理はそのときの店舗責任者の仕事になります」

覚えるべきことは山ほどあった。売り上げの集計方法、二十人からいるホールスタッフのスケジュールや給与の管理。忙しいときは調理の補助もしなければならないので、全メニューの調理方法もひと通り学ばなければならなかった。

驚いたのは、ゴミの量まで厳しく管理されていることだ。

売り上げがこれくらいならゴミの量はこれくらい、というデータがすでに算出されていて、それをオーバーしていたらゴミの内容を調べて、食材が無駄遣いされていないかをチェックしなければならないという。冬場はまだいいが、夏は半日もすれば生ものは腐り始める。それをチェックしなければならない日もくるのかと思うと、正直ゾッとした。

それと比べたら、ホールでの接客業務など楽なものだった。

「いらっしゃいませ。何名さまですか」

カウンター十二席、四人テーブルが六つ、コーナーに半円の六人テーブルが三つ。ファミレスにしたら小さめだが、チェーン店の中華料理屋としたら大きな方ではないだろうか。

開店時間は午前十時、ラストオーダーは午前二時半、閉店は午前三時。ホールや調理のスタッフはそれで帰れるが、週に一度は本部清掃が入るため、責任者はそれにも立ち会わなければならない。清掃が終わる頃には、もう夜も明けている。シフトによっては、そのまま午前九時半のスタッフミーティングまで事務所で仮眠をとることになる。

そんな調子だから、休みの日はもう一日中部屋で寝っ放しだった。

目が覚めて時計を見ても、薄暗いと朝の五時なのか夕方の五時なのか、よく分からなくなった。これから休日が始まるのか、それともすぐに支度をして出かけなければならないのか。それを考えるのすら億劫《おっくう》になった。

「こんなにシンドいなんて……聞いてねえよ、副島さん……」

そんな生活の中で唯一の救いになっていたのは、やはり瑶子からのメールだった。

【今日は一人で餃子を作って食べました。私の家のみたいに作りたかったけどかわが違うのでちょっと違うけどおいしいですよ。】

瑶子のメールはいつもそうだ。読点がないから、ちょっと読みづらい。でもそこに、逆に彼女らしさも感じられた。それでいて、写真は小まめに添付してくる。丸っこく、巾着《きんちゃく》みたいに包んだ水餃子だった。見た目はむしろシュウマイに近い。

【へえ、美味しそうだな。俺も食べたいな。】

互いに休みの日は、そんなメールのやり取りが何往復も続く。

【いいですよ。いつでも食べにきてください。いっぱい作りますよ。がんばってたくさんにしますよ。いつがお休みですか？】

それも楽しそうだな、と思う反面、そこに副島が現われたらと考えると、やはり身震いを禁じ得ない。

【休みか……実は、あんまりないんだ。まだ新人だから、覚えることがたくさんあって、ほんと大変。周りは若い人ばっかりだし。言われたことをやるので精一杯でさ……。】

忙しい忙しいとぼやきながら、心のどこかで、でもこれでいいのかな、とも思っていた。忙しくしていれば、必然的に瑶子のことを考える時間は少なくなる。本当に疲れて、携帯を握ったまま寝てしまうこともある。わざわざ会いにいく気力も体力も、実際にない。そうやっているうちに、少しずつ関係が薄れていくなら、それもいいんじゃないか。

いつのまにか俺は、そんなふうに自分に言い聞かせるようになっていた。

だが一方で、副島の顔を見ると別の思いも湧き上がってきた。

副島はよく、高田馬場店に顔を出した。

「村瀬くん、がんばってるねェ」

たまたまそのときは調理補助についており、レバニラの材料を投入した中華鍋を盛大に揺すっていた。

「あ、専務……お疲れさまです」

ちょこんと会釈をしてみせると、副島は満足そうに笑みを浮かべた。

これか、とそのとき思った。

副店長見習の激務を、副島が知らないはずがない。分かっていてこの仕事に就かせ、俺の時間と体力を徹底的に奪う。そうすれば、俺が瑶子と密会する可能性もずいぶんと低くなる。少なくとも以前のように、二人で気軽に居酒屋で飲んだりすることはできなくなる。

副島は以前、一度くらいなら瑶子を抱かせてやってもいいと言った。だが今になって、それが惜しくなったのではないか。一度抱かせたら、その後も関係が続いてしまうのではないか。それを危惧してこの仕事を与えたのだとしたら、それは大正解だ。今のところ、その企み通りになっている。

ランチタイムが終わり、

「じゃ、すみません。休憩入ります」

三時近くになって事務所に引っ込むと、なんとまだ副島がいた。暇そうにタバコを吹かしながら、誰かが買ってきた写真週刊誌をぱたりと閉じる。

「……お疲れさん。がんばってるみたいじゃない」

そりゃ、がんばらざるを得ないだろう。

「ええ、お陰さまで。でもまだ、あんまりお役には立ててないです。メニューも、まだ完全には覚えきれてなくて」

副島は、ハエでも追い払うように片手を振った。

「いいのいいの、そんなのは適当で。一応さ、現場の感じっていうの？　そういうのを肌で感じてもらってさ。そしたらもう、すぐ店長だから。店長になったら、あとは下のもんにやらせとけば、こんなチェーン店なんて勝手に回ってくから」

とても、そんな簡単な商売ではないようだが。

「はあ……」

「とにかくさ、店長までやったっていう実績作って、エリアマネージャーにさえなっちゃえば、あとは遊んでていいから。適当に担当エリアの店回ってさ、適当に茶々入れてさ、あとはパチンコでもやってりゃいいんだよ。そんなもんよ、サラリーマンなんて」

むろん、すべてのサラリーマンがそうであるはずはないのだが、何割かそういう人間が含まれているのもまた事実だろう。過去に勤めた飲み屋の客にも少なからずいた。会社の金で酒を飲み、会社の悪口を言い、店の女にちょっかいを出そうとする害虫のような男が。また、そんな男どもに媚《こ》びへつらって少しでも金を引き出そうとする女どもも、俺は大嫌いだった。そのおこぼれに与《あずか》っている自分はというと、当然それ以下の存在でしかないのだが。

そう。俺はずっと、水商売女に母親の影を見、臭いを嗅《か》ぎ、忌《い》み嫌い、だがその周りをブンブンと彷徨《さまよ》い飛んできた。軽蔑《けいべつ》しながら、そこに滴《したた》る腐れ汁をすすって生きてきた。その苦味も、悪臭も嫌というほど知りながら、そこに含まれるわずかな甘味を求めていた。

瑶子だけが別格であるはずなどない。彼女もまた水商売の女であり、現に金持ちの会社役員の愛人という典型的な立場にある。しかもそれを承知の上で、俺は彼女を欲している。触れることすら叶《かな》わないのに、彼女のためにできることはないかと考えてしまう。

副島が、また一本タバコに火を点ける。

「で、最近どうなの。瑶子とは、会ってるの」

やはり、そのことは気になるのか。

「いえ、勤めもこっちになりましたし、通り道でもないので。お会いする機会はありません」

「でも、メールとかはしてんじゃないの？」

こいつまさか、瑶子の携帯を盗み見ているのか。俺との、日々のやり取りまで把握しているのか。だが、考えてみればそれも当然かもしれない。とっくにビザが切れている瑶子が今までなぜ携帯電話を使い続けてこられたのか。それは副島が支払いをしていた、考えた方がむしろ自然だ。俺が払ってるんだから見たっていいだろう、と言われたら、瑶子だって拒めないに違いない。

だが、果たしてそうだろうか。瑶子は、副島に見られることを承知の上で、俺とメールをやり取りしたりするだろうか。

どうにも、そうは思えない。いや、思いたくない。

「……特に、メールとかは、ないですけど」

すると、副島は意外なほどあっさりと頷いた。

「あっそう、メールもしないんだ」

これは、どう解釈したらいいのだろう。

見た通り、聞いた通りに、受け取っていいのだろうか。

15

久江は、富樫の目を真っ直ぐに見つめた。

「現状、こちらから申し上げられることは限られています。でも富樫さんには、どうしてもご協力いただきたいんです」

富樫は、不安げな面持《おもも》ちで頷いた。その動きも、ややぎこちない。

「はあ……それは、どんなことでしょう」

「富樫さんには、これから普段通り業務に戻っていただいて、でもお店の中から、瑶子さんの様子を、こちらに知らせていただきたいんです」

「なぜ、そんなことを……」

ここは一つ、方便が必要だろう。

「瑶子さんは現状、ある事件の、被害者である可能性があります」

富樫が、グッと目つきを険しくする。

「それって、つまり……ストーカーとか、そういうことですか」

この反応にも特に怪しい部分はない。もう少し話を進めてみよう。

「いえ、ストーカーではありませんが、ごめんなさい。これ以上詳しくはお話しできません。ご理解ください。その上、お願いばかりになって恐縮ですが、瑶子さんの様子を……表情でも、態度でもいいです。そわそわしてるとか、苛々した感じだとか、そういうことを注意して見て、何かあれば、こちらに知らせていただきたいんです。それから接客中、そういった女性は携帯電話をどうしていますか？」

「どう、って……持ってますけど。ポーチとかに入れて」

「接客中に、お客さんの隣に座っているときも、持っているんですね？」

「ええ、持っています。もちろん、かかってきた電話にその場で出ることはしませんが、大事なコミュニケーションツールですからね。常に携帯はしています。お席で直接連絡先を交換したり、SNSのアカウントを教え合ったりもしているみたいです」

久江自身はやっていないが、SNSが「ソーシャル・ネットワーキング・サービス」の略であることくらいは知っている。

「では、席で瑶子さんが慌てて電話に出たりしたら、目立ちますね」

「ええ、見てればすぐに分かりますし、それは、よっぽどのことだと思います。席をはずして出るのも、普通はしないことなので」

「ではそのようなことがありましたら、教えてください。ちょっとこれ、すみません……」

いったん渡した名刺に、自分の携帯番号を書き加えさせてもらう。

「ちなみに、富樫さんも営業中に携帯はお持ちですか」

「ええ、もちろん持ってます」

「では、こちらからおかけしても、差し支えありませんか」

「すぐには出られないかもしれませんが、着信があれば折り返しいたします。フロアの女の子より、その辺は自由になりますんで」

なるほど。

「それと、もう一つ。瑶子さんが、お給料を前借りしたりすることは、最近ありましたか」

一瞬、富樫の目が久江からはずれたが、すぐに戻ってきた。

「それは、瑶子さんが恐喝《きょうかつ》を受けている可能性がある、という意味ですか」

ほう。これだけの情報でそれに思い至るとは。けっこう頭の回転が速い人なのかもしれない。

「決して、そればかりではないのですが……どうですか。ありましたか」

「いえ、少なくともそれはありません。私の知っている範囲では、今まで一度も」

「お金に困っているといった様子は」

「それも、あまりないと思いますね。そもそも、他の娘より地味な人なんで。生活も、わりと質素にしてるんじゃないかな。店に入ってくるときの服装も、こんなこと言うと、アレなんですが……他の娘によく、からかわれてますよ。瑶子ちゃん、もうちょっとお洒落しなよ、みたいに」

金がないからお洒落ができない、とも考えられる。

「それと、すみません。やっぱりもう一つ。我々のような者が、一見《いちげん》でお店にいくことは、可能でしょうか」

「もちろん、大丈夫ですが、女性の方は、あまり」

「そうですよね。はい……で、その際に、遠目からでもいいんで、瑶子さんの様子を見られる席と、あと、他の方に怪しまれないように、例えば、ウイスキーの瓶の中身を烏龍茶に差し替えていただく、なんてことは、可能でしょうか。何しろ勤務中なもので。お酒はできれば……」

するとと、富樫は初めて笑みを浮かべた。

「ええ、可能です。それは私が責任を持って、入れ替えてお出しします……っていうか、本当にそういうこと、なさるんですね」

裁判になったとき、勤務中の飲酒について言われたら、本当にマズい。

富樫が店を出てから連絡を入れると、峰岸はプリンセスビルの斜め向かいにあるコンビニから、相方は裏手にあるエスニック立ち飲み屋の店先から、アンジェリカの出入りを見張っているとのことだった。

久江が会計をして店から出ると、金本も中華料理屋から出てきており、どこかと電話連絡をとっていた。

車がこないことを確かめてから金本のいる方に渡る。ちょうどそこで、金本も通話を終えた。

短く舌打ちをし、眉をひそめる。

「マル被からメールの返しがあったらしい。受け渡しは、今夜二十時に新宿だそうだ」

「そうですか……」

夜の新宿を受け渡し場所に指定してくるとは、なかなか厄介な相手だ。人込みに紛《まぎ》れて身代金を受け取り、そのまま逃げ果《おお》せようという魂胆《こんたん》なのは間違いない。これは、かなり大規模な捕捉態勢が必要になるだろう。百人、いや二百人態勢で臨まねばなるまい。

腕時計を確かめると、午後六時五分過ぎ。すでに日は暮れており、辺りはすっかり夜の暗さになっている。受け渡しまでにもう二時間もない。

「今回の、メールの発信場所は？」

「それはまだ特定できてないらしい。電話局がモタモタしてんじゃねえのか」

通話元や携帯電波発信地区の特定には電話局の協力が必要不可欠であり、担当オペレーターの腕前によって割り出し時間が長くも短くもなるというのは、よく聞く話だ。

「それについて、指揮本部はなんて？」

「一応、こっちの進捗《しんちょく》状況は報告しておいたが、向こうは捕捉態勢の組み上げでてんやわんやなんだろう。俺たちはそのまま、楊白瑶の行確に当たれってさ」

あの広い講堂に怒声が渦巻く様が、自《おの》ずと目に浮かぶ。

金本が訊く。

「……で、お前の方はどうだった」

「ああ、どうやら、副島はアンジェリカの常連だったみたいですね。瑶子のこともよく指名していたようです。富樫に関しては、私は、大丈夫だと判断しました。ですんで、店に戻って、楊白瑶の様子を知らせてくれるよう、頼んでみました」

「そのときの、富樫の反応は？」

「楊白瑶は、ある事件の被害者である可能性がある、という筋で話をしたんですけど、ごく真《ま》っ当《とう》な反応でした」

「そうか。よくやった」

小さな段差に、ふいに足をとられたような浮遊感。

思ってもいなかった、肩透《かたす》かし。

「……金本さん。よくやったって、それだけですか」

「なんだよ。もっと褒めてほしいのか」

「そうじゃなくて、富樫がどういう男だったか、もっと細かく訊かないんですか」

わりと強めに言ったつもりなのだが、金本が意に介したふうはなく、そのままプリンセスビルの方に歩き始める。

「……信じてるよ。お前の人を見る目は」

「ウソ。さっきは、加点法で評価が甘いって言ったばかりじゃないですか」

「そういう部分があるから、注意しろって言っただけだ。甘いとまでは言ってない……基本的には、信頼してる」

こういうのって、どうなのだろう。本人は飴《あめ》と鞭《むち》を使い分けてるつもりなのだろうが、その意図ほどの効果はないように思う。少なくとも久江にとってはそうだ。何か弄《もてあそ》ばれているようで、むしろイラッとくる。

まあ、久江も若い頃は、金本のそんな部分を男っぽくも感じていたのだが。

「あと、金本さん。こっちから誰か店に入って、直接、楊白瑶を見張った方がいいかな、とも思いまして。富樫にはそれについても頼んでおきました。楊白瑶がどこにいても見やすい席と、中身を烏龍茶に入れ替えたウイスキーボトルを用意してくれるように」

ニヤリと、金本が片頬を吊り上げる。

「気が利《き》くね……じゃあ、せっかくだから俺がいかせてもらおうかな」

そうくることは予想していた。

「金本さん一人でですか？　もう一人、誰か連れてった方がよくないですか」

「あの若いのの、どっちかか。お前はどっちがいいと思う」

どうせ張り込みは別々にするのだからどちらでもかまわないが、強いて言うとしたら、何か起こったときに連携をとりやすいのは、やはり峰岸の方だ。

「じゃあ、原辺《はらべ》さんっていいましたっけ。あの板橋署の彼を連れてってください」

「なんだ。練馬署の若いツバメは残してくれってか」

若いツバメって。表現、ちょっと古過ぎないか。

金本と原辺はアンジェリカに入ってしまうため、以後何か状況に変化があった場合は久江に連絡をもらえるよう、指揮本部の担当管理官に頼んでおいた。楊白瑶と副島に接点があったこと、楊白瑶自身が金に困っている様子はなかったことなども合わせて報告した。

しかし金本の言う通り、向こうはまさに「それどころではない」という雰囲気だった。

『とにかく二十時だ。それまでその中国女が変な動きをしないか見張ってろ、いいなッ』

怒鳴り声が聞こえたのだろう。コンビニ前で落ち合った峰岸は、自分の耳まで痛くなったような顔をした。

「……現場は、二十時決行ですか。あと一時間半ですね」

「うん。私の電話は指揮本部との連絡用にするから、金本さんには、動きがあったらできるだけ峰岸くんの携帯に一報入れるように言っといた」

「はい。了解です……あの、これ」

峰岸がポケットから出したのは缶コーヒー。それも、最近久江が気に入っている生クリームタイプのカフェオレだった。

「あー、ありがとう。寒かったから嬉しい」

「自分、しばらく中だったんで。魚住さん、今度コンビニやってください。自分が、裏口の方を見ますから」

これかな、と思った。以前の自分は、金本みたいな無骨《ぶこつ》な男、少々身勝手でも自分の流儀を押し通すタイプに魅力を感じたものだ。だがここ最近は、峰岸のように優しい、気遣いのある男性もいいと思うようになった。

歳だろうか。誰かに手を引っ張ってもらうより、自分の足できちんと歩く。いつのまにか、そういう生き方が身についてしまった。だからこそ今は逆に、その疲れを癒してくれるような存在が必要になった。そういうこと、なのかもしれない。

「じゃ、自分、いきます」

「うん、お願いね」

とはいえ、コンビニの雑誌コーナーにいられる時間も限られている。必然的に、場所を変えながら見張ることになる。プリンセスビルの表階段の踊り場、あるいは一階にあるレンタルDVD店の入り口付近。真向かいにあるインターネットカフェの前もいいスポットだった。でも、それ以外には碌《ろく》な居場所がない。あとは辺りを見回しても、ソープランドにファッションヘルス、もつ鍋屋くらいしか見当たらない。風俗店は論外だが、飲食店も案外利用しづらい。奥の席に案内されることや、会計に手間取る可能性を考えると決していいスポットとはいえない。

そんなこんなしているうちに、身代金受け渡し時刻の二十時が迫ってきた。その間には三回ほど峰岸からメールが入った。

【金本主任より。楊白瑶も富樫も怪しい動きは見せていないとのこと。峰岸】

彼女がトイレで通話やメールをしている可能性も疑ったが、どの道それは、自分が現場入りしていても確かめようがないので、仕方ないか。

【原辺巡査長より。楊白瑶は何事もなく接客中とのこと。峰岸】

芝居だとすれば大した役者だが、本当に何も知らないのだとしたら、やはり偽装結婚を疑わざるを得ない。

【金本主任より。富樫の指示で、一度白瑶が二人の席についたとの報告。ホステスとしては多少暗い印象を持ったが、疑わしい点はなく、携帯を気にしている様子もないとのこと。峰岸】

この時間に誰とも連絡をとっていないとなると、楊白瑶が誘拐に関与している可能性は低いと考えた方がいいのか。

腕時計を見ると、午後八時三分。いま新宿では、まさに身代金受け渡しのオペレーションが始まったところだろうか。受け渡し場所はどこなのだろう。まず、高層ビル街がある西口側ではないと思われる。あっち側は道幅も広く見通しも利く。犯人にとっては望ましいロケーションではないはず。自動車と陸橋を利用する立体的な受け渡し方法もないではないが、実際には失敗する確率の方が高いように思う。それだったらむしろ東口側、アルタ前や歌舞《か ぶ》伎町《き ちよう》界隈《かいわい》だろう。二千万の札束はさして大きなものではない。抱えて走られ、人込みに紛れ込まれたら捕捉は難しくなる。居直られて、通行人を人質にとられるような事態も避けなければならない。

久江は再びコンビニに戻り、続けてプリンセスビル入り口を見張った。

人通りが、増えたり減ったりを繰り返す池袋の路上。そこに、小さな包みを抱えて走る男の姿を重ねる。顔は、村瀬邦之だ。後ろを振り返りながら、ときには通行人を突き飛ばしながら、歩道を全力で駆け抜けていく。途中で邪魔になったニット帽を脱ぎ捨てる。顔が露《あらわ》になる。目を腫らした、あの顔だ。それでも彼は走る。二千万を詰めた包みを抱えて、夜の街をどこまでも――。

店内の壁時計を見る。午後八時二十分。

身代金受け渡しは、どうなったのだろう。


金本と原辺が店から出てきたのは、午後九時十分前だった。

「烏龍茶で粘るのも、いい加減限界だよ」

金本がみぞおちの辺りを撫《な》でると、隣で原辺も苦笑いを浮かべた。

「しかも、水で割られますからね。水っ腹で苦しいっすよ」

ちょうどそこで、久江の携帯が震え始めた。取り出してみると、中野の指揮本部からだった。

「……もしもし、魚住です」

『中森だ』

金本が嫌っている、あの管理官だ。

「お疲れさまです。どうですか、状況は」

『受け渡しは失敗した。犯人が、接触してこなかった』

「なんでまた」

『原因は分からん。向こうからも連絡がないんでな。ひょっとしたら、こちらの網に感づいたのかもしれない。ところで、村瀬の女房はどうなった』

金本に「代わった方がいいか」と目で訊いてみたが、短くかぶりを振られてしまった。

仕方なく、久江が答える。

「……ごく普通に、接客をしていたとのことです。外部との連絡をとっている様子も、特に見受けられません」

『亭主が誘拐されたってのに、呑気《のんき》によその男と酒飲んでやがるのか……その店の営業時間はどうなってる』

横目で例の看板を見る。

「一応、二十四時閉店とうたってますが、その通りにするかどうかは分かりません」

『まだ三時間あるな……また連絡する』

実際、十五分するとまたかかってきた。

『中森だ。あんたの報告では、村瀬の女房と副島に接点があるということだったな』

「はい、副島は楊白瑶の客でした」

『閉店まで待っている余裕はない。今すぐ、その中国女に事情聴取しろ。偽装結婚なのだとしても、法律上は配偶者だ。話を聞くのに無理はない』

通常の事件捜査からするとずいぶん乱暴な感が否《いな》めないが、これはあくまでもスピードが要求される誘拐事件だ。ときには思いきって直当《じかあ》たりすることも必要だろう。

「分かりました。直ちに、楊白瑶に聴取します」

電話を切ると、隣で金本が小さく頷いた。

「まあ、直接触ってみて、どういう反応をするか、だな」

「……ですね」

以後の扱いは、その反応を見て判断するしかあるまい。

16

副島の話とは裏腹に、高田馬場店の副店長見習という立場は夏を過ぎてもまだ変わらなかった。給料も越田酒店時代より十万アップとまではいかず、残業手当を入れても四万アップするかしないかという程度。

とはいえ、たったの三ヶ月で十万アップを望むのは虫がよ過ぎるか、という思いも一方にはあった。そもそもさしたる能力があるわけではないのだから、収入がダウンしないだけありがたく思うべきか。冬は一人前にボーナスも出るだろうから、それを入れたら年収はかなり上がるだろう――悲しいかな、そんな言い訳ばかりが次から次へと浮かんできた。

唯一の楽しみは、午後の休憩時間だ。

賄《まかな》い飯は、当たり前だが中華風が多くなる。焼豚玉子飯辺りが定番だが、ゴマ味噌《みそ》風味の炒飯《チャーハン》に甘辛挽肉《ひきにく》を載せた担々麺《たんたんめん》風飯や、油ソバのような汁なしラーメンもよく出る。ランチタイムに思ったほど餃子が売れないと、そのまま賄いに回ってくることもある。

「いただきます……」

そんな、調理スタッフが片手間で作ったわりには美味い料理を頬張り、短ければ二十五分、長ければ五十五分の休憩を気ままに過ごす。早く食べ終えれば外に出ることもできるが、俺はたいてい事務所で、のんびりと携帯を弄《いじ》っていることが多かった。

といっても、ほとんど瑶子からのメールを読んでいるか、返事を書いているだけだ。

【昨日テレビに出ていた中国人はなんだか最初から最後までずっと怒っています。前に出ていた違う中国人もずっと怒っています。私の家族はああいうふうではないし親戚《しんせき》もああいうふうではないし私も自分を違うと思います。村瀬さんはどう思いますか。】

部屋で、一人でテレビを見ている瑶子を思い浮かべる。部屋に入ったことはないので、実際の間取りは分からない。でもなんとなく、内装は白っぽいのではないかと思っている。テレビは以前、ちょっと大きめだと言っていた。座卓は丸で、座布団は「キティちゃんだと思って買った」という代物《しろもの》。でも、毎日見ているうちに偽物だと気づいたらしい。

「なんか、本物より目が寄ってて、よく見ると可愛くないです。横に出ている、あれ、なんていいますか……ビャオチエン」

たぶん「タグ」だろう、と教えてあげた。

「見たら、中国製って書いてありました。悲しくなりました」

そこまで思い出し、一人で噴き出してしまった。

三方をロッカーで囲まれた事務所。真ん中には会議テーブルが二つ合わせて置いてあり、空いている壁際には店長用のデスクがある。たったそれだけの、他にはテレビも、店のBGMを流すスピーカーもない簡素な部屋。でも、その場所が束《つか》の間《ま》、想像上の瑶子の部屋と繋がる。俺は休憩中、瑶子は出勤前。この数十分だけは、誰にも邪魔されない二人だけの時間だ。

【俺は君が怒っているところを、見たことがないからな。想像もつかない。テレビに出ている中国人とは違うと思ってるよ。】

強《し》いて言えば、副島を怒ってスリッパで叩いた、という話を聞いたことがあるくらいだ。

返事をしたら、一服する。一度、タバコは吸わないのか、と瑶子に訊いたことがある。彼女は綺麗に整えた眉をひそめて、小刻みにかぶりを振った。

「一度、お店でお客さんに吸え吸え言われて、吸ってみて、大変になりました。三十分、咳《せき》が止まらなくなりました」

あのとき瑶子は、咳を「ゲホゲホ」とは言わなかった。なんと言ったかは覚えていないが、ああ、中国では表現が違うんだな、と思ったことは覚えている。

早ければ二、三分。遅くとも十分くらいで返事はくる。

【すごくずっと村瀬さんとご飯をしていないです。たかはしに一人でいても前に一人でいたときより寂しいです。たかはしでなくてもいいですけど今度のお休みにご飯しましょう。いいですか。】

不思議な娘《こ》だな、と思う。一緒にいるときはひどく遠慮深いのに、「ご飯を一緒」というのだけは積極的に伝えてくる。その程度には自分も好意を持たれている、と考えるのは決して勘違いではないだろう。ただ、それを副島が知ったら、という懸念は常にある。

この日も、俺は曖昧《あいまい》な返事しか彼女にできなかった。

【俺もしばらくいってないから、たかはしの串焼きが食べたいな。あとバター餅。あれ美味しいよね。でも、まだ次の休みが決まってないんだ。君の休みと、上手く合わせられるといいんだけどな。君の休みはいつ？】

時計を見ると、ちょうど夕方の四時だった。休憩時間は残り十分。もう一回くらい返事がきて、それに俺が返したら今日はお終《しま》いかな、と思っていた。

店長デスクの上には高窓がある。西日が斜めに射し込んでおり、向かいにある鼠色のロッカーも、いくらか明るく輝いて見える。

ここにいると高校時代の、バレーボール部の部室を思い出す。一度もレギュラーになれず、二年の秋で辞めてしまったけれど、仲間と部活帰りに食べたラーメンが美味かったのは覚えている。いま食べたら、どうってことない醬油ラーメンなのかもしれないが。

高校時代、か。

瑶子の高校時代って、どんな感じだったのだろう。日本の大学にきたくらいだから、中国で高校くらいは卒業しているものと思われる。スポーツは、何かやっていたのだろうか。それとも文化部系だったのだろうか。吹奏楽とか、そんなのも似合いそうだが、中国の高校に吹奏楽部があるかどうかは、むろん俺は知らない。

気づくと、もう休憩時間は残り二分になっていた。

慌ててもう一本、メールを打つ。

【休憩、もう終わりだ。またメールします。】

このときは、自分から二本続けてメールを打ったことなど、さして気にしていなかった。

ところが、夜中になっても瑶子からメールが返ってこない。俺が寝てしまってメールを返さないことはあったと思うが、瑶子が返事をしてこないというのは、ちょっと記憶になかった。たいてい、最後は瑶子から送ってきて終わりになる。今まではそういうパターンだった。

何かあったのだろうか。

副島が部屋にきていてメールができない、というのは、できれば避けたい想像だった。ならば、仕事中だからだろうと考えておく方が、こっちの気分としては楽だ。アンジェリカの営業は零時で終わり。多少は延びることがあるようだが、そんな日でも夜中の一時には返事をくれていた。履歴を見ても、大体そうなっている。でも、いつもより酔ってしまったとか、疲れてすぐに寝てしまったとか、ひと晩くらいは、そういうこともあるだろうと流すことができた。

だが丸一日が過ぎ、午後の休憩時間になってもメールがきていないと、さすがにちょっと心配になってくる。

最後のメールに肚を立てて返事をしてこない、というようなことはないはず。前回は、単に彼女の休みの予定を訊いただけだ。それはないと思う。

賄いを食べ終えると、何もすることがない休憩時間。目を閉じて彼女を思い浮かべても、いつものように明るい笑顔では出てきてくれない。まさか、高熱を出して寝込んでいるとか、もっとひどいことになって入院してしまったとか、そんな可能性も考えた。今は彼女も保険証を持っているから、そういった面での心配は少なくなっているが、だからといって安心はできない。心臓とか脳とか、突発的な疾患で身動きがとれなくなってしまうことは若い女性にだってあり得る。

寄り目のニセキティにしがみつき、もがき苦しむ瑶子が目に浮かぶ。強く西日を浴びるカーテンが無情にも彼女を外界から隔離し、孤独と衰弱が痩せた背中に容赦《ようしゃ》なく伸《の》しかかる。

休憩終了十分前になって、ようやく俺はメールをする決心をした。むろん病気というのはこっちの勝手な想像だから、そんなふうには書かない。

【休みの予定、まだ分からない？　俺が合わせられたらいいんだけど。】

返事をしないのは、メールだけで実際には会おうとしない俺への仕返しのつもりか、と思わなくもなかったが、彼女がそういう駆け引きをするようには、どうしても思えなかった。やはり何か事情がある。そう考えるほかなかった。

三日返事がないと、いよいよ俺も焦りを覚えるようになった。仕事帰りに、アンジェリカに寄ってみようか。でも店を覗いて、いなかったらどうする。瑶子のいないアンジェリカで飲んで、何が楽しい。しかも、通勤はジーパンにTシャツ、何年も前に買った革ジャンという恰好だ。キャバクラに入れる風体《ふうてい》ではない。

東武練馬までいって、「たかはし」やマンションを訪ねてみようか。いや、その前に電話をしてみるというのはどうだ。声さえ聞ければ、安心できる。もし、仮に彼女が何か怒っていたとしても、なんで電話なんかしてきたの、と冷たく言われても、こっちにだって多少は言い分がある。連絡がないから心配してたんだ。変か？　俺が君のことを心配したらおかしいか？　俺は仮にも——まあ、実際に仮なのだが、それでも俺は君の夫なんだぞ。実態がどうだろうが、夫が妻のことを心配するのは当たり前じゃないか。

そう考える一方で、いつかけるかはやはり判断が難しかった。アンジェリカの営業時間では彼女も出づらいだろうし、こっちだって仕事中は電話なんてできない。夜も微妙に時間がずれている。結局、午後の休憩時間が一番、時間帯としては都合がいい。

四日経って、俺はようやく瑶子に電話をした。

だが聞こえてきたのは彼女ではない、別の女性の声だった。

『おかけになった電話は、お客さまのご都合により、通話ができなくなっております』

サッ、とこめかみの辺りが冷たくなった。着信まで拒否されている、これは本物だ、と思った。彼女の方が会いたがっているなんて、とんだ思い上がりだ。俺がいつ、どの段階で彼女を怒らせたのか、なぜ彼女に嫌われたのかは分からないが、いつのまにか俺は、会話することさえ拒否されるようになっていた。

もう、なりふりかまってはいられなくなった。

【返事、もうずいぶんもらえてないんだけど、どうしたのかな。何かあったのかな。】

【もしかして、何か怒ってる？　俺、何か嫌なこと書いた？】

【元気かどうかだけでも教えてください。心配しています。】

仕事中も、もうそのことで頭が一杯だった。

レジに入っても、

「……はい、三百二十円のお返しになります」

「あの、俺が出したの、五千円札だったんですけど」

「あ、申し訳ございません」

調理補助についても、

「村瀬さん、これ、エビが入ってないじゃない」

「あっ、すみません」

スケジュール案を作っても失敗続き。

「村瀬さん、これはいくらなんでもひどいでしょう。俺、こんなんじゃ死んじゃうよ」

何を勘違いしたのか、店長だけ十一日連続でシフトに入れてしまっていた。

「あれ、なんでそうなっちゃったのかな。すみません、すぐ作り直します」

店長は溜め息をつき、俺が作ったシフト表をひょいとデスクに放った。

「村瀬さんさ、あんたが真面目な人だってのは分かってるよ。一所懸命やってくれてるとも思ってる。前の仕事と勝手が違ってね、慣れないことも多いだろうから、いい加減疲れが溜まってきてるんだとも思うよ。でもさ、中途採用ってそういうもんでしょ。俺だってそうだったもん。それでも歯ァ喰い縛ってやってんだよ。しかもあんたは、専務の縁故で副店長見習スタートなんだからさ、余計にね、しっかりやってくれないと俺も示しがつかないわけ。

バイトの子にさ、村瀬さんが次の異動で店長にでもなったら大変じゃないですか、って言われて、俺はなんて答えたらいいの」

まったく、返す言葉がなかった。瑶子のことで、勝手に浮かれて落ち込んで、それが全部仕事に出ていた。副島の仕事に対する考え方を軽蔑していながら、その彼の敷いたレールに乗っている自分。結局俺は、嫌いなものにほど自分からすり寄って、身動きがとれなくなって、一緒に腐っていくようなことばかりしている。

「すみません……以後、気をつけます」

幹部と現場の考えは違う。そんなことは充分知っているはずだった。専務が特別扱いしてくれても、実務は別。現場では自分の能力しか頼るものはない。荷物の出し入れ、挨拶くらいは俺にもできる。だが調理は、会計処理は、マネージメントは——できるはずがない。

こんな男、愛想を尽かされて当然だ。

その日の上がりは、夜十一時だった。

「お疲れさまでした……お先に、失礼します」

裏口から店を出て、まだまだ大勢の人出で賑わう「さかえ通り」を通り、高田馬場駅に向かう。すれ違うのは、たいていは大学生かスーツ姿のサラリーマンだ。両方とも俺には縁のなかった生き方だ。そしてこういう、二十歳前から親の金で酒を飲んでいるような坊ちゃんたちが、やがて大会社の面接を受け、スーツを着たサラリーマンになっていく。結果として、あの副島みたいな男ができあがる。親の金が会社の金に替わったくらいで、結局自分では払わずに飲み食いし、仕事なんて下の人間がやるから大丈夫と、覚束《おぼつか》ない足取りで便器の周りに小便を撒《ま》き散らす。

立派なもんだ。この日本を支えているのは、確かにあんたらのようなサラリーマンなんだろう。でも、そのあんたらの働きを支えているのは、俺たちみたいな地べたの人間だ。そこんとこ、忘れてくれるなよ。そこんとこをさ――。

どう恨み言を言ってみたところで、今日自分が重ねた失敗は消えも埋まりもしない。地べたの仕事も満足にできないんですかと、自らに嫌味を言ってみるのが関の山だ。

高田馬場から山手線でふた駅。一つ目が目白、その次が池袋。

電車の中も状況は似たようなものだった。割合としては、少し女が増えたくらいか。すぐ近くに立っているのは、仕事の愚痴を垂れ流す、茶髪の太った女。

「マジで、あたしがいなかったらうちの部署なんて滅茶苦茶だよ。誰も仕事回せないんだもん」

彼女の話を半笑いで聞いているのは、長い黒髪のメガネの女だ。

おい、その太っちょはあんたの先輩かい？　よかったな、頼り甲斐のある先輩と出会えて。でもせめて、相槌《あいづち》くらい打ってやんなよ。ニヤニヤしながら聞いてるだけって、端《はた》から見てると気持ち悪いぜ。

池袋で降り、西武池袋線に乗り換える。私鉄の車両に入ると、周りの人間の服装や雰囲気といったものが、なんとなく野暮《やぼ》ったく、田舎臭くなったように感じられる。でも、それくらいでいい。俺にはJRより、西武線や東武線の方が合っている——なんて言ったら、他の乗客が怒るか。お前と一緒にするなって。まあ、そうかもしれない。誰も俺となんて、一緒にされたくないか。

こんな夜、黙って酒に付き合ってくれる仲間がいたらな、と思う。一番に浮かぶのは、やはり後藤だ。彼なら、俺が言い出す前に気づいてくれただろう。

クニさん、元気ないね。一杯いこうか。

あんなによくしてもらったのに、俺は彼を裏切ってしまった。今さら、懐かしむ資格もない。戻りたいなんて、慣れたルートをのんびり回る配送仕事の方がよかったなんて、口が裂けても言えない。後藤ちゃん、俺、馬鹿だね。どっか、いい気になってたのかな。結局、全部失くしちゃった。仕事も、仲間も、瑶子も、全部駄目になっちゃった。

窓の外。暗闇の中を流れる、民家の明かり。小さくても、そこにきちんと家を持ち、暮らしを維持している人はたくさんいる。素直に、偉いなと思う。ひょっとしたら、持ち主は高田馬場で飲んでいた誰かかもしれない。だとしたら、偉そうに言って申し訳なかった。そんなことを言う資格、考える資格すら、俺にはない。なんにもない。なんにもできないんです。

本当に、ごめんなさい。

上り線とすれ違うたび、寄りかかっているドアが低く鳴る。大きな段ボール箱を、横から平手で叩いたときの音に似ている。ぼこっ、ぼこっ。運ばれているんだな、と実感する。俺も、結局は荷物。社会の、お荷物――。

四駅運ばれて、桜台で降りる。一緒に降りる人もけっこういる。急ぎ足で階段に向かう人、流れに任せてゆっくりの人、いろいろだ。俺は普段、先頭切って下りていく方だ。でも酒が入っていたり、出遅れたりしたら、あとはどうでもよくなる。不利になると、すぐ諦める癖があるということか。なんだ、根性のない駄目人間の典型じゃないか。

酒なんて一滴も入っていないのに、俺は泥酔時よりもっと遅い足取りで階段を下りきった。もちろんビリ。周りには誰もいない。一人ぼっちで改札を通る。

いや、厳密にいうと一人ではなかった。

改札の向こうに、人が一人立っている。

「……あっ」

我が目を疑うとはこういうことか、というくらい、それは信じられない光景だった。

ふわっとした白いニットに、細身のジーパンを穿いた、若い女性――。

瑶子が、桜台の改札前に立っていたのだ。

「村瀬さん……」

すぅーっと浮き上がり、すぐ舞い下りるように、彼女は俺の目の前までやってきた。艶《つや》やかな黒髪。白く丸い額。俺を見上げる、二つの、濡れた瞳。

「村瀬さん、ごめんなさい、こんなとこに、いきなりきて、でも私、全然気がつかなくて、どうしていいか、分からなくて……」

俺の、革ジャンの袖に触れたそうに、でも遠慮しているのか、所在なげに宙に浮いている、か細い右手。

「いや……謝んなくて、いいけど、でも、どうしたの。俺、ずいぶんメールしたんだよ。電話も……」

うん、と瑶子が頷く。

「携帯、いつのまにか使えなくなってて、私最初、意味が分からなくて。でも、エレナさんに訊いたら、お金払ってないから止められちゃったんだよって、言われて」

「えっ」

着信拒否ではなく、料金未払いでの使用停止だった、ということか。

「私のこれ、払ってるの、専務だから、私には、すぐには払えなくて。専務に電話したら、専務の電話も止まってて、話できなくて。でも、会社に電話したら、すごく怒られたけど、でも話はできて、私、お金出しますから払ってくださいを、言いました。でも専務、大丈夫、大丈夫言うから、そのままにしてたら、今日もまだ使えなくて。だから、村瀬さんにだけは、電話使えません、ごめんなさい、言いたくて」

「それで……ここまで、きてくれたの」

また、うん、と子供のように頷く。

「私、今日お店休みだったから、お昼過ぎに、ここにきました。村瀬さんのアパート探して、いってみました」

「俺の住所、知ってたの？」

「結婚のとき、教えてくれました」

そういえば、そうだった。

「でも留守みたいだから、駅戻ってきて、でも会えないから、またアパートいってみて、駅にきて、アパートいって、駅にきて。もう、やめようを、何度も思ったけど……でも、よかった。ようやく、会えた。村瀬さんに、会えました」

俺は無意識のうちに、浮かんでいた彼女の右手を、つかまえていた。そのまま引き寄せて、すっぽりとこの胸に収まった彼女を、俺は抱き締めた。

折れそうなくらい、細い体だった。

俺も、彼女も、震えていた。

でも、あたたかかった。

瑶子の体は、あたたかかったのだ。

17

久江から富樫に電話を入れた。

「もしもし、警視庁の魚住です」

富樫は『ちょっとお待ちください』と言い、数秒、場所を移るような間《ま》が空いた。

『……失礼いたしました。あの、お二人の刑事さんは、もうお店を出られましたが』

「はい、お手数をおかけいたしました。ありがとうございました。今、その者たちと一緒におります……瑶子さんは今、どうしていらっしゃいますか。接客中ですか」

『はい。また別のテーブルについておりますが』

「あの、できれば瑶子さんと、直接お話をしたいのですが、何時くらいでしたら可能でしょうか。できるだけ、早い方が助かるんですが」

隣で金本が腕時計を見る。九時十分をいくらか回っている。キャバクラの営業時間でいったら、ちょうどド真ん中のゴールデンタイムだろう。

『そう、ですか……今、そのテーブルについたばかりですので、できれば十分か十五分、いただきたいんですが』

「分かりました。では十分後に、瑶子さんに裏口に出てきていただけるよう、お願いできますか」

　また少し間は空いたが、富樫は『はい』と応じた。

『……では十分後に、瑶子を裏口に』

「よろしくお願いいたします」

　久江が携帯を閉じると、金本が「よし」と小さく意気込んだ。

「え、金本さん。白瑶《バイヤオ》への聴取は、私がしますよ」

「馬鹿言うなよ。この中で、本部捜査員は俺だけじゃねえか」

「この中で女性は私だけです。私が聴取します」

　金本が、冗談めかして久江を指差す。

「……ほう。ようやく、自分で手柄を立てる気になったってわけか」

「違いますよ。金本さんに任せといたら、なに言われるか分からないから私がやるんです。私のためじゃなくて、彼女のためです」

「ああそうですかい」

　どっちでもいいけどよ、と付け加え、金本は曲がり角の方に向き直った。

「……とりあえず、裏口ってことだな」

　そのまま、スタスタと歩き始める。決して本意ではなかったが、久江もその後ろに続いた。

　峰岸たちもついてくる。

角を曲がり、すぐのところにある非常階段を上り始める。周りは繁華街だから、決してここも真っ暗というわけではない。ただ、周りが明るいからこそ、ちょっとした暗さで足元が見えづらくなることはある。

「あっ」

段から踵《かかと》がはずれたか、小石か何か踏んづけたか。それは久江にも分からなかったが、気がついたら右足が段を踏み外し、斜め後ろに体勢が崩れていた。しかし、

「おっと……大丈夫ですか」

後ろにいた峰岸が、とっさに肘《ひじ》を摑んで支えてくれた。いや、全身で受け止めてくれた、といった方がいいか。

「あ……ありがと」

「この踏み板、縦がせまいですからね。気をつけてください」

前を向くと、上りきったところで金本が「何やってんだ」という目で見下ろしていた。

「ありがと。もう大丈夫」

慌てて体勢を立て直し、久江も金本に続く。

アンジェリカの裏口は一度折り返して、次の踊り場にあった。濃いグレーの、鉄の扉。十分より少し待たされたが、でも富樫は約束通り、楊白瑶——瑶子を裏口まで連れてきてくれた。

扉を開け、久江の顔を確認してから、入れ違うようにして瑶子を押し出してくる。

「こちらが、瑶子さんです」

多少怯《おび》えた顔はしているが、彼女も一応は頭を下げた。

「……瑶子、です」

ドレスの上から羽織った水色のコート。その襟を、瑶子は寒そうに両手で握っている。

「お忙しいところ申し訳ございません。警視庁の、魚住です」

他の三人も身分証を提示したところで、久江は富樫にいった。

「ありがとうございました。あとは心配ありませんので、富樫さんはどうぞ、お仕事に戻ってください」

富樫は「はあ」と浅く漏らし、

「じゃあ……瑶子さん、僕は、すぐそこにいるから」

瑶子の肩に軽く触れ、彼女が頷くのを確かめてから、彼は扉を閉めた。

途端、辺りに灰色の闇が濃くなる。いま瑶子の顔を照らしているのは、通りを隔《へだ》てたところにあるソープランドのネオンだ。仄白《ほのじろ》く、ときに赤く、彼女の横顔を浮かび上がらせる。

素直に、綺麗だなと思える顔立ちだった。派手ではないけれど、ほどよく整っている。昭和の美人女優、とでもいったらいいだろうか。ちょっと懐かしい感じの別嬪《べっぴん》さんだ。

「……あの、私に、何か」

瑶子は、誰の目も見ずにそう訊いた。

久江が答える。

「まず最初に、本名を確認させていただいてよろしいでしょうか」

「中国名、ということですか」

「ええ」

「楊、白瑶です」

さすが、発音は本格的だ。

「楊白瑶さん、ですね。ありがとうございます。では、いくつか質問をさせていただきます」

「あの……」

瑶子は目を伏せたまま、誰にともなく訊いた。

「警察が、私になんの用ですか。私、ちゃんと日本人の人と結婚してます。配偶者ビザ、持ってます。警察に捕まるようなこと、何もしてません」

一瞬、金本が口を開きかけたが、久江の方が早かった。

「ええ、存じております。私たちは別に、あなたを捕まえにきたわけではありません。いくつか、確認したいことがあるだけです」

ようやく、瑶子が久江に目を向ける。

「確認……？　なんですか」

「日本人男性とご結婚されていることは、いま伺いました。その方のお名前を、教えていただけますか」

綺麗にペンでなぞった眉に、少しだけ力がこもる。

「……村瀬、邦之さん、ですけど」

「村瀬さんとは、今日会いましたか」

さらに、眉間《みけん》に縦皺《たてじわ》が刻まれる。

「……会いました、よ」

「何時頃に」

「何時、って……そんなに、細かくは、覚えてません」

「大体でもけっこうです。何時に会いましたか」

瑶子は目だけを動かして、他の三人の様子も窺った。

「あ……今日は、そういえば、会ってなかったです」

「一緒に、住んでいらっしゃるのに？」

東洋人にしては薄い色の黒目が、くるりと久江の方を向く。

「……何が、知りたいんですか」

「これもちょっと、確認させてください。村瀬さんとは現在、一緒に暮らしていらっしゃるんですか？」

すぐ、彼女は目を逸らす。

「あの……村瀬さんは、中華料理店の、店長さんだから、朝早かったり、夜遅かったり、いろいろだから……だから、私も、夜遅いことはあるけど、でも、なかなか時間が合わないから、普段はときどき、会えないこともあるんですよ」

また金本が口をはさんできそうになったが、すっ、と何かが瑶子との間に割り込み、遮った。峰岸の、コートの左肩だった。

助かる。これで久江が続けて訊ける。

「いえ、私がお訊きしているのは、今お二人は、一緒に暮らしているのですか、ということです」

再び、瑶子が目を伏せる。細い首。唾を飲み込み、小さく上下する喉仏《のどぼとけ》。すっきりと細い、顎のライン。

「だから、仕事の関係で……いろいろ、都合がありますから」

「一緒に住んでいるんですか、住んでいないんですか」

浅い息を繰り返す。薄い体が、わずかに膨らみ、すぐに萎《しぼ》む。

「最近は……ちょっと、別々に、暮らしてました」

「最近って、どれくらいですか」

「……覚えて、ません」

　これ以上、この線で問い詰めても意味はないか。

「瑶子さん、それでは質問を変えます。あなたが村瀬邦之さんに最後に会ったのは、いつですか」

　珍しい。峰岸が、ンンッと咳払いをした。

　瑶子が、小さくかぶりを振る。

「……そんなに、ちゃんとは、覚えてません」

「大体でけっこうです。あなたが村瀬さんに会ったのは、何日くらい前のことですか」

「だから、覚えてません……何日かなんて、分かりません」

　やはり、そういうことか。

「あなた、ひょっとして、もうずいぶん長い間、村瀬さんとは会ってないの？」

　そう訊くと、横目で睨むように久江を見る。

「……何が知りたいんですか。私に、何を言わせたいんですか。私は、村瀬さんと結婚してます。ちゃんと結婚しました。村瀬さんは私の日那さんです。私は村瀬さんの奥さんです。それでいいじゃないですか。私たちの、何がいけないんですか。私たちが……何をしたっていうんですかッ」

　いきなり瑶子は、非常階段の、金属製の手摺《てすり》に拳を落とした。ブレスレットが揺れ、シャランと鳴った他は、細い骨が鈍く、小さく当たる音がしただけだった。

久江は、そのか細い手に、自分の手を重ねた。

「何も、いけないなんて言ってないですよ。ちょっと、落ち着いてください……じゃあ、何日前というのではなくて、昨日の午前十一時頃から今までで、村瀬さんと会ったり、電話で話したり、メールをやり取りしたり、しましたか？　これなら答えられるでしょう？」

驚いたような顔で、瑶子が久江を見る。これまでの苛立ちが、疑問にすり替わったかのようだ。

「……それ、どういう意味ですか」

「ありましたか？　昨日の午前十一時頃から今まで、村瀬さんと何か連絡はとりましたか？」

口を半開きにしたまま、瑶子がかぶりを振る。

「いえ……昨日と今日は、連絡、ありません」

「直接、会ってもいないですね？」

「はい……会って、いないです」

なんだろう。いつのまにか、金本と峰岸がちょっと睨み合いっぽくなっている。

だが今は、それどころではない。

久江は瑶子の肩に手を置き直した。

「瑶子さん。よく、聞いてください……今現在、村瀬邦之さんは、ある事件に巻き込まれている可能性があります」

はっ、と息を吸い込み、目を丸くし、だがそのまま、彼女は静止した。二度瞬《まばた》きをし、口も開けたが、でも言葉を発することはない。

久江が続ける。

「何か、心当たりはありませんか」

それにも、かぶりを振る。

「知りません……私、何も、分かりません」

「村瀬邦之さんは、昨日の午前十一時以降、行方《ゆくえ》が分からなくなっています。そのことは、ご存じありませんでしたか」

「は、はい……ごめんなさい、し……知りません、でした」

だが、次の瞬間だ。

瑶子は久江の両肩を摑み、真正面から視線をぶつけてきた。

「刑事さん、村瀬さんの行方が分からないって、どういうことですか」

「行方が分からないというのは、今どこにいるのかが分からなくなっている、という……」

さらに、ぐっと手に力を込める。

「馬鹿にしないでくださいッ。行方が分からないの意味くらい、私、ちゃんと分かります。村瀬さんはどうして、行方が分からなくなってますか。何がありましたか」

久江は「落ち着いて」と、一方ずつ手を放させた。

「瑶子さん。それが分からないから、我々は捜査しているんです。いま我々が分かっているのは、村瀬邦之さんと、その上司、副島孝さんの行方が、一緒に分からなくなっているということだけです」

またハッと息を呑み、瑶子が固まる。

「ご存じですよね、副島孝さん。富士見フーズの、専務取締役をなさっている方です」

ぎこちなく、瑶子が頷く。

「はい……よく、知ってます。でも……副島さんと、村瀬さんが、なんで一緒に、行方分からなく、なるんですか」

それも分からないからこうやって捜査をしているのだが、一つだけ分かったことがある。

この女性、瑶子こと楊白瑶は、副島と村瀬の誘拐には関与していない。証拠は何もないが、感触としてはそういうことになる。

瑶子はシロ。そればかりか、本気で村瀬のことを心配している。

少なくとも久江の目には、そう映った。

瑶子を店に戻し、四人で道まで下りてきたところで、金本が峰岸の肩を摑んだ。

「……おい、新米。テメェ、どういうつもりだ」

もともと尖っている金本の目が、さらに鋭さを増して峰岸を睨みつける。反対の手でネクタイを摑み、締め上げるように引っ張る。

「ちょっと、やめてよ。何やってんのよ」

久江が止めようとしても、金本はまるで意に介さない。

「半人前がよ、魚住の肩持って、偉そうに仕事しましたって顔してんじゃねえよ」

だが意外なことに、峰岸に動じたふうはない。

「……金本主任。放してください」

「放せって言われて放すくらいなら、端《はな》っから手なんざ出さねえよ」

「それでも、放してください」

峰岸が、ネクタイを絞り上げている金本の手を摑み、外側に、捻《ひね》るように力を加えていく。

「こっ……この野郎」

「放してください。金本主任が放してくだされば、自分もこれ以上力は入れません」

金本は斜に構え、相応に力も入れているように見えるが、峰岸はただ普通に立っているだけ、金本の手を握るのにもさして力を入れているようには見えない。だがそれでも、形勢は徐々に峰岸有利へと傾いていっている。金本の右手首は完全に体の中心からはずれ、外側に捻《ね》じ曲げられている。そういえば、峰岸は学生時代に、何か格闘技をやっていたと言っていた。警察官が普通に使う逮捕術とは、何か違う技術を持っているのかもしれない。

ぐっ、という声が金本の口から漏れ、右手が開き、峰岸のネクタイがはらりと落ちると、すぐに峰岸も金本の手を放した。

「……失礼いたしました」

慇懃《いんぎん》に頭を下げる峰岸を横目で見ながら、金本は「なんなんだよ」と呟いた。自分の手首に故障がないか、確かめるようにさすりながら。

へえ、と久江は、ちょっと感心していた。

峰岸にも、こういう一面があったのか、と。

峰岸と原辺を池袋に残し、金本と久江は中野の指揮本部に帰ることになった。池袋から副都心線で新宿三丁目、丸ノ内線に乗り換えて中野坂上へ。

道中、金本はほとんど久江と口を利かなかった。まあ、新米だの半人前だのと馬鹿にした相手に、易々《やすやす》と利き手を捻《ねじ》られたのだ。ばつが悪くて当たり前か。ただ、金本はそもそもそんなに腕っ節が強い方ではない。若いのに力負けしたからって、そこまで機嫌を損《そこ》ねなくても——そんなふうに思うのは、早々に力勝負というものを放棄してしまった女の理屈か。男とは、いくつになっても力強くありたいと願う生き物なのか。

結局なんの話もしないまま、中野の指揮本部まで戻ってきてしまった。

金本から中森管理官に報告する。

「楊白瑶は、村瀬が誘拐に遭ってることを知りませんでした」

「……という振りをしている、ということはないのか」

すると、金本がこっちを向く。

「魚住、お前はどう見た」

ほぼ同時に中森も久江を見る。

「はい。私も、楊白瑶は村瀬の不在を知らなかったと思います。そのことを告げると、非常に動揺していましたし、本気で村瀬のことを案じているようにも見えました」

中森が、溜め息をつきながら頷く。

「つまり、誘拐には関与していない、と……妙なもんだな。偽装結婚でも、夫婦は夫婦。誘拐されたと知らされたら、夫の身を案じる本気芝居をせにゃならんのか」

だから、芝居じゃないって言ってるのに。

金本が中森の顔を覗き込む。

「そりゃそうと、受け渡しが失敗したって、どういうことですか。まったく、接触がなかったんですか」

中森が、自分の首をぺしんと叩く。

「ああ。まず歌舞伎町の、ドン・キホーテ前で待てと連絡が入ったので、二千万円持った中江弓子をそこに立たせた。向こうが到着を確認したんだろう。そこから区役所方面に歩かされ、だがまた、ドン・キホーテ前に戻されて、そこで連絡は途絶えた……連絡はすべてメール。すぐに調べたところ、発信元は確かに、歌舞伎町周辺からということだった。つまり、こっちの移動に合わせて、ホシも周辺にいたはずなんだが……何しろ、携帯を弄《いじ》ってる人間なんてのは掃いて捨てるほどいるからな。それっぽいかどうかで言ったら、どいつもこいつもそれっぽい。しかし、迂闊《うかつ》にバン（職務質問）はかけられん。あちこちでそんなことを始めたら、たちまちホシに気づかれちまう。結局、何もできずに捕捉班を、歌舞伎町から撤退させてきたというわけさ」

口を尖らせ、金本が頷く。

「それ以後、向こうから連絡は」

「ない。こっちの動きに感づいたら感づいたで、警察に知らせただろ、ってお怒りメールでも送ってくるかと思ってたんだが、それもない。すでに電源を切っているんだろう。識別信号も受信できない。まったく、用心深いんだかただの小心者なんだか、よく分からんよ」

ただの小心者は、誘拐など目論《もくろ》まないと思うが。

18

これまで自分は、どうやって瑶子への想いを抑えてきたのだろう。

俺の瑶子への想いを押し止めてきたものとは、一体なんだったのだろう。薄紙か。炎に触れた瞬間、ゆらりと黒く変色し、瞬《また》く間に消えてなくなる、薄紙程度のものだったのか。触れてみて、初めて分かった気がした。これほどまでに自分は、この人を欲していたのか。これほどまでに自分は、この女に焦《こ》がれていたのか。心の内に炎を宿していたのか。

幻ではない命が、自分の腕の中にあった。細い骨、柔らかな肌、熱を帯びた肉、繰り返す吐息、微《かす》かな震え。想像とは違う、実体としての瑶子。初めて触れた、女としての瑶子。最寄駅の改札前で女性を抱き締めるというのも、普段の自分からは考えられない大胆な行為だ。しかしそれを、中断できない。いま手放したら、また瑶子は実体のない、想像上の女になってしまう。居酒屋のテーブル越しに眺めるだけの、近くて遠い、妄想の人形に戻ってしまう。

俺は体を離し、だがすぐに手を握り、何も言わずに歩き始めた。彼女の歩幅を気遣う余裕はなかった。ちょっと乱暴かもしれないけど、ついてきてくれ。手を強く握ることで、それは伝えられていると思った。実際、何度か小走りのようにはなったが、瑶子はついてきてくれた。何も訊かず、俺の左に並んで歩いてくれた。

俺は、どういう場所を探していたのだろう。人気のない公園か。雰囲気のあるバーか。それともラブホテルか。だがどれもこの辺りにないことは分かっていた。散々夜の街を歩き回って、瑶子が息を切らしているのも知っていて、それでもまだ決心がつかなくて、結局、交差点の信号待ちで立ち止まったときに、彼女に言わせてしまった。

「村瀬さんの、お部屋、いきましょ……」

下らない、ガラクタのような言い訳が脳裏を占めた。散らかってるから、ボロアパートだから、ほんと、誰かを招待できるようなところじゃないから――馬鹿か。それを言ってどうする。部屋にいきたいと女に言わせて、それを否定して、じゃあ他にどうしたい。お前に何ができる。ここまで何一つ満足にできなかったお前に、他に何が残っているのか。

何も、ないじゃないか。

「そう、だね……せまいけど、我慢して……」

信号は渡らず、今きた道を引き返した。二つ目の角を右、次の次の交差点を左、すぐの角を右に曲がって三軒目。

改めて自分で見ても、汚いアパートだなと思う。それでも夜はまだマシだ。昼間だと、ヒビとカビだらけの外壁が十倍みすぼらしく見える。

細い鉄骨階段を上る。薄っぺらい鉄板を鳴らす、靴音。野暮ったいスニーカーと、硬いヒールの音。上りきれば、そこは軒もほとんどないような外廊下だ。唯一の救いは、俺の部屋が一番奥の角部屋だということくらいだ。

「ここ、なんだけど」

「……はい」

ズッ、と鍵を挿し、ロックを解除する。ちょっと片づけるから外で待ってて、と喉元まで出かかったが、なんとか呑み込んだ。こんな汚いアパートの廊下で待たされるなんて、それはさすがに惨め過ぎるだろう。だったら、玄関に入ってもらった方がいくらかいい。瑤子だってこの外観を見て、中は案外片づいていてお洒落な部屋かも、などとは期待しないはずだ。

「ちょっと、ごめん……奥、片づける」

俺は玄関で革ジャンを脱いだ。

「私も、お手伝いします」

「いや、いい。ここで、待ってて」

そうは言っても、大してできることなどない。脱ぎ捨てた衣類、座卓の上の食器、小山になった灰皿を片づけ、何冊か積んであった雑誌を部屋の端に積み直す程度だ。エロ系に関しては、大丈夫。自信があった。ＤＶＤは観たらすぐに返してしまうし、本も週刊誌くらいで特別なものは何も所有していない。

まあ、こんなものだろう。

「じゃあ、どうぞ……上がって。汚いところだけど」

「そんな、大丈夫です。お邪魔します」

彼女を招き入れ、座卓を少し動かして、二人で部屋の真ん中に腰を下ろした。瑤子は正座、俺は、胡坐をかいていた。飲み物を出そうかとか、タバコを吸おうかとか、いろいろ考えてはいた。だがどれも嘘臭い気がして、実行に移せなかった。結果として、また黙り込むことになる。

するると、ふう、と瑶子が息を吐いた。ふざけたように、ちょっと上を向いて。頬に、微かな笑みを浮かべて。

「……ずっと、きてみたかった。村瀬さんのお部屋」

言いながら、物珍しそうに辺りを見回す。

「汚いでしょ。ほんと、古いから……昭和の建物だから」

「んーん。なんか、落ち着きます。ここで、村瀬さんは暮らしてるんですね。私が、村瀬さんの、本当のお嫁さんなら、私もここで、暮らせるのに……」

もう、それ以上言わせたくなかった。彼女が泣きそうになっていることも、俺がそれに気づいていることも、すべて引っくり返してしまいたかった。何もかも、取っ払ってしまいたかった。

「瑶子……」

両肩を掴み、引き寄せると、駅前のときと同じくらい、瑶子はなんの抵抗もなく俺の胸に収まった。ただあのときより、体が冷たいように感じる。いや、瑶子の体が冷たいのではない。俺が熱くなっているのだ。見ると、掌が真っ赤になっている。

瑶子の顔が目の前にある。目を閉じている。俺は顔を傾け、少し厚ぼったい、その唇に吸いついた。自分で自分の唾のニオイを嗅ぎ、瑶子が不快ではなかったか気になったが、すぐに唾液《だえき》があふれ、さらに甘い瑶子の吐息で俺の鼻腔は充たされた。

貪《むさぼ》るように、というのを字面で見たことはある。しかしそれを自身で感じ、そのように行動したことはなかった。だが今、俺はまさに瑶子を貪っている。いくら吸っても、舐め上げても飽くことのない唇。たくし上げたニットの下は、質素な白いブラウスだ。己が欲するまま、その胸に掌を這わせる。硬い、細かな凹凸《おうとつ》。ブラジャーの刺繍《ししゅう》を指先に感じる。それごと、乱暴に胸を掴む。決して大きな胸ではない。カップが浮き、ずれ、その隙間に指が入る。ブラウスの上からでもしこりを感じることができた。爪で弾《はじ》くと、はっ、と瑶子が息を漏らし、胸を引こうとした。

ボタンを、一つひとつ。服を、一枚一枚。はずすたび、脱がせるたび、本当の瑶子が露《あらわ》になる。途中で、瑶子が俺の背中に手を回す。Tシャツの下にすべり込ませ、直接背中の肌を撫でている。

「……恥ずかしい」

解釈は幾通りもできた。明るいから、恥ずかしい。カーテンが開いているから、恥ずかしい。自分だけ服を脱がされて、恥ずかしい。

「ごめん」

俺はすべての問題をいっぺんに解決した。カーテンを閉め、照明を豆電球一つまで落とし、自分でTシャツを脱いだ。

そうしてから瑶子の傍《かたわ》らに膝をつくと、彼女の方から、首に腕を回してきた。三角に立てた両膝を下からすくうと、いとも容易《たやす》く持ち上げることができた。

あとはもう、無我夢中だった。

ベッドに下ろしても、瑶子は俺の首を放そうとしなかった。俺は執拗《しつよう》に唇を貪りながら、手では背中のホック位置を探り、ジーパンのファスナーを下ろし、下着の上から熱の在《あ》り処《か》を探った。

やがて、生身の瑶子だけが残った。

白い花弁《かべん》のような体だった。無理に開いたら裂けてしまうのではないか。乱暴にしたら、どこか傷つけて壊してしまうのではないか。そう思う一方で、傷ついた彼女を見てみたい、自分の手で壊したい、散らしてしまいたいという欲求も肚の底でうねった。

揺すると、安物のベッドは絶えず軋《きし》んだ。階下の住人の顔が脳裏に浮かんだが、それもほんの一瞬のことだった。俺は瑶子に夢中で、ひたすら傷つけないように壊し、壊さないように開き、裂けてしまわないように激しく突いた。

他には何も、考えたくなかった。

瑶子の、裸の肩越しに見る壁はいつもより暗く、でもどこか優しげだった。まるで、見知らぬ部屋にいるように感じた。成り行きで、いつも足を向ける方に頭がきている、というのもあったかもしれないが。

瑶子が、俺の胸に頭を載せてくる。頬ずりをするたび、彼女の髪の毛がさわさわと肌を撫でる。

「……くすぐったいよ」

「はい。くすぐってるんです」

「やめてよ」

「やめません」

夜中過ぎまで、そんなふうに二人でふざけ合っていた。ふとした角度で瑶子の小さな尻が視界に入ると、急にまた欲求が頭をもたげてきた。硬さと熱を伝えると、瑶子ははにかみながらも体を開いた。そして眠るように目を閉じ、俺を迎え入れる。本当に、そのまま眠ってしまいそうな顔だった。俺という布団に包《くる》まって、優しい夢を見ているかのようだ。

朝がきても、その優しい気持ちに変わりはなかった。

「……お仕事は、何時からですか？」

「九時十五分には、店に入らないといけないから、八時四十五分にはここを出ないと、マズいかな」

まだ七時半だから、だいぶ余裕はあったが。

「私、朝ご飯作りますよ」

「ん、いいよ……そんな、材料もないし」

「じゃあ、どこかに食べにいきましょう。マックとか、スタバとか、ファミレスもいいですよ」

ファミレスに入る時間はなさそうなので、マクドナルドで朝食をとることになった。

瑶子は、終始上機嫌だった。俺が口の端についたタルタルソースをとってやり、指についたそれを舐めると、

「……恥ずかし……そういうの、すごく、恥ずかしいですよ」
四、五回、そればかり繰り返していた。何がどう恥ずかしいのか訊いたが、とにかく、恥ずかしい気がすると、そういう説明しか返ってこなかった。
ギリギリまで店で過ごし、二人で一緒に西武池袋線に飛び乗り、池袋駅まできた。

「もう、いってください」

「君がいってよ……ほら」

瑶子は東武東上線、俺はＪＲ山手線。その中間辺りで、もじもじと別れを惜しんだ。

「分かった。じゃあ、俺がいくよ」

「はい。じゃあ……いってらっしゃい」

どうやら瑶子は、これが言いたかったようだ。振り返ると、恥ずかしげもなく大きく手を

振っている。俺も小さく手を挙げて返し、でももう本当に遅刻しそうだったので、急いで改札を通った。

　このときすでに、俺の気持ちは固まっていたように思う。

　どうにかして、副島と瑶子を別れさせなければならない。

　またそれが成就《じょうじゅ》するまでは、もう瑶子を抱いてはならない。

　そう決めることで何か、自分は副島とは違うのだという、線引きをしたかった。狡い男、汚い男になりたくないという、変なプライドだけは、俺の中にもあった。

　だが、それを瑶子に分かってもらうのには苦労した。

「……つまり村瀬さんは、私とは、一回で満足ってことですか」

「そうじゃないって。ちゃんと話を聞いてくれよ」

　特に、夕飯に招かれてのこのこ彼女の部屋に上がり込んだときだったので、余計に誤解が大きくなってしまった。

「でもそういうことでしょう？　もう私とはしたくないってことでしょう？　私は副島さんの愛人だから、村瀬さんの本当のお嫁さんは駄目ってことでしょう？」

「違う違う、まったく逆だって。そうじゃなくて……」

「でもそういうことでしょう？　キスもしたくないでしょう？」

　おそらくこのとき、俺は初めて瑶子が怒っている顔を見たのだと思う。

「とにかく、聞いてってば……君が、ちゃんと副島さんと別れられるように、俺が、方法を考えるって言ってるんだよ」

「嘘ですよ。副島さんだって、奥さんと別れるを言ってました。でも全然別れませんね。いつまで経っても別れませんね。そういう嘘、私分かります。そういうのには、騙《だま》されないですよ」

「違うって」

抵抗されるかと思ったが、両肩を摑んで引き寄せると、瑶子はまたすんなりと俺の胸に入ってきた。

「……違うから。俺は、副島さんとは違うから。君とちゃんとした、本当の意味での夫婦になりたいから、だから君が副島さんと別れるまでは、中途半端な関係になるのはよそうって、そう思ったんだ。副島さんとも別れられない、俺ともズルズル付き合い始めるなんて、そんなの、君だって嫌だろう。だから、まず副島さんと別れること。それを優先して考えよう。そこから、俺たちは始めよう」

眉をひそめ、口を尖らせてはいたが、半分くらいは瑶子も納得してくれたようだった。

「……副島さんと終わりにしたら、村瀬さんの、本当のお嫁さんになれますか」

「まあ、単純にいうと、そういうことになる」

「単純でないと、どうなりますか」

「分からない。この話を副島さんにして、副島さんがどういう反応をするか分からないし、何か条件をつけられるのかもしれないし、その先は全然分からない。だから、一緒に考えよう。俺たちが一番いい形を、二人で考えていこう」

それまではタブーのように思えてあえて訊かずにきたが、改めて話を聞くと、瑤子の生活と副島は、想像以上に密接に、複雑に係わっていた。

まず、瑤子の部屋の家賃は副島が払っている。ただし、ときどき滞納し、大家から瑤子に催促《さいそく》の電話がかかってくることがあるらしい。最長で三ヶ月溜めたということだが、現在はちゃんと払っているようだ。その代わりに携帯電話がストップしてしまったわけだが、それも月が変わってからは使用可能になっている。

そして、瑤子の預金通帳は副島が管理している。キャッシュカードとクレジットカードは持たされているので、必要なときに引き出すことも買い物をすることも可能だが、細かい入出金は瑤子には分からないという。アンジェリカの給料もこの口座に振り込まれているらしい。俺が怪しいと思ったのは、まずこの点だ。

そもそも、瑤子は家賃とは別に、副島から月々二十万円の手当てをもらう約束になっていたという。それは先の口座に振り込まれ、瑤子が自由に使えるはずなのだが——。

「そういえば、たまにカードが使えなくなるとき、ありますね」

「カードって、キャッシュカード？　クレジットカード？」

「キャッシュ、です……かな？　たまに使えません。お金出てきません」

完全に騙されてるな、と俺は確信した。

「じゃあさ、お金下ろしたときに、明細書とか出てくるでしょ」

「ああ、あれは、副島さんが出しちゃ駄目を言うから、私、そのボタン、タッチしません。あれを出して、もし失くしたら、拾った誰かが、勝手にお金出してしまうから。それは困るでしょう？」

もう、間違いない。副島はおそらく瑶子に月々二十万なんて払ってないし、最悪、瑶子はアンジェリカでの自分の稼ぎから家賃を払い、生活費も出し、その上で副島に愛人として縛られてきた可能性がある。

俺は瑶子の肩に手を置き、じっと顔を覗き込んだ。

「じゃあ、まずこうしよう。君はこれから、ＡＴＭを使ったら、必ず明細書をプリントして、保管すること」

「でも、失くしたら大変になるでしょう？」

「ならない。あんなもの誰かが拾ったって、勝手に預金を引き出すことなんてできない」

口が「えっ」の形で固まり、眉間に皺が寄る。

俺はかまわず続けた。

「それと、アンジェリカの給料日はいつ」

「もうすぐだね。じゃあこれから毎日、ＡＴＭで一日一回、千円ずつお金を下ろして。そのとき、忘れずに明細書を出して。それでお金の動きをチェックしよう」

「えっと……二十、五日」

ちょっと待ってください、と瑶子は立ち上がり、本棚の辺りから何か持ってきた。メモ帳とペンだった。

「毎日、千円……明細書を、保管……」

さすが、漢字を書くのは上手い。

「……はい。あとは、何をしたらいいですか」

「とりあえずはそれだけでいい。給料日前後のお金の動きが見えたら、それをもとに副島さんと話をしよう。ただし」

俺は人差し指を立て、ここが重要であることを示した。

「これは、君が副島さんに話すんだ。俺が出ていくと、ややこしいことになる。俺が知恵をつけたってだけで、副島さんは逆上すると思うんだ」

チエ？　ツケタ？　と瑶子が小首を傾げる。

「俺が、君に、こうやれ、こう言えって、教えてるって知ったら、副島さんは逆に怒って、別れてくれなくなるかもしれない。それはマズい。大事なのは、君が本当のことを知って、それを副島さんに確認することだ。まずは、そこがスタートだ」

「それと、ATMの明細書とは、どういう関係がありますか」

いいだろう。もう一度最初から説明しよう。

19

捜査は、再び膠着状態に陥っていた。

原因不明の身代金受け渡し失敗。むろん、渡せなかったことが失敗なのではなくて、マル被と接触できなかったことが警察にとって失敗だった、ということだ。

なぜマル被は接触してこなかったのか。警察側の包囲網に感づいたのか。それはない、と幹部は思いたいだろう。身代金を持った中江弓子社長が動いたからといって、捜査員も一緒に動かなくて済むよう、周囲には二百人以上配置していたという。手抜かりがあったとは考えにくい。

各捜査員への指示も徹底していたはずだ。無線のイヤホンは両耳に差し、音楽を聴いているような振りをしろ。周りを見るときは、あくまでも何か探しているような芝居をしろ。怪しい人物を見つけてもすぐには触るな。必ず報告し、応援を待って態勢を整えてから、速《すみ》やかに追尾に移行し、犯行拠点を突き止め、人質の救出を最優先しろ。

しかし、結果としてそれらの指示はなんの役にも立たなかった。捜査員はマル被の追尾は疎《おろ》か、怪しい人物を見つけることさえできなかったのだから。

さらに幹部連中を焦《あせ》らせているのは、マル被から受け渡し失敗に関する反応がまったくない、この状況だ。怒っているのか、落胆しているのか、向こうも同じように焦っているのか、連絡がないのだから皆目察しがつかない。

中江社長には何通もメールを打たせているという。どうして待ち合わせ場所にきてくれなかったんですか。副島と村瀬は無事なんでしょうか。次はどうしたらいいんでしょうか。そんなふうに書いて送らせたらしいが、向こうはほとんど携帯の電源を切りっ放しにしている。当然、受信していない可能性も大いにある。

久江は日付が変わった辺りでいったん講堂を出、今日は待機所代わりになっている食堂に入った。

缶コーヒーを買い、壁際のテーブル席に着く。周りにいる捜査員に知った顔は一つもない。腕を組んでうな垂れている者、テーブルに突っ伏して寝ている者、欠伸《あくび》を嚙み殺して新聞を読んでいる者、退屈そうに携帯を弄っている者、いろいろだ。

一般の人が見たら、事件が起こっているのに緊張感が足りない、と思うかもしれない。でも、これくらいは逆に勘弁してくれと久江は言いたい。顔を晒して手帳を提示して、誰にでも好きに話が聞ける強行犯捜査とはワケが違う。これは、警察が関与していること自体を伏せなければならない誘拐事件捜査——原則すべてが隠密行動であるのに加え、解決まではオンばかりでオフがない現場なのだ。

とはいえ、捜査員も生身の人間。実際にはずっとオンのままでなどいられない。命令がなければ、当然眠気だって差してくる。家族にだって【今夜も帰れない】くらいのメールは打ちたいだろう。まあ、出会い系サイトで会った女の子に【今日の約束キャンセル】と打っているのだとしたら、それは別の意味で問題だが。

久江はプルタブを引き、ちょっと多めにひと口含んだ。甘みもコーヒー感も薄めの微糖タイプ。峰岸が買ってくれたカフェオレとは大違いだ。温かさも、濃さも、優しさも、何もかも。こんなんだったらいっそ、アセロラドリンクの方がよかったかもしれない。

ふう、とひと息つく。一服したいところだけど、残念ながらこの食堂も禁煙。吸うならまた一階まで下りなければならない。でも今は、ちょっとここを動きたくない。

もうひと口飲むと、なぜだろう。楊白瑶について報告したときの、中森管理官の言葉が頭に浮かんできた。

「……妙なもんだな。偽装結婚でも、夫婦は夫婦。誘拐されたと知らされたら、夫の身を案じる本気芝居をせにゃならんのか」

果たしてそうだろうか、という疑問がある。

久江の両肩を摑み、村瀬の行方不明について逆に訊いてきた、楊白瑶——瑶子。明らかにあのとき、彼女は取り乱していた。さらに副島の行方も分からなくなっていると知ると、表情に困惑の色を強めた。

瑶子の客である副島と、夫である村瀬が一緒に誘拐されている。さらに副島と村瀬は、同じ会社の取締役と社員という関係にある。

副島と、村瀬と、瑶子。三人は互いに強く結びついているものの、瑶子自身は二人の不在に気づいていなかった。それは、彼女が本当の意味での、村瀬の妻ではなかったから——。

やはり、二人は偽装結婚なのか。瑶子はそれによって配偶者ビザを獲得し、村瀬は村瀬で、ある程度まとまった金を手に入れた。金本が、偽装結婚に必要な費用は百万か二百万、と言っていた。だがそれを、村瀬が丸々もらえるわけではない。よくてそのうちの、せいぜい数十万だろう。

では、残りは誰がせしめたのか。偽装結婚コーディネーターみたいな仲介業者だろうか。いや、そもそも村瀬の前の職場と瑶子の住まいは近所だった。これが偶然でないとしたら、むしろ二人の出会いの場は、あの練馬区北町近辺にあったと考えるべきだろう。

コーディネーターなどが仲介するまでもなく、二人は出会っていた可能性がある。それってつまり、普通の恋愛ってことではないのか。ごく一般的な、恋愛結婚と何が違うのか。

しかし、そこに副島が絡むと話がややこしくなる。瑶子にとっては客、村瀬にとっては上司——待て。もともと村瀬は、アンジェリカに酒を納めていた越田酒店の社員だ。瑶子はそこのホステスで、副島は客。三人を繋ぐのは練馬区北町ではなく、池袋のアンジェリカと考えた方がいいのか。しかも村瀬は副島の紹介で、富士見フーズに転職している。

久江の感触では、瑶子は村瀬の行方不明に、本気で驚いていた。好意的に見れば、村瀬のことを想っていると解釈することができる。だが、村瀬はどうだったろう。あの手の外国人女性が苦手な日本人男性も、案外少なくない。戸籍を貸すのはいいが、本当の夫婦になるのはご免だぜ、みたいな——。

いや、こんなことをグジグジ考えるより、村瀬に借金があるかどうかを確かめた方が話は早いか。借金があれば、身代金誘拐を企てる動機になる。そうなれば村瀬はマル害ではなく、一転してマル被となる。反対に借金がないと分かれば、やはり専務の巻き添えで連れ去られた、運の悪い店長と見ることができる。

明朝にでも、村瀬の懐《ふところ》具合について管理官に訊いてみようか。


朝九時を過ぎても、犯人側からの連絡はないようだった。中江社長はメールを打ち続けているというが、それも読まれているかどうか分からない状態が続いている。

もう少しで、二人が誘拐されて丸二日になる。犯人側の扱いによっては、かなり体力を消耗している可能性が考えられる。早く助け出したいが、何しろ犯人が接触してこないのでは打つ手がない。

まもなく十時。トイレにでもいっていたのか、一時席をはずしていた中森管理官が講堂に戻ってきた。

そうだ、村瀬の銀行口座について訊いてみよう。

しかし、そんなことを思ったときに限って、事件は動く。

「……ハァ？」

奥の情報デスクにいた一人が裏返った声で言い、受話器を構えながら幹部のいる指揮デスクを振り返った。その姿勢のまま、相手に話し続ける。

「ではその、現物と、包み、それから、伝票等を、撮影して送ってください……」

通話を終えて受話器を戻し、彼はすぐさま指揮デスクに移った。

「今し方、中江社長の自宅に、人間の指と思われるものが、届いたという報告が……」

「なにッ？」

辺りに散らばっていた管理官、捜査員の輪が、ギュッと指揮デスクに寄り集まる。久江も後ろから、なんとか声のする方を覗こうと背伸びをした。

「午前九時四十六分、モノは中江社長宅にバイク便で届き、捜査員立ち会いのもと開封したところ、封筒の中から人間の指と思われるものが出てきた、と」

「誰のだ。副島のか、村瀬のか」

「いえ、現状ではまだ」

「何か文書は添えられてなかったのか」

「それも、今のところなんとも」

すると「きました」とパソコン担当の捜査員が手を挙げた。

「プリントアウトします」

すぐに複合機から、何枚も紙が吐き出されてくる。見ると、取りにいっている人たちの固まりの中に金本の背中があった。しばらく姿を見なかったが、ここぞというとき、彼はちゃんといいところにいる。刑事としての嗅覚が優れているのだろう。

目的の紙を確保すると振り返り、人込みを縫いながら久江の方にやってくる。

「……おい、魚住。お前も見ろ」

「うん、ありがと」

だがその画像は、見せてもらって礼を言う類《たぐい》のものではなかった。

比較するものが写っていないので何指かは分からないが、たぶん親指以外のどこかだ。ちゃんと爪があり、第一関節のところで、ガツンと切り落とされている。画像はもちろんカラー。創面に露出した肉、骨の色までちゃんと写っている。指紋の皺《しわ》や爪の縁には赤黒く血もこびりついている。

「……ひどい」

「ああ。向こうも、いよいよ本気になってきたな」

写真は全部で四点。一枚目は、木製テーブルに置かれた指そのものをアップで写したものだが、隣の一枚を見ると、それ自体は食品用のラップフィルムに包まれていたことが分かる。薄っすらと血が広がった透明のフィルム。その他の二枚は、届いたときに入っていた封筒、それに貼り付けられていた伝票を撮影したものだ。当然だが、届け先は「中江弓子」となっている。送り主は「田中広幸」、まず間違いなく偽名だ。

金本が、パシッとその紙の端を指先で弾く。

「これ、いただくぞ。お前もこい」

「えっ？」

久江が尋ねる間もなく、金本は「管理官」と手を挙げながら指揮デスクに向かっていく。周りに三十人ほどいる捜査員を押し退《の》けながら、ときには横歩きしながら割り込んでいく。

仕方なく、久江もあとから追いかけた。

金本が捕まえたのは、やはり中森管理官だった。

「管理官。これ、俺んところで当たりますよ。練馬の魚住と……あ、西川チョウ、これやろう。一緒にやろう」

言いながら、西川巡査部長に大きく手を振ってみせる。

中森は不愉快そうに眉をひそめた。

「金本、いいからお前は下がってろ。割り振りはこっちでするから。今は勝手に騒ぐな」

「大丈夫ですよ。任せといてください」

「何が大丈夫なんだ。指だぞ、ホシはマル害の指を切断して、送りつけてきたんだぞ」

「分かってますって。だから調べにいくんじゃないですか……ほい、西川チョウ、急いでいこう」

勝手に西川と、その相方である新田を抱き込んでデスクから離れようとする。昔から、金本にはこういうところがある。おいしいと思ったネタには誰より早く喰らいつき、絶対に放さない。失敗があるとすれば、むしろ最初のネタ選びか。調べた結果、大しておいしいネタではなかった、ということも少なからずあったように、久江は記憶している。

おい金本ッ、という怒声も無視して、とうとう廊下まで出てきてしまった。そこで、改めて画像を見る。

「えーと、どこのバイク便だって……ちぇ、巣鴨《すがも》か。ちょっと遠いな」

何を今さら。

実際には大して遠くなかった。中野署からの移動時間は三十分程度。しかし、伝票にある「アクセルサービス」という会社を見つけるのには少々手こずった。何しろ、書いてある住所にいってみても、そこはなんの変哲もないマンションの一室なのだ。社名も出ていなければ「バイク便受付」などの看板もない。

それについては、四人の中でいちばん若い新田が見解を示した。

「集荷依頼とか宣伝は、全部ネット頼みなんじゃないですかね。実際バイク便って、オフィスビルの裏手とかにずっと待機してるじゃないですか。伝票と携帯電話さえあれば、事務所とか営業所とか、実はそんなに重要じゃない業種なのかもしれないですよ」

金本が口を尖らせて頷く。

「じゃあ、社名も宣伝の看板がなくても」

「ええ。ここが『アクセルサービス』なんだと思いますよ」

天井の低い、古びたマンションの一階。廊下の壁は白っぽい石目調、鉄製のドアはどぎついワインレッドに塗られている。一〇六号室。インターホンのネームプレート部分は空白になっている。

金本に目で促されたので、久江が呼び鈴を押した。

まもなく、痰《たん》の絡んだような声が《はい》と応《こた》える。

「恐れ入ります。警視庁の者ですが、ちょっと、お話伺えませんでしょうか」

しばし間が空く。顔も知らない相手が、ギョッとしている様子が目に浮かぶ。

《えっ……それって、なんの用……なんのご用、ですか》

「こちらは、バイク便の『アクセルサービス』さんということで、間違いございませんか」

《あ……ええ、そうですよ。そうですけど、それが何か》

「配達された荷物について、ちょっとお伺いしたいんです」

《えっと、あ、そう……ですか。分かりました。えっと、ちょっと、待っててください》

数秒してドアを開けたのは、癖毛と寝癖で頭が倍くらいに膨らんだ、でも人の好さそうな丸顔の、三十歳くらいの男だった。

久江はできるだけ、にこやかに話しかけた。

「突然でびっくりされたでしょう。警視庁の、魚住と申します」

他の三人も倣《なら》って身分証を提示する。四つ並べられてまた威圧感を感じたか、男はちょっと姿勢を正すように身を引いた。

「あ、ええ……あの、どういった、ことでしょう」

「ちょっと、こちらを見ていただいてよろしいですか」

例の切断指写真、ではなくて、四分割した紙面の右下に配置された伝票写真を彼に向ける。

「これはこちらの、『アクセルサービス』さんの伝票で、間違いないでしょうか」

「たぶん、そうだと思います。えっと……現物は、これです」

男はすぐ近くの下駄箱、その上にあった箱から一部伝票を取り出し、久江に向けた。一部は四、五枚の複写式になっている。

「ほんと、同じだわ。間違いないですね……ではこの、送り主がどんな方だったか、覚えていらっしゃいますか」

さらに伝票画像をよく見てもらう。久江は、男が勝手に引っくり返して指画像を見ないよう、ちゃんと端っこを押さえている。

「……田中、広幸さん。ええ、確かに本日早朝に受け付けたお客さまですが、私自身は集荷依頼を各ライダーに割り振って、時間で戻ってきたライダーから、売り上げを預かるだけの仕事ですから、お客の顔までは分からないですね」

「集荷依頼は、どういった方法で？　メールか何かですか」

「いや、このお客さんは、電話でしたね」

「ではこの、田中広幸さんから荷物を預かった方は、今どこにいらっしゃいますか」

「ちょっとお待ちください」

彼はいったん中に引っ込み、二、三分してまた玄関に出てきた。

「キムラという者ですが、いま大手町に向かっている途中です。そこで一件済ませたら、次は神保町《じんぼうちょう》に回すつもりでしたが、どうしましょう。こっちに、いったん戻しましょうか」

久江は、小さくかぶりを振ってみせた。

「いえ、神保町でしたら私どもが伺います。できれば、駅周辺で待ち合わせしていただけるよう、ご連絡いただけると助かるのですが」

承知しました、と彼はまた中に引っ込み、数分で算段をつけて玄関に戻ってきた。

「キムラは三十分くらいで、神保町に着くそうです。神保町の交差点に『キムラヤ』って大きな看板のお店があるのは」

本人も言っていて、ちょっと可笑《おか》しく思ったらしい。表情がわずかに弛《ゆる》む。でも久江が真顔のままだったからか、彼も笑いはしなかった。

「ええ、分かります。そこで」

「はい。その前で待っていていただければ、キムラが伺います」

「ありがとうございます」

早速巣鴨駅まで戻り、三田線で神保町までいき、四人で「セレクト・イン　キムラヤ」の前に立った。

久江たちの到着から十分ほどしてからか。車体後部に黒いボックスを載せたバイクが目の前を通り過ぎていった。ボックスには真っ赤な文字で「アクセルサービス」と入っている。案の定そのバイクは交差点を曲がったところで停止し、やはり赤と黒のツナギを着たライダーがバイクから降りた。体つきを見て、一瞬そうかなと思ったが、ヘルメットを脱いだら、やっぱり——女性だった。

「キムラさんですか。警視庁の、魚住と申します」

「はい、初めまして。キムラです」

まだ二十代半ばくらいの、可愛《かわい》らしい娘さんだ。

「お忙しいところすみません。手短にお訊きしますんで、よろしくお願いいたします」

「はい」

「今朝、田中広幸さんという方から配送の依頼をお受けになったかと思いますが」

「はい、秋葉原《あきはばら》の駅前で、集荷しました」

なぜ、秋葉原の駅前だったのだろう。

「どんな方でしたか、その田中さんは」

「どんな……三十代、いや、四十代くらいだったかな」

「身長は」

「私より、ちょっと大きいくらいかな……」

「キムラさんは何センチですか」

「百六十一です」

するとと百六十五から、百七十センチくらいだろうか。

「どんなものを着ていましたか」

「黒の、MA－1みたいなジャンパーに、やっぱり黒っぽい、ベースボールキャップをかぶってました。メガネか、サングラスをかけてたんじゃなかったかな……ズボンは、グレーだったかな、青系のジーパンだったかな……ちょっと、覚えてないです」

「顔は、覚えてますか」

「いえ、伝票を書いてもらう間も、何しろ秋葉原の駅前なんで。あの、バイクのボックスの上で書いてもらったんで……キャップもかぶってらっしゃいましたし。あまり覚えてないです」

それは、と金本が割り込んでくる。

「秋葉原のどの辺でしたか。その男から、荷物を受け取ったのは」

「えっと……中央通り沿いの、ラオックスの前です」

「何時頃」

「今朝の、九時頃です」

「それから、渋谷区幡ヶ谷《はたや》まで荷物を運んだと」

中江社長の自宅は渋谷区幡ヶ谷にある。

「そうです」

「ちょっとこれ、見てもらえますか」

金本が懐から出したのは、村瀬邦之の写真だ。

「この男、ではなかったですか」

キムラは怪訝そうに首を傾げた。

「はっきりとは言えませんけど、違うような気がします」

他にも何か覚えていることはないか訊いてみたが、それ以上の情報は引き出せなかった。

もういい、という金本のサインを受け、久江が締め括《くく》った。

「ご協力、ありがとうございました。お気をつけて、お仕事なさってください」

「あ、はい。ありがとうございます」

向こうに停めたバイクに走り、勇ましく跨《また》るキムラを見ていたら、金本が呟いた。

「……今からいって、情報が拾えるとも思えねえが、一応、アキバで聞き込みでもやってみっか」

西川が「そうだな」と答える。

身長百六十センチ台の、三十代から四十代、黒いジャンパー、黒いベースボールキャップをかぶった男。メガネかサングラスをかけていた――なんとも特徴のない、面白みのない風体である。

聞き込みをする前から、誰もが「覚えがない」と口を揃えるのが目に浮かぶ。

20

瑶子から毎日、銀行口座の残高レポートが入るようになった。

【三万円減っている理由が分からないですがどういうことですか。専務が使ってるのですか。】

二十五日の給料日あとはもっとひどかった。

【残りが二万五千円になりました。ガスとか電気とか電話とか家賃とかがどうなるのでしょ

うか。早く専務に駄目を言った方がよいですか。】

副島は、瑶子が使い込みに気づくはずなどないと高を括っていたのだろうが、それにしても、あまりにあからさまな手口ではないか。カードを与えておいて、好きに使っていいよと言いながら、実は自分がキャバクラ嬢の給料を使い込んでいる。それも「ヒモ」と呼ばれる類の男や、遊び盛りの若者が、ではない。まもなく五十歳になろうかという会社役員がやっているのだ。むろん肚は立ったが、同時に俺は、どうにも情けなくて仕方なくなった。

俺は奴の勧めで瑶子と偽装結婚をし、今は奴の会社に雇われている。もはや子分か、操り人形か。

いや、だからこそ、現状を打破しなければならない。

後日、正確な数字を見に瑶子の部屋にいった。

瑶子は、思いのほか上機嫌だった。

「お金はなくなりましたけど、でも村瀬さんはきてくれて、ご飯一緒ですからね。私は、すごく悪いとは思いませんね……ちょっと、嬉しいですよ」

彼女が食事の支度をする間、俺は十日間にわたって印字されたＡＴＭの利用明細書を日付順に並べ、その残高の推移を確かめていった。よく考えたら、毎日千円ずつ引き出さなくても残高照会で事足りたんだよな、などと思いつつ、瑶子のメモ帳に数値を書き取っていく。

やはり。二十六日の朝にはもう三十五万円が引き出されていた。おそらく二十五日の振り込みを狙って、その日の内にどこかの支店窓口から引き出したのだ。会社役員ともあろう者が、一体どういう了見で、一刻を争うように愛人の口座から無断で金を引き出しているのだろう。浅ましいにも程がある。

「はい、できましたよ……これが、私の家で食べる餃子です。研究しましたから、皮もとても似てますよ。美味しいですよ」

丸っこい水餃子が、皿に山盛りになって運ばれてきた。

「お、きたきた」

残高調査はいったん中止して、食事をすることにした。

「ほんと、美味そうだな……でも、携帯の写真で見たのより、ちょっと大きい気がするな」

「はい、大きいです。よく分かりましたね。皮をいろいろ調べたら、これが一番似てましたけど、大きさは大きいですね。でも、大きくても美味しいですよ」

うん、と頷きながら、俺は座卓の上を見回した。

「ええと、醤油は？」

「これは、何も付けないで食べる餃子です。それだけのまま食べましょう。それと、これは茹《ゆ》でましたけど、蒸すのもありますね。焼くのはないですね。私は日本で初めて食べて、驚きましたね。焼く餃子は知ってましたけど、食べたことはなかったですね」

確かに、中国では水餃子がほとんどで、焼き餃子は滅多にないと聞いたことはあった。

「へえ……じゃあ、いただきます」

慌てて口に入れたら、中から小籠包《ショーロンポー》みたいに熱いスープが噴き出てきそうだったので、最初は小さく端っこを噛み、ある程度スープを吸い出してから、

「んっ……美味い」

あとからゆっくり、もちもちした皮ごと頬張った。

これは、本当に美味かった。タネというか、中の具材がよかった。肉も野菜もあまり細かくはせず、むしろ食感が残る大きさに切り、混ぜてある。はっきり言って「点点楼」の餃子の何十倍も美味かった。

しかし、目の前にいる瑶子は何やら不満げだった。

「凄く美味しいよ。うちの店のなんか、比べ物にならない」

俺が全力で褒めても、まだ口を尖らせている。

「あれ……どうかした？　俺、なんか変なこと言った？」

すると、小さくかぶりを振る。

「村瀬さん、頭いいから、注意深いですね。絶対に、あちち、あちち、ってなると思って、楽しみにしていたのに、物凄く平気ですね。全然、面白くないです」

言いながら、ようやく笑みを浮かべる。

「でも、いいです。美味しいを言ってくれたから。私の料理、好きになってくれたから、い

いです……あ、何か飲み物、出しますね」

瑶子は再び立ち、冷蔵庫から缶ビールを二本、キッチンからグラスを二つ取って戻ってきた。

それぞれに注いで、乾杯。

こんなふうにしていると、つくづく思う。この瑶子という娘は、何も贅沢《ぜいたく》を望んでいるわけではない。むしろ小さくてもいいから、きちんとした幸せが欲しいのだなと感じる。

俺のグラス、次に自分のと注《つ》ぎ足しながら、瑶子は言った。

「私、お休みができたら、横浜の中華街にいってみたいです」

赤や金に彩られた門、派手に飾られた店の並ぶ通り。そこを歩く、俺と瑶子。だが、何かがしっくりこない。

「でも……なんで、わざわざ中華街なんていきたいの。別に、君にとっては珍しい街ではないでしょう」

しかし瑶子は、何度も強くかぶりを振った。

「珍しいですよ。あんな街、中国にはありませんからね。あんなに中国っぽい街は、日本にしかないです。たぶん私は、北京にも上海にもないと思います。変ですけど、面白いと思います。いってみたいです。横浜中華街」

それと、と人差し指を立てる。

「港の見える、山下公園もいきたいですね。横浜は、一度もいったことないですから」

なんか、ちょっとゴッチャになってないか。

「ええと……港の見える丘公園と、山下公園は、それぞれ違う公園だけど、それは分かってる?」

ぱちくり、と瑶子が目を瞬《しばたた》かせる。

「あれ、違うんですか。知りませんよ」

「港の見える丘公園は、ちょっと高台にあって、港が見下ろせるところ。山下公園は、港そのものに面してる感じかな。どっちかっていうと、山下公園の方が中華街に近いけど、ま、港の見える丘公園も、そんなに遠くはないか」

グラスを持ったまま丸座卓を迂回《うかい》し、瑶子がこっちににじり寄ってくる。

「……村瀬さん。全部が上手くいって、そうしたらお休みに、一緒に中華街にいきましょう。それから、港の見える公園にいきましょう。いいですか? 連れてってくれますか?」

日本人にしてみたら、せいぜい大学生辺りが考えるデートコースだ。しかし、瑶子はまだ二十六歳。自分よりはむしろ、感覚は大学生に近いのかと思い直す。

「そうだね。いこうか、一緒に……横浜中華街」

すると瑶子は、今までで一番というくらい、嬉しそうな顔をした。

だが、事態は思わぬ方に転がり始めた。

副島がほぼ毎月、瑶子の給料を使い込んでいることが決定的となった、年末のある夜。瑶子から電話がかかってきた。

『村瀬さん、大変です、私、専務を怒らせてしまいました。物凄く、怒らせてしまいました。村瀬さん、今から会ってください』

ちょうど仕事が終わったところだったので、都合はつけられた。

場所は池袋。アンジェリカからはあえて少し離れて、サンシャイン方面にある洋風居酒屋で待ち合わせた。

先に着いて座っていた瑶子は、何度か見たことのあるボーダーのニットを着ていた。だぶだぶの袖《そで》に両手を隠して、不安そうに口に当てている。

「村瀬さん、ごめんなさい、私……」

「うん、どうした」

通りかかった店員にウーロンハイをオーダーし、すぐまた瑶子に向き直った。

「何したの。なんで、専務を怒らせちゃったの」

「あの、なんか、急に専務がウチにきて、でもくるを聞いてないから、約束ないから、今日は駄目ですを言って、私はドアを開けなかったら、途中から専務が、ドアをドンドン叩いてうるさいので、仕方なく入れました。でも私も怒ってたから、近づくな、を言いました。専務も、なんだ、分からない、をずっと言ってて、私も帰って、しか言わないので、もっと怒りました」

若干分かりづらかったが、とにかく二人の話が嚙み合わなかった、ということなのだろう。

「うん、それで」

「それで……村瀬さんに、まだを言われてましたけど、私……銀行口座のこと、専務に言っちゃいました」

なるほど。それでは副島がキレるのも無理はない。

「具体的には、なんて言っちゃったの」

「もう、全部です。明細書、毎回出しました。ときどき、いつも、二万円、三万円、私は使ってないのに、銀行は減ってました。二十五日のお給料日、その次の日には必ずたくさん減りました。どうしてですか、私は使ってないのに、どうして私のお金が減りますか、を言いました」

「そうしたら、なんだって？」

「家賃を払ったとか、言ってました。でも、家賃は専務が払う約束でした。毎月二十万円もらえる約束でした。でも、三ヶ月明細書出しますけど、いつも二十万円なんてありません。どうしてですか、私を騙しましたか、私を騙しましたか、を何度も言いました。専務、途中で泣きましたけど、途中で怒り始めました」

たぶんそれは「嘘泣き」だ。

「それはお前が思いついたか、お前が考えたので出したかを、凄い怖い顔して言いました。どんどんこっちに歩いてきました。私は怖いから、だから……一人じゃないを言いたくて、専務に教えたくて、村瀬さんが考えた、を言いました。それで、専務はすごく怒りました。ずっと会ってたのか、付き合ってたのか、あの店だけじゃなかったのか、を大きな声で言いました。私も凄く、怖い感じになって、私は村瀬さんが好きです、を言いました」

そんなことまで、言ってしまったのか。

俺が瑶子から聞く分には嬉しい台詞《せりふ》だが、場所と相手によっては、とんでもない爆弾発言となる。

「……専務、なんだって？」

「ずっと、私を睨んでました。何も言わないで、ずっと睨んでました。私は何か言いました。そうしたら専務が、寝たのか、を言いました。私も、もうブチキレしたので、そうですよォ、寝ましたよォ、を言いました。そうしたら、ここか、ホテルかを言うから、そんなの教えません、を言いました。そしたら私の方に、またこうやって、どんどん歩いてくるので、私は逃げて、キッチンのところで包丁を持って、出てって、出てかないと刺す、を言いました。最初は出ていかないですが、何回も言うと、専務は出ていきました。専務は悪い人ですけど、あまり叩いたり蹴ったりをしないから、いい人です」

いや、まさか瑶子が、包丁まで持ち出すとは思わなかった。

「村瀬さん。私、どうしましょうか」

それは、こっちが訊きたい。俺はどうしたらいいのだろう。俺は現在、副島が役員をしている会社の社員なのだ。ヒラ社員が役員の愛人を、いわば寝取った恰好なのだ。それがバレてしまったのだ。立場が危ういのは、むしろ俺の方だ。

しかし、瑶子に何かアドバイスできるとしたら、それは俺をおいて他にはいない。それもまた事実だった。

俺はテーブルの端っこで、瑶子の手を握った。

「とりあえず君は、もう専務を部屋には上げるな。騒いだら警察を呼ぶって、そう言えば専務だって、それ以上は騒がないだろう。警察沙汰は、専務も避けたいだろうから……専務には、俺から話をつける。君はもう、専務には会わなくていい。いや……会わないでくれ。いいね」

瑶子は、ひどく真面目な顔で頷いた。

でもこのときはまだ、俺の中に何か具体的な策があったわけではなかった。

決定的な打開策も思いつかぬまま、刻々と時間は過ぎていった。

瑶子とは密に連絡をとり合っていたものの、実際に会う回数は減らす方向にあった。瑶子も今は特別な状況だと理解していたのだろう。いつものように「一緒にご飯」をねだってはこなかった。

しかし、副島も妙だった。愛人を寝取られたわりに、しかもその相手が分かっているにも拘わらず、俺のところにはしばらく何も言ってこなかった。俺は出勤するたび、休憩で事務所のドアを開けるたび、そこに副島がいるのではないかとビクビクしていた。似た背恰好の客が店に入ってくると、決まって「いらっしゃいませ」の声がワンテンポ遅れた。

副島の考えが、気持ちが、どうにも俺には読めなかった。次第に俺は、副島は瑶子と自分のことを、さして怒っていないのではないかと楽観視するようになった。金もかかるし、気持ちもそっぽを向いてしまった、そんな面倒な中国女なんて、どうでもいいや。そんなふうに諦めてくれたらいいと思っていた。

だが、そこまで現実は甘くなかった。

「……よう、村瀬ちゃん。久しぶりぃ」

年が明けて、一月の三日。新年二日目の勤務を終えて店の裏口を出たら、そこに副島が立っていた。

「あ、専務……ご無沙汰、しております……あ、明けまして、おめでとうございます」

「いいよォ、そんな、したくもない挨拶しなくたって……分かってんだろ、こっちの用向きは。ちょっと、一杯付き合えよ」

見たところ、近くにいつものレクサスはない。つまり今日は社用ではない、ということか。

「……はい」

大人しく従うほかなかった。

連れていかれたのは、早稲田通り沿いにあるバーだった。カウンターから少し離れた窓際のテーブル席。近くに客もおらず、状況的には完全に副島の「ホーム」だった。

副島が奥、手前に俺が座って向かい合う。キャンドルグラスの火が揺らめき、彼の顔に複雑な陰影が躍る。

副島はバランタインをストレートで、俺は生ビールをグラスでオーダーした。乾杯はなかった。彼はひと口舐《な》めて、いきなり切り出してきた。

「……村瀬ちゃんも、大人しそうな顔して、やってくれるよね。まさか、俺に黙ってそういうことする人だとは思わなかったな」

謝るべきなのか、反発すべきなのか。俺自身、決めかねていた。

「で、どうすんの、瑶子と……って言っても、実際に夫婦なんだよな。あとはあれか、一緒に暮らすかどうかの問題か。なあ、そういうところまで話は進んでんの」

それにも、俺は答えずにいた。

「村瀬ちゃんさ、子供じゃないんだから。ちゃんと自分の口で言いなよ。俺だってこんなこと、言いたくて言ってるわけじゃないんだから。そもそも女を寝取られたの、俺の方だから。飼い犬に手を嚙まれるって、本当にあるんだなって思ったよ……それともなに、その辺りから否定してみる？　瑶子とは寝てませんって、俺に釈明する？」

この質問にだけは、なんとかかぶりを振って答えた。

「なんだよそれ……姦《や》っちゃったのだけは認めるんだ。ヤラッしいねェ。どうしてくれようかな。なあ、俺は君たちを、どうしたらいいのかな。言ってみなよ。村瀬ちゃん自身は、どうしたらいいと思うの」

瑶子との関係を認めたことで、少し、口が利けそうになっていた。

「すみません、専務……瑶子さんと、別れて、ください」

一瞬、お嬢さんを嫁にください、と言っているような錯覚に陥《おちい》った。

副島は「ふわぁ」と仰《の》け反《ぞ》り、大袈裟《おおげさ》に呆れてみせた。

「言っちゃったよ。この人俺に、瑶子と別れろって言っちゃったよ。寝取ったくせに、図々しいねェ……」

しかしすぐ、テーブルに身を乗り出してくる。

「でもさ、お前さん、なんか勘違いしてるんじゃねえか？　そもそもお前ら、自分たちが何者だか分かってんのか？　不法滞在外国人と、そいつと偽装結婚しちまった犯罪者なんだぜ？　そして、その証拠握ってるのが誰だか、分かってる？　俺だぜ。俺が出るとこ出たら、お前と瑶子の結婚なんて即刻無効だし、瑶子は中国に強制送還だ。まあ、村瀬ちゃんは不起訴とか執行猶予《ゆうよ》だろうけど、でもウチの会社はクビだかんね」

そう。これを言われるのが、俺には一番キツかった。

「分かってます……でも、瑶子さんの口座を見る限り、専務も、もうあまり、彼女に経済的な援助は、できていないようですし」

ぐっ、と副島が眉をひそめる。

「大きなお世話だ馬鹿野郎。ちらっと明細書見たくらいで、人の足元見た気になってんじゃねえよ。ちょっとうっかりしてただけだ」

「うっかりで、瑶子さんのアンジェリカの給料にまで手をつけるのは、どうかと思いますが」

副島はこっちを睨みながら、低くゲップを漏らした。

「……おい、村瀬。お前、俺に説教垂れようってのか」

「お願いしてるんです。瑶子さんと、別れてください」

「俺が幸せにしますから、ってか」

「そうしたいと、思っています。でも、今はまだそれ以前の段階です。専務との関係がクリアになってからでなければ、瑶子さんも、次のことは考えられないと思います」

「お前なァ」

少し声が大きくなりかけたが、ある程度の自制心はまだあるのか、副島は一つ頷いて、また声を小さく戻した。

「……今は確かに、大した残高はねえかもしれねえよ。でもな、あいつだって散々俺の金使ってきたんだぜ。とんだ金食い虫なんだぞ、あの女は」

そうだろうか。部屋を見た限り、金目の物など何もないようだったが。

「俺だって、けっこう注ぎ込んだんだぜ、あの女には。それは、ある程度返してもらわねえと辻褄《つじつま》が合わねえよ」

この上、まだ瑶子から搾り取ろうというのか。

「……つまり、手切れ金をよこせ、ということですか」

副島は、それにはかぶりを振った。

「手切れ金っていったってお前、瑶子とあんたからじゃ高が知れてるだろう。瑶子の通帳は俺が管理してる。あんたは俺んとこの社員だ。どっちとも、碌《ろく》に持ってねえことくらい、訊かなくたって分かってら」

確かに、俺も瑶子も金は大して持っていない。

「でも、結局はお金の問題なんですよね。それさえ解決できれば、専務は、瑶子さんと別れてくれるわけですよね」

副島の目の中で、ゆらりと、暗い炎が揺れる。

「……ほう。そっちには何か、いい解決策でもあるのかい」

妙に、口が渇いていた。

俺はグラスを摑み、残りのビールを一気に飲み干した。

21

結果からいうと、秋葉原での聞き込みはなんの成果も挙がらなかった。

帰りの電車内。久江の隣にいた、新田がぼやく。

「黒いベースボールキャップに、黒いジャンパー……この着衣って、計算ですかね。見事なくらい、なんも拾えなかったですね」

金本が頷く。

「もちろん計算してるさ。宅配便じゃなくて、バイク便ってのも気が利いてるぜ。コンビニや宅配の営業所に持ち込んだら、防犯カメラに映っちまう。だからわざわざバイク便なんだ。集荷場所を指定して、路上で伝票記入。まったく、セコい野郎だ」

しかし中野署の講堂に戻ると、事件は何やら動きを見せていた。

「……なんだ。なんか、あったのか」

そう思っても、金本でさえ誰にも訊けないくらいの混乱状態。管理官、捜査一課長は当然として、刑事部長までもが指揮デスクで情報整理に当たっている。無線オペレーターも全員フル稼働状態だ。

「B三班、D四班より前に出ないでください。十メートルは離れてください」

「A二班、状況報告……A二班、応答しろ」

「C一班、C二班、C三班、そこから中江社長は目視できますか。どうぞ……了解。見えるところまで移動してください。ゆっくり、順番に。いっぺんには動かないで」

どうやら、第二回の身代金受け渡しオペレーションが始まっているようだった。腕時計を見ると、正午を四十分ほど過ぎている。

「……現場は、どこなんでしょうね」

金本が腕を組む。

「分からんな。でも、また人員を大量投入してるようだから、新宿か渋谷か、池袋、六本木……それこそ秋葉原だったら、泣くに泣けねえな」

そこに倉持《くらもち》という、久江も知っている捜査一課の主任が通りかかった。指揮デスクに何か提出しにいく。

「イマイズミ管理官、渋谷駅の構内図がきました」

「じゃあ引き伸ばして二十部、カラーコピーしてくれ」

「了解です」

今度は複合機の方に移動する倉持。その後ろに、金本がぴったりとくっつく。二人はほぼ同年代だろう。

「すんません倉持主任、俺、いま戻ったとこなんですけど」

「なんだ。どこいってたんだこんなときに」

「それはいいとして、受け渡し、始まってるんですか」

ようやく複合機のところまできたが、残念ながら別件の印刷で塞がっているようだった。

仕方なさそうに、倉持が金本に向き直る。

「……マル被からメールがきたのは知ってるか」

金本が「いえ」とかぶりを振る。久江もつい、後ろで同じ動きをしてしまった。

「届けたのは村瀬の左小指。お前たちが警察に届けたりするから、こういうことになる。チャンスはあと一回。警察はこさせるな……それで急遽設定されたのが、SHIBUYA109の前。そこから今、あちこち歩かされてる」

チッ、と金本が舌打ちをする。

「やっぱり、ヅかれてたのか」

ヅく。感づく。

「いや、そうとも限らんさ。マル被が疑り深いだけかもしれない。単なる牽制って可能性もある」

「単なる牽制で、マル害の指を落としてバイク便で送りつける奴がいますか？　このマル被は、完全にヅいてますよ。人員の大量投入は危険です」

そのとき、無線オペレーターの誰かが「追うなッ」と叫んだ。

管理官数人が「なんだ」「どうした」とそっちを向く。

「……中江社長が、突然、走り始めました」

「指示はメールか、電話か」

「分かりません。でも急に走り始めたとのことです」

マル被は中江社長を徹底的に動かして、それと連動する人間を人込みから炙り出そうとしているらしい。とすると、マル被は少し離れたところから中江社長の動きを見ているのか。

それくらいは、指揮デスクも承知しているようだった。

「周辺ビルの窓を見ろ。窓辺で携帯を弄ってる奴に注意しろ……だがあまりジロジロ見るな。それとなく、さりげなく捜せ」

見ないで捜せ、動かずに探れ、追わずに見失うな。相反する指示、矛盾した命令があちこちで飛び交う。そのたびに、苦渋の色を深める捜査員たちの顔が目に浮かぶ。

それでも久江は、講堂の隅でただ祈るしかなかった。誰かが運よくメールを打っている不審人物を発見し、応援を得て尾行をしたら、見事アジトを発見。人質を救出——そうなってくださいと、ひたすら願っていた。

しかし、事はそう上手くは運ばなかった。

犯人による受け渡し人の引き回しはさらに一時間以上続いたが、結局、誰一人中江社長には接触してこなかった。

午後二時五十分。中江社長の動きが止まって、すでに三十分が経っていた。

刑事部長が、捜査一課長に告げる。

「……捜査員を、段階的に駅まで引き揚げさせろ。帰宅まで、中江社長には誰も触るな」

「了解しました」

事実上の、受け渡しオペレーション失敗宣言だった。

久江は思わず、溜め息をついてしまった。だが、そうしたいのはむしろ幹部たちだったろう。

現場映像があるわけではないから、特に何か見ながら指示を出しているわけではない。情報といっても、あるのはほとんど捜査員からの無線報告のみ。中江社長がどこにいて、周りにどんな通行人がいて、現場を見下ろせる建物はどことどこで——そんな断片的な情報から状況を把握し、人員を配置し、捕捉態勢を整え、中江社長が動けばフォーメーションを再編成する。そんなことの繰り返しが二時間以上。それでもマル被は、中江社長に接触してこなかった。幹部たちの落胆は、徒労感は察するに余りある。

金本が、また小さく舌打ちする。

「完全にヅかれてるんだって……人数使い過ぎなんだよ」

その言い分も分からなくはない。でも、今この状況でそれを言うべきではないと思う。人命のかかったオペレーションが不発に終わったのだ。身内をなじっている場合ではない。

現場各班から《撤退します》の報が入ってくる。一部の班は周辺建物の捜索を続けるようだったが、大半の捜査員はいったん中野に引き揚げてくるようだった。

刑事部長の宣言から、三十分ほどした頃だ。

「……それは、間違いないですかッ」

情報デスクの一人が、興奮した様子で椅子から腰を浮かせた。そのまま「一課長」と彼が受話器を差し出すと、近くにいた捜査一課長が替わって出た。

「もしもし……」

しばらく、一課長は相手の話を聞いていた。周りは管理官たちが囲っているので、久江の位置から会話の内容までは分からない。

やがて通話を終えた一課長が、訓授か何かのように声を張って報告し始めた。

「たった今、高輪《たかなわ》署から、品川駅高輪口交番にて、本件マル害、副島孝を保護したとの報告があった。副島は顔面他、数ヶ所に打撲傷を負ってはいるものの、歩行は自力でできる状態とのこと」

副島が、品川駅で、保護？

中野署指揮本部はすぐさま、高輪署近くの病院に搬送された副島孝と接触を図った。一課長からあった一次報告の通り、副島は顔面を含む数ヶ所を殴打されてはいるものの、意識ははっきりしており、会話も問題なくできる状態とのことだった。

手の指も十本、全部揃っているという。

講堂の隅っこで、どっかりとパイプ椅子に座った金本が呟く。

「……ってことは、あの指はやっぱり、村瀬のってことで間違いないわけだ」

久江は指揮デスクの様子を窺いながら、片耳でそれを聞いていた。

確かに副島は保護された。しかし、村瀬の行方は依然分からないままだ。金本は今なお村瀬が犯人である可能性を捨てきれないようだが、彼が黒であれ白であれ、まだ事件が解決していないことに変わりはない。

「まあ、そういうこと……なんでしょうね」

金本が、眉を段違いにして久江を見上げる。

「お前、適当に答えんなよ。んなわけねえだろうが。昔の吉原遊女はな、心中立てっていって、意中の相手に自分の指を送った……と言われちゃいるが、実際は死体の指だったり、精巧な作り物だったりしたんだよ」

もう、何が言いたいのかさっぱり分からない。

「心中立てってそれ、江戸時代の話でしょ。今の世の中で、どうやったらそんな死体の指なんて入手できるっていうんですか。ましてや作り物なんて……社長宅詰めの捜査員が聞いたら怒りますよ。馬鹿にすんなって」

「だからって、村瀬の指かどうか、確かめなくていいわけじゃねえと思うんだがな」

するると、指揮デスクから管理官が一人出てきて、大きく手を挙げた。

「ちょっと、報告するから集まってくれ」

会議スタイルで机を並べたりはしない。講堂の下座、空いたところになんとなく集まって、立ったままやるようだ。それでも三、四十人の捜査員が集まってくる。

「副島はいったん、こっちの病院に移送することに決まった。移送後、多少休憩をとってから、病室で事情聴取。場合によっては明日、脳の精密検査を行い、その後さらに聴取することになると思う」

金本が手を挙げる。

「あの、副島は高輪口交番まで、自力で逃げてきたんですか。それともどこかで解放されて、そこから歩いてきたんですか」

管理官が手元のクリップボードに目を落とす。

「……逃げ出したんではなくて、どこかで解放された、と話しているようだが」

「じゃあ、その解放地点はどこなんですか」

「それに関しては、落ち着いてからゆっくり訊くことになる。まだ保護されたばかりで、精神的にも混乱してるんだろう……実況見分も、明日以降ということになる」

確かに、もう夜の七時だ。打撲程度とはいえ、怪我人を実況見分に連れ歩ける時間帯ではない。

まだ金本が続ける。

「ちょっと待ってくださいよ。意識もはっきりしてて、会話も問題なくできるんじゃないんですか」

「意識があって会話はできても、思考は混乱してるってことだ……大体お前、なんなんだ。ブンヤじゃあるまいし。俺を質問攻めにしてどうする」

「いやいや、事件は継続中なんですよ。村瀬はまだ保護できてない。副島が今までどこに監禁されてて、どうやって品川駅まで連れてこられて、どうやって解放されて、どこを歩いて、他のどんな連絡方法でもなく、高輪口交番に飛び込んだのはなぜなのか。それをいち早く確認すべきでしょう」

「やれることは聴取の班だってやってる。お前が偉そうに四の五の言うなッ」

周りの捜査員が、少し下がって場所を空ける。

なんとなく、管理官と金本の一騎討ち的な状況になってしまった。

何より、金本本人がえらく喧嘩腰だ。

「……そもそも、切断された指が村瀬のものかどうか、確認はできたんですか」

「ああ、今さっき報告があった。『点点楼大塚店』に変装した鑑識をやり、採取してきた指紋の一部と一致した。中江社長宅に送りつけられてきた指は間違いない。村瀬邦之の、左手小指だ」

普通の事件捜査であれば、こういった情報の共有不徹底は厳しく追及されるところだが、本件のような特殊犯捜査では、それもある程度は致し方ない。

金本も、その点を責めるつもりはなさそうだが、しかし黙りもしない。

「だったら、なおさら村瀬を早く保護してやらなきゃならんでしょう。左手小指を切断されてるんですよ。村瀬は誘拐犯に、指を切り落とされてるんですよ。それも、治療なんて碌にされないで……どんなにホシが気ぃ遣ってくれたところで、消毒液ぶっかけてガーゼと包帯巻いとくくらいが関の山ですよ。たぶん、普通はそれもしないでしょう。傷口から、尖った骨が出っぱなしになってるんですよ。管理官、あなたそれが、どれほど痛いか分かりますか？」

そこに、別の幹部が割り込んできた。たぶん金本の直属上司、係長警部だと思う。

「おい、金本……お前、いい加減にしろ」

「何がですか。何をいい加減にするんですか。捜査をですか。捜査をいい加減にしてるのは俺ですか」

「だから、よせって言ってるだろ……分かってるんだ。お前の言いたいことは分かってるし、それを……」

おい、と管理官が、少し声を荒らげる。

「金本。だったらお前に、お誂《あつら》え向きの仕事をやる。今から関東全域の病院に虱潰《しらみつぶ》しに電話を入れて、一昨日から今日にかけて左小指を落として来院した患者がいないかどうか、徹底的に調べろ。該当者がいたら、一軒一軒確認に飛べ……西川、お前の組も協力してやれ」

ということは、むろん久江も自動的に、その電話確認担当となるわけだ。

二階の刑事組織犯罪対策課で場所を借りて、早速病院に電話をかけ始めた。他にも四人加わって、総勢八名での確認作業だ。

しかし、夜ももう七時半。大半の病院は受付を終えているので、ほとんど電話にも出てくれない。

金本が電話帳のページを乱暴に捲《めく》る。

「……フクダの野郎、俺を目の敵にしてやがる」

あそこまで面と向かって言えば誰だって目の敵にするでしょ、とは思ったが、あえて久江は口に出さなかった。文句を言いながらも、金本はちゃんと手を動かしている。相手が出れば、瞬時に声を高くして「恐れ入ります」とやっている。

その様を、西川も横目で見て笑っている。

「やっぱり、あれだな。こういう主任に、ホイホイついていくもんじゃねえな。貧乏くじまで巻き添え喰っちまう……あの、バイク便に付き合ったのが間違いだった。あれで完全に、仲間みてえに見られちまった……」

と、そのときだった。ふと気配を感じて振り返ると、

「あ……峰岸くん」

瑶子の行確についているはずの峰岸が、刑組課のドア口に立っていた。あいにくなのか好都合なのか、金本は電話中のため手が離せない。

「お疲れさまです……上で、ちょっと聞きました。関東全域の病院に、電話ローラー作戦ですって？」

「うん、そうなの。そっちは？　瑶子はどうしてる？」

「今日も普通に、池袋の店に出てます。ようやく交代要員がきてくれたんで、さっき池袋でバトンタッチして、それでこっちに、報告に上がってきたんです」

むろん、瑶子は副島が解放されたことも、村瀬だけが依然拘束されていることも知らないはずだ。

犯人側と、通じてさえいなければ。

「瑶子、様子はどうだった？」

峰岸も、近くから椅子を引いてきて腰を下ろす。

「まあ、遠くから見ている限りは、普通に見えましたけど。内心は穏やかじゃないでしょうね……村瀬のこと、本気で心配してるみたいでしたから」

そうだ。瑶子と会ったのは、まだ小指が送られてくる前だった。

「峰岸くんも、やっぱりそう思う？」

「何が、ですか」

「瑶子は村瀬のこと、本気で心配してたって」

「ええ。そんなふうに、自分には見えましたけど」

村瀬は今現在、小指を落とされた状態で拘束されていると、瑶子が知ったら——。

想像するだけで、久江は胸が痛んだ。

22

副島との話し合いは物別れに終わった。

「それでも……瑶子は俺の女だ。そのこと、忘れんなよ」

分かっている。忘れるわけがない。それを忘れられるくらいなら、誰もこんなに苦しんだりはしない。

翌日、副島から瑶子に連絡が入ったようだった。

仕事を終えてアパートに帰ると、瑶子がドアの前に立っていた。

「……村瀬さん」

そのまま抱きつかれた。ダウンジャケットの中の、細い体が震えていた。俺の顎に、黒髪の小さな頭が当たっていた。眠たくなるような、やわらかな匂いがした。俺は片手でその頭を抱きながら、もう一方の手で肩を撫でた。

「寒かったろ……中に入ろう」

部屋に入ると瑶子は、昨日副島と何を話したのか、結果はどうだったのか、捲し立てるように俺に訊いた。だが、俺から彼女に話せることは何もなかった。

「とにかく、なんとかするから……もう少し、時間をくれないか」

俺のすぐ隣、畳に直に座った瑶子は、こくんと小さく頷いた。

「私は……村瀬さんを、信じて、いいんですよね」

探るように、瑶子が手を重ねてくる。

抱き寄せたかった。唇を重ね、なるようになってしまいたかった。でも、それはしないと誓った。ここで瑶子を抱いたら、もう副島との関係がどうとか、どうでもよくなってしまう気がした。なし崩し――だがそれこそが、瑶子を苦しめてきたやり口だ。それだけはすまいと、俺は決意を改めるつもりで瑶子の手を強く握った。

「信じて。俺は、副島とは違うから。君のこと、全部、ちゃんとするから……そうだ」

正座し直し、瑶子と向かい合う。

「もうこうなったら、口座を新しく作っちゃおう。で、店の給料も、そこに振り込んでもらうようにすればいい」

　瑶子の、つぶらな瞳がさらに丸くなる。

「そんなこと、できるんですか」

「できるさ。ちょっと調べたら、普通の外国人でも、パスポートと外国人登録証があれば開設できるってなってた。君はもう配偶者ビザだって持ってるんだから、まったく問題なく作れるさ」

　カイセツ？　と瑶子が訊き返すので、銀行口座を作るってこと、と言い直した。

　瑶子は「そうなんですか」と、うんざりした様子で俯いた。

「もう、それから私は騙されてましたね。外国人はカードの口座を作れないから、俺が作ってやるって、専務は作りました。パスポートと見比べて、今は大丈夫だけど、もうすぐ駄目になるから、作り直さなきゃを言われて、作りましたね……もう、ずっと騙されてますね、私」

　その夜は、まだ電車で帰れるからと、瑶子は一人で帰っていった。


　副島から電話があったのは、月末になってからだった。

『……村瀬、ずいぶん舐めた真似してくれるなぁ』

　もはや、ヤクザの恫喝《どうかつ》と変わらない口調だった。

「何が、ですか」

『瑶子の口座新しく作って、そっちに給料の振り込みも替えたんだってな……へっ。もうすっかり亭主気取りか。いい気なもんだな。テメェの立場も考えねえで』

もはや、瑶子の給料を詐取《さしゅ》するのが当たり前みたいな話になっているが、どこをどう正せばまともな話に戻るのか、それすらも俺には思いつかなかった。

『とにかくよ、村瀬。今日のシフト上がったら、店の裏口で待ってろ。話がある』

深夜一時。仕方なく、言われた通り店の裏口、一方通行の道に立って待っていると、副島が自分で車を運転してやってきた。自家用なのか、いつものレクサスではなく、シルバーのセルシオだった。

ハザードを出し、助手席の窓を開ける。

「乗れ、早く」

大人しく従い、助手席に乗り込むと、副島は間髪《かんはつ》を容《い》れずサイドブレーキを解除し、アクセルを踏み込んだ。

前方を睨みながら、副島が一つ咳払いをする。

「……村瀬。お前、俺に瑶子と、別れてほしいか」

なぜ今さら、そんな分かりきったことを訊くのだろう。

早稲田通りに出たところの赤信号で、車はいったん停止した。

俺は、前を向いている副島にも分かるように、大きく頷いた。

「それは……はい。別れて、ほしいです」

「どうしても別れてほしいか」

「はい。どうしても、別れてほしいです」

「そのために、お前はどうする」

信号が青になり、副島がまたアクセルを踏み込む。

「……どう、って」

「お前に何ができる」

「それは……専務に、誠意を持って、お願いするしか……」

「そんな、お涙頂戴《ちょうだい》の話をしてんじゃねえんだ俺はッ」

ウィンカーも出さず、いきなり車線変更。

「でも、お金の話だったら、私には……」

「それでも作れよ。金持ってこれで勘弁してくださいって、これで瑶子と別れてくださいって俺に土下座しろよ」

また車線変更。先行車両を乱暴に追い抜いていく。

「金、作るっていったって……」

「サラ金だってなんだってあるだろう。作れよ。とにかく金作って俺んとこ持ってこいよッ」

サラ金なら俺も二、三回は使ったことがあるが、たぶん今の俺の年収だったら、満額借りられても百数十万円が限度だろう。

「あの……具体的には、どれくらい、要るんですか」

さらにタクシーを追い抜くと、前方の視界が真っ直ぐに開けた。副島が、一段と深くアクセルを踏み込む。

「……千五百万だ。今すぐ、千五百万要る」

千五百万円——俺には、オウム返しにすることも憚《はばか》られる金額だった。飲まず、食わず、住まずで働いても、稼ぐには三年かかる。それを借金で賄うとしたら、さらに利子が乗っかってくる。そこまでいくと、もはや暗算では算出不能だ。

「なんで、そんな……」

「それをお前に言ったら、何か解決になるのかよ」

「それは、ならないかもしれませんが、でも、私との話は、それは、瑶子さんに関する問題であって」

「そんなこたァもうどうでもいいんだよッ。とにかく今、俺には金が必要なんだ。お前は俺に、瑶子と別れてほしいんだろ？　でも金は払えないんだろ？　千五百万、今のお前にはどうやったって工面できないんだろ？」

むろん、できない。だがそう答えたら、何か不吉なことが起きる。そんな予感があった。

いつのまにか車は山手通りに出ていた。周りはタクシーが多く、流れはスムーズだった。副島も無理にアクセルを踏むことはなくなり、逆に突然スピードを落とし、ハンドルを左に切った。

ファミリーレストランの駐車場。天井の低い店舗下を通過し、その奥にある屋外駐車場の隅に車を停める。

店で話すつもり、ではないようだった。

副島はエンジンを止め、ハンドルの上で組んだ手に、その汗ばんだ額を載せた。浅くひと息つく。

「……会社から、富士見フーズから金を引き出す。お前もそれに協力しろ」

それが真っ当な話でないことは、副島の声色《こわいろ》から充分察することができた。

「引き出す、と、いうのは……」

「方法は俺が考える。お前は黙って、それに協力すればいい」

「でも、あの、それってつまり、横領、ってことですか」

「横領はしない。そういうことじゃない」

「だったらなんですか」

「いいから、お前は俺の言うことを聞いてりゃいいんだ」

「そんな……まさか、犯罪を犯す、ってことじゃ、ないですよね」

「それっぽく見えるかもしれんが、厳密には犯罪じゃない。その辺は大丈夫だ」

「っていうことは、具体案があるわけですね？　だったら、ちゃんと説明してください」

「お前ッ」

副島はいきなり、俺の胸座《むなぐら》を摑んだ。

「瑶子と別れてほしいんだろうがッ。だったら俺の言うことを聞け。大人しくいうこと聞いてりゃ、ちゃんと瑶子と別れてやるよ。万事上手くいったら、男の約束だ。瑶子はお前にくれてやる。それで納得しろッ」

返事をしないと、さらに締め上げられた。

「……忘れたのか。俺が握ってる証拠を出せば、お前は犯罪者、瑶子は不法滞在で強制送還だ。俺だって無事じゃねえ。でもどうせだったら道連れは多い方がいいからな。俺一人だけ落ちてくなんて無様な真似はしねえぞ。必ずお前らも引きずり込んでやる。何もかも滅茶苦茶にしてやる」

白目を血走らせ、眼球がこぼれんばかりに見開いて俺を見たかと思えば、急にうな垂れ、俺の胸に、もぐり込もうとするように頭を押しつけてくる。少してっぺんが薄くなった、白髪交じりの、皮脂と整髪料で湿った頭髪。瑶子の、あの毛並みのいい猫のような黒髪とは大違いだ。

「……村瀬、助けてくれよ。ここ、大事なとこなんだよ。ここ切り抜けないと、全部ドボンなんだよ。何もかもふっ飛んじまうんだよ。なあ……お前しか頼める奴いないんだよ。頼むよ」

その位置から、また俺を見上げる。血走った目には、涙まで滲《にじ》み始めている。

「それとも、村瀬……瑶子が中国でもない、むろんお前も知らないどこかに、消えちまうようなことになってもいいってのか。それだけじゃない。お前らを陥れる方法なんて、他にもいくらだってあるんだぞ」

それがどれほど本気の脅しなのかは判断しかねた。だが、俺と瑶子が望むようなささやかな幸せは、ちょっとした悪意でいくらでも破壊可能なことは理解できた。副島くらい粘着質な性格ならば、俺たちの住まいに毎晩嫌がらせにくるくらい平気でするだろう。俺の勤務シフトを把握し、留守を狙って瑶子に何かすることだってできる。

この男がいる限り、少なくともこの男が納得しない限り、俺と瑶子に幸せはこない。そんな、諦めにも似た気持ちが、過《あやま》ちの始まりだったのかもしれない。

俺は、副島の目を見ずに訊いた。

「……何を、どうやって、会社からお金を、引き出すんですか」

その質問を、俺の了承と判断したのか、副島は薄ら笑いを浮かべながら顔を近づけてきた。饐《す》えたような肌と、生乾きの唾の臭い。ヤニ臭い鼻息。

「なに……俺が誘拐されたってことにして、社長に金を要求するんだ。あの女はよ、お嬢様育ちの上に女系家族で、妹と結婚した俺を、孝さん、孝さんって、やたらめったら頼りにしてんだよ。その俺が誘拐されたってなったら、一も二もなくそれくらいの金は出すさ。危機対応なんてまるで頭にない馬鹿女だからな。そもそもは死んだ親父のチェーン店を継いで、OL向けの居酒屋がたまたま上手くいっただけの、頭ん中はお花畑みてえな楽天家だ。どうってことねえんだよ」

つまり、狂言誘拐。

「ちょっと、待ってください」

やんわりと押し退《の》け、俺は副島と距離をとった。

「それ……その計画に、私は必要でしょうか」

「当たり前だろう。そんなの、俺一人でできるかよ。場合によっちゃ、縛られた状態くらい写真に撮らなきゃならない。そんなの一人じゃ、どう考えたって無理だろう」

「だ、だったら、そんな、狂言誘拐なんてしなくたって、社長に借金を申し込めばいいじゃないですか」

スッ、と副島の薄ら笑いが消える。

「お前なぁ、女でヤクザとトラブって、その穴埋めに会社の金に手ェつけて、それでも足りねえからない知恵搾って言ってんだよ。そんなこと、女房の姉貴の社長に、正直に言えるか？」

やはり、他にも女がいたのか。しかしそれも、副島にしてみれば俺たちを責める理由にしかならないようだった。

「……そうだよ。大体よ、なんで俺がよその女抱かなきゃならねえんだよ。もとはと言やぁ、お前が瑶子とよろしくやってっから、俺がワリ喰ったんだろうが。あれは俺の女だぞ。それをお前が寝取ったんだろうが。お前が穴埋めするのは、当たり前のことなんだよ」

瑶子との関係自体が不倫であるという指摘は、もうこの男にはなんの効力も持たないのだろう。

だからといって、そのまま受け入れるわけにもいかない。

「その……仮に私が、その計画に協力したとして、ですよ。副島さんが誘拐されたことにして、それに私が協力するとしたら、その間、私も不在になるってことですよね。そうしたら、それって、周りからしてみたら、私が副島さんを誘拐したみたいに見えるんじゃないですかね」

副島は、小馬鹿にしたように鼻で笑い、かぶりを振った。

「それくらい、俺だって計算してるよ。お前も、俺と一緒に誘拐されたことにするんだよ。おたくの専務と社員を誘拐した、千五百万……いや、どうせだったら五千万くらい要求するか。そしたらお前にも分け前やれるしな……いやいや、いくらなんでも五千万はやり過ぎか。さすがに、そんなにはあの女だって無理だ。一日二日で用意させるっていったら、二千万か、三千万がいいとこかな」

そんなに、上手くいくのだろうか。

以後、何度も副島に呼び出され、計画について相談を持ちかけられた。

「いいか。まず二月一杯でお前を高田馬場店から、大塚店に異動させる。計画はその直後に実行する」

「なぜ、大塚店に移ってからなんですか」

「お前は知らないだろうが、高田馬場の店長やってる笹木《ささき》な、あいつ、元警察官なんだよ。なんか、変に勘働かせられても困るからな。それに、俺が店舗いったら、普通、対応するのは店長だろう。お前と俺が同時に誘拐されるって筋書きだったら、やっぱりお前には店長になっといてもらわないと、説得力ねえから」

レンタカーの手配は俺、着替えや変装用の服を用意するのは副島、双眼鏡やロープといった小道具は俺、ウィークリーマンションの予約は副島と、割り振りも具体的に決まっていった。

計画実行は、三月四日の火曜日になった。その日は、大塚店を新メニューの試験販売店に指定するかどうかの、最終的な打ち合わせ日でもあった。

しかし、その打ち合わせ自体が副島の捻じ込んだ形式的なものなので、他の部課長やエリアマネージャーの同行もなかった。

「……じゃ、私はちょっと、専務をお送りしてくるから。君たちは店に戻って」

副店長たちに告げ、俺は副島と裏口から店を出た。例の運転手付きレクサスは近くの路上で待機しているので、そっちは通らないようにして、俺たちは少し離れたコインパーキングに向かった。あらかじめ手配しておいた白のカローラが、その一番奥に停めてある。

料金を払い、副島を車まで連れていく。

「これか？」

「ええ。できるだけありふれた、目立たないのにしてみたんですが」

「ま、それもそうか」

緊張や、興奮といった感情は不思議なほど湧いてこなかった。ごく冷静にドアロックを解除する自分を、どこか他人のようにすら感じていた。それでいて、日常との線引きはどこにも存在しない。

新米店長とはいえ、もう「点点楼」での仕事は慣れたものだった。その日常から今、自分は狂言とはいえ、犯罪計画に足を踏み入れた。しかし、その実感が乏しい。これを白昼夢と言ったら、自己弁護が過ぎるだろうか。

運転席に座り、ドアを閉めると、空気が変わった。外は寒かったんだなと、どうでもいいことを思いながらイグニッションキーを捻り、サイドブレーキを解除する。

副島が、痰の絡んだ声で呟く。

「とりあえず、新宿に向かってくれ」

「……はい」

もう、副島の指示通り動くことしか考えていなかった。春日通りから明治通り、あとは真っ直ぐ。それで新宿に着く。

その間、副島はずっと携帯を弄っていた。

「……専務、何を、してらっしゃるんですか。もう、そろそろ新宿ですけど」

「んん、脅迫メール打ってんだよ。身代金、要求してんの」

このとき初めて、ドクン、と一度心臓が高鳴った。

「……あの、前に考えてた、文面ですか」

「いや、あのあともうちょっと弄った……これは誘拐の身代金要求だ。おたくの専務と、その連れを預かっている。古紙幣で二千万円を用意しろ。それと交換に二人を返す。金を渡さなかったり、警察に知らせたら一人ずつ殺していく。金の用意ができたらこの携帯に返信をよこせ……ってな。前のバージョンより、出だしに緊迫感があっていいだろう」

こんなことをして、本当に発覚せずに済むのかと、今さらながらに怖くなる。

「……本当に、バレないんでしょうか」

「大丈夫だって。携帯へのメールはこっちの、ノートパソコンで確認できるしよ」

副島が、自分のブリーフケースをぽんと叩く。

「そうしたら、送信場所も簡単には特定されないだろ……ま、あの女は警察に届けたりはしないだろうが、俺だって用心はしてるさ。お前は俺の指示通り動きゃいいんだよ……あ、その交差点を左な」

新宿駅東口のロータリーでいったん停車し、そこでメールを送信した。

「よし、送信完了。じゃ、次は上野だ」

「……はい」

新宿通りから外堀通り。靖国通りに入って日本武道館前、九段下《くだんした》を通ってさらに真っ直ぐ。昭和通りにぶつかったら左折。もうしばらくいったら上野だ。

なんだろう。膝の上にノートパソコンを構えた副島が、ときおり首を傾げている。

「あれ、変だな。返事こねえな……あ、そこ右な」

指示通りウィークリーマンションの駐車場に入れ、チェックインを済ませたが、部屋に入る頃にはもう、副島の苛立ちは沸点近くにまで達していた。

「ちッくしょう、あの女……俺がどうなってもいいのかよッ」

ちなみに部屋は、少し広めの二人用だった。

「おいおいおい、いい加減にしろよクッソォ」

副島はうろうろと部屋を歩き回り、押し殺した声で悪態をつき続けた。途中一度だけ食事に出かけたが、それ以外はずっと部屋でメールの返信待ちをしていた。

「あの……メールの設定が、上手くいってないとかいうことは」

あまりの険悪な雰囲気に居たたまれず、たまには俺も意見を言ってみたが、

「ねえよ。普段からこうやって使ってんだからよッ」

たいがいは火に油を注ぐ結果にしかならなかった。

「さっさと返事してこいよ……二千万ぽっち、どうにだってなるだろうが……テメェ、社債だのなんだので、シコシコ溜め込んでんだろうがよォ」

ノートパソコンの画面に怒鳴り、歯を喰い縛りながらベッドサイドのデジタル時計を見やる。

「三時までになんとかしろよ……銀行、閉まっちまうだろうが」

キーキーと、シャッターが下ろされる銀行入り口の様子が目に浮かんだ。

「あの……もう一度、メールしてみたら」

「そうしたら、ここの電波が拾われちまうだろうがッ」

やがて副島は「どっか別の場所で送信してくる」と言い、ノートパソコンを持って一人で出ていった。

戻ってきたのはなんと、夜の九時過ぎだった。

「あの女、舐めやがって、結局金、用意しねえんだよ。なに考えてんだ……挙句、もう一人の連れは誰だとか、余計なことだけ訊いてきやがって。肚立ったからよ、村瀬だって書いて送ってやったよ……ったく。これじゃ明日まで、身動きとれねえじゃねえか」

俺自身、中江社長がどんな人物かはまったく知らないのだが、妙な胸騒ぎはした。

「あの、専務……それって、社長が警察に知らせて、何か、指示を受けてるってことじゃないんですかね」

ハッとした顔で、副島がこっちを振り返る。

「あの女に限って、それはないだろう。ありゃ、リスみてえに臆病な女だぜ。俺のこと殺すって言われて、警察になんて届けられるわけがねえ」

そうだろうか。そもそも、中江社長が副島を心底頼りにしているという、そこに誤解や買い被りはないのだろうか。以前、副島は「瑶子はああ見えて、俺にぞっこんだから」と言ったが、そのときすでに、瑶子はかなり愛想を尽かしていた。「専務とはもう会いたくない」とまで言っていた。

「あいつに限って……警察は、ねえだろう」

ひたすら部屋を歩き回り、副島がイライラし続けている様も、長時間見ていると、段々単調なものに思えてくる。

「オメェ、寝てんじゃねえよッ」

「……あっ、はい、すみません」

そのわりに副島もときおり目を閉じ、こくりこくりし始めるのだが、俺が同じことをするのは許せないらしく、

「寝るなって言ってんだッ」

終《しま》いには殴られるようになった。それも平手で頭を、ではない。拳で頰をだ。

「……いっ、て……」

さすがの俺も、これにはキレかかった。他のことならともかく、夜眠くなることの何が悪い。しかも、もう夜中の三時。居眠りくらいするだろう。

しかしそんな怒りも、副島の妙な様子を目にすると、すぐに萎《しぼ》んでいった。

自分の拳を見て、何か思いついたように歪《いびつ》な笑みを浮かべている。

「そっか……情報が、足りなかったんだ」

一気に、嫌な想像が脳内に噴出した。

「村瀬、やっぱアレ、今からやろう。ロープで縛って写真撮るやつ、すっかり忘れてたぜ。そんでよ、どうせだから、お前、俺を殴れ」

やっぱり。

「お前が俺を殴って、俺がお前を殴る。お前が俺を撮って、俺がお前を撮る……よし、まずはお前からだ。こい、俺を殴れ」

いくら、こんな状況だからって。

「そんなこと、できないですよ、専務」

「馬鹿、やるんだよッ」

ごつん、といきなり右頬にきた。視界に妙な明滅が生じ、一瞬、天地が揺らいだ。

「いっつ……」

「ほらこい、お前もこい」

だが、殴れずにいると、

「こいってェッ」

また殴られた。俺がようやく返したのは、三発か四発もらったあとだった。

「うおォ……今のは効いたぜ、村瀬ェ」

すると、さらに強烈な一撃が俺の顔面を襲った。

その後も展開はほぼ同じだった。二、三発もらって、俺が一発返す。四発喰らって、俺が一、二発返す。

「……よし、こんなもんで……いいだろう」

むろん、出来上がりもそれなり。俺の顔の方が、だいぶ派手に腫れ上がっていた。

それから交互に相手を縛って、タオルで猿轡《さるぐつわ》をして、撮影。だが一度完了してから、副島が「服も脱がされてる方がリアリティがあるな」と言い出し、再度下着姿で撮影。

「よし……これで、朝になって、連絡がこなかったら、こいつを、送りつけてやる……」

そう言ったのを最後に、副島はベッドに突っ伏し、まもなく鼾《いびき》をかき始めた。


しかし、計画はことごとく、副島の思惑通りには進まなかった。

写真を送りつけ、それが功を奏したのかは分からないが、ようやく社長が身代金の用意ができたと返事をよこした——そこまではよかった。副島は、夜の八時に新宿で受け取ると書いて送信し、それに合わせて俺たちは現場に向かった。

停車位置は紀伊國屋書店本店前。

「……段取り、もう一度確認するぞ。俺が、奴をこっちに歩いてこさせて、近くまで誘導して、すぐそこにバッグを置かせる。そうしたらお前がバッグを拾って、車で上野に戻る。俺は電車で戻る。大丈夫だな？」

「はい」

副島は車を降り、一人で歌舞伎町方面に向かった。黒いキャップに薄い色のサングラス。夜、あんな恰好で歩いていたらすぐ警察に職務質問されそうだが、四十分ほどすると、副島は無事戻ってきた。

ただし、ひどく怒っていた。

「クッソォ、お前が余計なこと言うからだッ」

ダッシュボードに思いきり拳を落とす。

「……何が、ですか。社長、こなかったんですか」

「お前が、警察に連絡したかもしれないとか言うから、もう、周りの全部が警察に見えてしょうがねえんだよ。耳にヘッドホン突っ込んでる奴なんかよ、みんな、警察の変装に見えてくるんだよ……夜は駄目だ。昼間、もっと明るいときにあいつを動かして、周りの人間がどう動くか、確かめてからじゃねえと受け取りになんていけねえ。いったん、仕切り直しだ」

その後は頻繁に社長からメールが入るようになったが、こうなるともう、副島にはすべてが疑わしく思えて仕方ないようだった。

「うるせえ、うるせえうるせえッ」

下手をすると、ノートパソコンまで叩き壊しかねない様子だった。

「ちっくしょう、急に態度変えやがった。こんなの、ぜってェ警察が裏で指示してるに決まってる。あの女が、急にこんなにテキパキやり始めるわけがねえ。クッソォ……何か手はねえか。なあ村瀬、あの女から、警察の手を引かせる方法はねえのかッ」

あるわけないだろう、そんなもん。そう思いはしたが、口には出さなかった。黙っていて殴られるなら、もうそれでもいいと思っていた。そして、俺はこの計画を途中で降りることを考え始めていた。

瑶子の顔が、今になってチラチラと脳裏に浮かんでくるのだ。

村瀬さん、そんなことまで、しないでください――。

あの優しい声で、瑶子が、耳元で囁くのだ。

村瀬さん、早く、戻ってきてください――。

だが、実際に俺の耳元で囁いたのは、瑶子とは似ても似つかない悪魔。しかも、内容もまったく別のことだった。

「おい、村瀬。お前……指、落とせ」

なに――？

23

久江たちに峰岸を加えた九人で、関東全域の病院に電話連絡をとるローラー作戦を続行した。さすがに多くは診療を終えており、明日の診察時間の案内メッセージを聞かされるだけだったが、中には夜間救急に対応していたり、時間外でも電話に出てくれるところはあった。

「夜分遅くに恐れ入ります。警視庁の者ですが、一昨日から今日にかけての、外来患者さんについてお伺いしたいのですが」

むろん、こちらが警察官かどうかを疑われる場合も少なくない。『はあ』と返ってくる声が、いかにも乗り気ではない。

「該当例があり、詳しいことを確認する必要がある場合は、のちほど捜査員がお邪魔しまして、もちろん身分証を提示した上で、お伺いいたします。ですので、今は簡単に該当例があるかどうかだけ、お願いいたします」

それくらい言うと、ある程度は納得してくれる。

「ありがとうございます。では早速ですが、四十歳前後の男性で、左小指の先を切断してしまったという患者さん、一昨日から今日にかけて、診察しませんでしたでしょうか」

たいていは、そんな患者はいなかった、という答えだ。

「そうですか……ありがとうございました。夜分に申し訳ございませんでした。失礼いたします」

かと思うと、急に隣でヒットが出たりする。捜査一課の西川巡査部長だ。

「そうですか、分かりました。では早速メールでですね、写真をお送りいたしますので、その男だったかどうかだけ、確認していただけますか」

再三メールアドレスを確認し、そこに村瀬邦之の顔写真を添付ファイルで送る。今のところ免許証と履歴書の二種類しかないのだが、それでもある程度の判断はつく。

この男か、そうでなかったかくらいは、分かる。

「……そう、ですか。違いますか。分かりました。夜分にお手数をおかけしました。ありがとうございました」

夜のうちに確認できたのは百軒弱。

向かいにいた金本が、壁の時計を見上げていう。

「もう十二時だ。続きは、明日の朝にしよう……しかし、意外と指を落とす奴ってのはいるもんだな」

確かに。指切断の治療をした病院が、百軒中七軒もあったのには驚かされた。七軒すべてが左小指というわけではないが、久江も意外と多いとは感じた。

「たいていは現場作業中に、って感じですね。機械とか、重たい刃物とかでやっちゃうのかな」

後ろから、峰岸が「それと」と加わってきた。

「印刷機械ってのも、自分のところにありました。なんかこう……聞いてるだけで、指先がぞわぞわしてきますね」

そっちは見もせず、金本が聞こえよがしにいう。

「俺はなんだか、手首がキリキリ痛むけどな」

よほどアンジェリカの前で、峰岸に捻られたのが悔しかったらしい。

つまるところ、それはライバル心か。それとも嫉妬か。

翌朝は八時から、電話ローラー作戦を再開した。

「恐れ入ります、警視庁の者ですが……」

少しすると、中野署の刑組課係員も何人か部屋に入ってきた。それには、西川が対応した。

「すんませんね、こっちまで占領しちまって」

捜査一課員が無意識に放つ威圧感か、相手は妙に恐縮していた。

「いえ、緊急事態ですから。どうぞ、お使いになってください……あ、ちょっと書類だけ、取らせていただいていいですかね」

「もちろん、どうぞどうぞ……いや、申し訳ないね、本当に」

そんなこんなしているうちに、品川で保護されたという副島孝がデカ部屋に連れてこられた。

着ているのはよれたスーツ。思ったより小柄な男だった。額と頬にガーゼが当てられているが、見たところそんなにひどい状態ではない。昨日、場合により事情聴取は脳検査のあと、ということだったが、その心配はなかった、ということなのかもしれない。

管理官が部屋の奥を示す。

「とりあえず、あちらにどうぞ」

課長席の隣に設けられた応接スペース。被害者なのだから取調室ではないところ、かといって無線機だらけの指揮本部に、マル害とはいえ一般人を入れるわけにはいかない。そんな理由で結局、ここに連れてきたのだろう。

副島と一緒にきたのは三人。管理官二人と、捜査一課の倉持主任。彼らが聴取に当たるようだ。まずは昨日、解放された地点、マル被の人数、人相着衣辺りから聞き出すのだろう。中野署の係員が四人にお茶を出している。その様子をなんとなく見ていたら、視界に金本が割り込んできた。

「……魚住ぃ、手ぇ動かせぇ」

「ああ、ごめんごめん」

そう、こっちはこっちでやることがある。村瀬はいまだ保護できていないのだ。

「えっと……次は、と」

文京区の吉原《よしはら》医院。まだ時間的には診療開始前だろうが、準備のために出てきていたのだろう。ツーコールですぐに応答があった。

『はい、吉原医院でございます』

「早朝から申し訳ございません。私、警視庁の者ですが、緊急の要件で、さきおととい、三月四日から、昨日にかけてですね、左手小指を切り落としてしまって、治療にきた患者さんがいなかったかどうかを、確認させていただいております」

該当者がいなかったら、それでお終い。いたら、日時を確認して村瀬の顔写真を送って確認。基本的にはその繰り返しだった。

「……そうですか。お忙しいところ、ありがとうございました。失礼いたします」

しかしなかなか、村瀬を治療したという病院には行き当たらなかった。

途中で金本が、ふんぞり返って伸びをしながらぼやく。

「そもそもよ……誘拐犯が、それも指を切り落とした本人がだぜ、医者になんか連れてって、わざわざ人質に、治療なんか受けさせてやるかね」

「ちょっと、金本さん……声大きい」

ハッとなって振り返ろうとし、でもそれも途中でやめて、金本は首をすくめた。

「……いけね。いるの忘れてた」

久江は金本を睨みながら、その向こうにいる副島の様子も窺った。

副島は、気もそぞろ、といったところか。多少距離があるので会話の内容までは分からないが、副島は管理官に質問され、でもそれが耳に入っていないらしい。二度三度と呼びかけられ、金本ではないがハッとなって、初めてその質問に答える。そんな様子だった。拘束されている間のことを思い出して恐怖がぶり返しているのか、さっきからしきりに額の汗を手で拭《ぬぐ》っている。口も渇くのだろう。湯飲みにも頻繁に手を伸ばす。

そのときだ。

「……あ、そうですか、左手小指、治療しましたかッ」

金本が興奮気味に言った。自慢げに久江の方を見ながら、さらに相手と話を続ける。

「詳しいことは係員が伺ってお聞きしますが、とりあえずですね、メールで顔写真をお送りしますんで、その男性かどうかだけ、取り急ぎ確認していただけますか」

また、そんな大声で言って、すぐそこに副島がいるのに——そう思って久江は、応接セットの方に目をやった。

九人の刑事がひっきりなしに電話をかけ、指を切断した患者はいなかったかどうか、繰り返し確認している。その様子を副島は異様に思わないか、変なプレッシャーを受けないか、もしその切断場面に副島が居合わせたのだとしたら、恐怖がぶり返したりしないか。そんなことが心配だった。

だが久江が出くわしたのは、まったく別の視線だった。

睨む、というのに近い目つき。金本の背中を、射るほどに鋭く見ている、副島の目。緊張や怯えといったそれではない。むしろ焦り、苛立ち、ひょっとしたら怒り。そんな目であるように、久江には見えた。

しかも、久江が見ていると気づいた瞬間、副島は目を逸らした。管理官の方を向き、なんでしたっけ——そんなふうに会話を再開させた。

なんだ、今の副島の挙動は。あれは一体、何を意味するのだ。副島が見ていたのは、金本の背中だ。迂闊にも大声で、左手小指の治療をしましたかと訊いた、金本を睨んでいた。そのときの副島は、まるで牙を剝く寸前の、野良犬のような顔をした。

もう一度、あの顔を見たい。今のと同じことを、もう一度できないだろうか。

久江は手元のメモ紙にペンを走らせた。

【ウソでもいいから、患者を見つけた芝居をしてください。適当にタイミングを計りながら。できるだけ大袈裟に。分かったら次の人に回してください。魚住】

そう書いた一枚を破って、周りを見回した。たまたま峰岸が受話器を置いたところだったので、彼の肩をつついた。

くるりと峰岸が振り返る。

「……はい、なんですか」

「これ、お願い」

差し出したメモを読み、パチパチッと瞬きをし、すぐ峰岸は久江を見た。

「どういう、ことですか」

「ちょっと、副島の様子を見たいの」

察しのいい峰岸は、副島の方を見るような迂闊なことはせず、はい、と小さく頷いてくれた。

「……分かりました。じゃあ、これはそちらの方に」

「うん」

戻されてきたメモ紙を、今度は隣の西川に渡す。電話中の西川は一瞬眉をひそめたが、特に何の反応も示さず、一つ向こうの席にいる捜査員にそれを流した。

最初に芝居を始めたのは、峰岸だった。

「えっ、いましたかッ……はい、はい……四十歳くらいの男性で、はい、ありがとうございます。ではですね……」

久江は、目の前にある書類棚の陰に隠れながら、こっそり副島の様子を窺った。

やはり、こっちを物凄い目で見ている。だが机の島がワンブロックはさまっているお陰で、声の主が見つからないのだろう。さっきより視線が定まらない。

メモは久江の向かい、金本のところまで回ったようだった。金本が、いつになく真剣な目で久江を見ている。そして、不自然なくらいしっかりとした瞬き——了解してくれたようだった。

さらに斜め向かいの捜査員が声をあげる。

「はい、そうです、左手の小指です。それはどんな男性でしたか。顔は、覚えていらっしゃいますか」

まただ。副島が、金本を見ていたときと同じ目で捜査員を睨んでいる。しかし多少注意深くなってきたのか、あまり長時間は視線を据えず、またすぐ管理官に戻した。

久江はそこで立ち上がった。

「……金本さん、ちょっといいですか」

次にかけようとしていた金本が「ああ」と目を上げる。久江はそのままデカ部屋の出口に向かった。

数秒して、金本も出てきた。

「……おい、さっきのメモ、ありゃなんだ」

「あの、金本さんのところからは見えなかったと思うけど……」

ちょっと廊下の先に移動しながら、小声で話す。

「小指の治療云々を耳にした副島が、物凄い目で金本さんを睨んでるの、私、見ちゃったんですよ」

「ん？　どういうことだ。なんで副島が、俺を睨むんだ」

「ひょっとすると副島には、村瀬の治療をした医者を特定してほしくない何かが、あるのかもしれませんよ」

特定してほしくない、何か、と金本が繰り返す。

「……ということは、まず一つ。少なくとも副島は、村瀬が病院にいったことは知ってる、ってわけだな」

「でも、そのこと自体は知られたくない」

「なぜ、知られたくない？」

金本はおそらく、すでにある答えに行き着いている。でも自分では言わない。久江に言わせようとする。

「……副島が、一緒に医者にいったからじゃないですかね。もっと言えば、副島が村瀬を医者に連れていった、ということだって考えられると思う」

「誘拐に遭ってる途中で？　犯人に身柄を拘束されているはずなのに？」

これまでの想定で言えば、そうなる。でももう、今は違う。

「マル被も一緒にきていたとか、外で待ってたとかいう可能性だって、ゼロではないと思う。でもそれは、限りなく低いんじゃないですかね」

「つまり？」

この読みが当たっていたら、この事件はこれまでと一転、意味合いが変わってくる。

「……二人は、実は誰にも、拘束されていなかった。そういうことじゃないのかな」

うん、と金本が頷く。

「要するに、狂言誘拐、ってわけだ」

「だとしたら、主犯は村瀬かな、副島なのかな」

「そいつぁ、病院を特定すればすぐに分かるさ……」

そこで、ひょいとデカ部屋の戸口に誰かの顔が覗いた。峰岸だった。そのまま廊下に出てきて、こっちに歩いてくる。

「……あの、ちょっと、よろしいですか」

金本は不機嫌そうに眉をひそめたが、久江はかまわない。

「うん、なに？」

「病院、特定できました」

思わず、えっ、と漏らしてしまった。金本も峰岸に正面を向ける。

峰岸が、ちょっと照れたように笑みを浮かべる。

「さっきのアレ、実は芝居じゃなくて、本当に向こうが、該当者がいるって言ってたんですよ」

「なんだ……てっきり私、峰岸くんがいの一番にお芝居してくれたのかと思ってた」

「いや、自分なりにタイミング計って、三番手くらいでいこうかと思ってたんですが、思いがけず当たりが出てしまいまして。思わず、声が大きくなってしまいました」

金本が「でかした」と、峰岸の二の腕を叩く。

「それで、病院側はなんと言ってる」

「はい。村瀬の写真を送ったところ、この男で間違いないと」

「いつの、何時頃の話だ」

「昨日の十一時過ぎだそうです」

つまり、社長宅にバイク便が届いたあと、二回目の身代金受け渡しよりは前、ということか。

「病院の場所は」

「元浅草《もとあさくさ》二丁目。最寄駅は稲荷町《いなりちょう》、ＪＲなら上野になると思います」

「その患者は一人できたのか」

「いえ、もう一人、男性に付き添われてきたそうです」

金本は久江と目を見合わせ、すぐ峰岸に命じた。

「よし。じゃあその医者に副島の写真も送って、付き添いがその男ではなかったか確認してもらってくれ。それで間違いなしとなったら、現地にいって最終確認だ」

はい、と言ってすぐにいこうとした峰岸を、逆に久江は引き止めた。

「ちょっと、峰岸くん」

「はい、なんでしょう」

「あなた、副島の写真も送って確認って、それについて、疑問には思わないの？」

ふわりと、峰岸の頰が笑みの形になる。

「さっき、副島の様子を見たいって、魚住さんが仰ってたんで、ああ、魚住さんは副島を疑ってるんだな、これは狂言誘拐って線もあるなと、そのとき思いました」

ぺこりと頭を下げ、踵を返し、デカ部屋へと急ぐ。

峰岸。いつのまに――。

元浅草二丁目の町村《まちむら》外科整形外科には、峰岸と原辺が確認にいった。結果、やはり村瀬の治療に付き添ってきたのは副島で間違いないということだった。

当然、報告も峰岸が行う。場所は四階講堂の指揮本部。

「顔に、痣《あざ》のある男が二人で来院し、しかし運の悪いことに、そういった傷の治療に使う創傷被覆材を、院が切らしておりまして。でもすぐ調達するから、ほんの十分ほど待ってくれと言ったところ、付き添いの男の方が、もういい、他の医者にいくと言って、患者を連れ帰ってしまった……つまり、厳密に言うと町村外科では、村瀬の治療は行われなかったわけです」

さらに、と峰岸はコンピュータに使うメモリースティックを提出した。

「防犯カメラ映像が残っていまして、それをコピーしてきました。村瀬と副島が町村外科に出入りする様子が、はっきりと映っています。しかも、副島は黒色のジャンパー、黒色のベースボールキャップをかぶっています。これは、中江社長宅に指を送りつけた人物の人着(人相着衣)と一致します」

映像まで確認し終えると、よし、と管理官は意気込んだ。

「このネタを、副島にぶつけてみよう」

その間もずっと、副島は二階のデカ部屋応接セットに座らされていたようだった。久江たちが戻ったときも、倉持主任と二人でそこにいた。ただし、さっきとは様子がかなり変わっている。早くも観念したように、深くうな垂れている。

改めて、最初と同じ位置に二人の管理官が着席する。久江たちは近くの空いているデスクに陣取り、そこで様子を窺った。

副島の正面に座った管理官が尋ねる。

「……副島さん。いくつか、こちらからお伺いしたいことが、出てきました。よろしいでしょうか」

デカ部屋は異様なくらい静まり返っていた。誘拐事案に関係ない係員まで、まるで身じろぎを禁じられたように固まっている。

副島は応えない。

管理官が続けて訊く。

「副島さんは、上野駅から徒歩だと十分強の距離、元浅草二丁目にある、町村外科整形外科という病院を、ご存じですか」

うな垂れたまま、小さく副島がかぶりを振る。

「ご存じない、ということですね？」

もう、それには応えない。

「ご存じないということで、よろしいんですね？　でも、それはおかしいですね。我々が入手した情報によると、副島さんとよく似た人物が、村瀬邦之さんと思われる人物を連れて来院しておるんですよ。そのとき村瀬さんと見られる人物は、左手小指を切断されており、大変苦しんでおられた。奇しくも今回の誘拐中に、犯人からあるものが、中江社長宅に送りつけられている。これは犯人によると、村瀬邦之さんの左手小指ということになっている。院に訪れた男の受傷個所も、左手小指……これ、我々としては、町村外科整形外科に来院したのは村瀬邦之さんであろうと、そう判断せざるを得ないんですね」

副島が、小刻みに震えるように、かぶりを振る。

「……違うんだ」

「何が、違うんですか」

「ちょっと……忘れてた」

「何を？」

「そ、その……病院の、名前」

「そうですか。では、副島さんが村瀬さんを治療に連れていった、というのは間違いないんですね？」

ようやく、小さく頷いて答える。

「でも、それは……犯人に、脅されて……」

「犯人に脅されて、村瀬さんを病院に連れていった、ということですか」

「村瀬が、痛い痛い、うるさいから……犯人が、こいつを黙らせろって、私に命じて。それで、病院に、私が、連れていくことになって……」

「どうやって、町村外科まで、いったのですか」

しばし間を置いてから、副島は答えた。

「……車、です」

「どんな」

「白い……ワゴン車、みたいな」

「町村外科にいくまでは、どこにいたのですか」

「分かりません。移動中は、ずっと……目隠し、されていたので」

「町村外科にいくときも？」

「……はい」

管理官も、ひと呼吸置いてから訊く。

「どこで車を降りましたか」

「……は？」

「町村外科にいくのに、どこで車を降りたんですか」

「それは……その、病院の、前、です」

「車から降りたのは、何人ですか」

「……私、と、村瀬の、二人……です」

「その瞬間に、逃げようとは思いませんでしたか」

「いえ……それはちょっと、難しい、タイミングだったので」

「犯人は、車に残ったんですね？」

「……はい」

管理官が、少し首を傾げる。

「先ほどまでのお話ですと、犯人グループは少なくとも三人、ということでしたね。その三人全員が、車内に残ったということなんでしょうか。三人は残って、町村外科には副島さんと村瀬さんの二人きりでいった、ということなんですか」

副島はもう、まったく顔を上げられなくなっている。

「……そ、そうです」

「やはり、逃げるには絶好のチャンスだったと思うんですが」

「いや、それは……村瀬が、とても、走れる状態では、なかったですし」

「村瀬さんだけ逃げ遅れたらかえって危険だから、副島さんも逃げなかった、と」

ようやく、少しだけ顔を上げる。

「そうです、そうです」

「でも結局、治療はせずに、町村外科から出ていますね。なんでも、そういった傷の治療に使う創傷被覆材の在庫が切れていたのだとか……十分待つように言われ、だったら他の医者にいくと言って町村外科を出たと我々は聞いていますが、その点は間違いないですか」

副島はまたうな垂れ、反応を示さなくなった。

「十分ですよ、副島さん。たった十分。次の病院にいったら、もっと何十分も待たされるかもしれない。移動時間だってある。それを考えたら、十分待った方がよかったんじゃないですか」

その姿勢のまま、細かく震え出す。

「……治療、したら、すぐ帰ってこいって、言われてたから……それで、十分待つのは、マズいと思って……」

「でも、治療してもらわなかったら、意味ないでしょう」

「……や、薬局で、その、ナントカ材を、買えば、いいと……」

「そういう判断で、町村外科を出たのですか」

「……はい」

「村瀬さんと二人で」

「……はい」

「そのとき、車はどこに停まっていましたか」

一瞬だけ、副島が顔を上げる。

「……え？」

「そのとき、犯人たちの乗った白いワゴン車は、どこに停まっていましたか」

「え、えっと……病院の、前に」

「町村外科の正面、ということですか」

「……ちょっと、斜め、だったかも」

「斜め前に停まっていた……それに、あなたたちはどうしましたか」

「……乗り、ました」

「その場で乗りましたか」

「……はい」

「町村外科の斜め前に停まっていた白いワゴン車に、あなたは村瀬さんと一緒に、再び乗り込んだということですね」

「……はい」

うーん、と管理官が唸る。

「副島さん、それは変ですよ。我々はね、町村外科の、出入り口付近に仕掛けられた防犯カメラ映像を確認した上で、お話ししているんです」

あっ、と漏らし、また副島が顔を上げる。でも、何も言い出さない。すぐに顔を伏せる。

管理官が続けた。

「あなたが村瀬さんを連れて町村外科に入る場面も、治療もせずに出ていく様子も、全部、映像に残っている。でもそれには、白いワゴン車なんて映っていませんでしたよ」

いや、それは、と副島が口をはさむ。

「だから……斜め、だから、カメラに、映ってないところに、ワゴン車は、停まってて」

「カメラの死角に、ワゴン車は停まっていたと」

「そ、そうです、死角に入ってて、私たちは、それに……」

管理官が、ゆっくりとかぶりを振る。

「副島さん、嘘を言っちゃいけない。カメラはね、副島さんと村瀬さん、あなた方二人が、徒歩で次の角までいって、そのまま曲がっていく姿まで捉えているんですよ」

また「あ、あ」と口をはさもうとする。

「ま、間違えました。角を曲がった先に、停まってて、それに、私たちは、乗り込んで……」

「だったら、反対向きに歩いていけばよかったでしょう。そうしたら、犯人から逃げられたでしょう。それでなくたって、犯人が一緒にきてないんだったら、病院で警察に連絡してもらったって、よかったはずでしょう」

「いや、でも、それは、脅されてて、できなくて……」

「まあ、それはいいですよ。じゃあ、角を曲がった先で、ワゴン車に乗り込んだと。それは間違いないですね？」

「……はい。間違い、ない……です」

管理官が、ぐっと前に身を乗り出す。

「じゃあ、一つ先の角を曲がったところにある、マンションの防犯カメラには、あなたたち二人が白いワゴン車に乗り込む様子が映ってるね？　あそこの角は、病院から見ると右向きの一方通行、交差した道は病院に向かってくる一方通行になってるから、少なくとも乗り込んだあとには、白いワゴン車が交差点を横切るか、角を曲がって病院側に走ってくる姿が映ってないとおかしいけど、それは大丈夫だね？　確認したら、必ず映っているね？」

以後数十秒、副島はうな垂れたまま固まった。

どうなんだ、副島さん。管理官が、語調を強めながらそう繰り返すと、ようやく副島は、頷くように頭を下げた。

「……すみません。病院には、私と、村瀬の、二人で、いきました」

「犯人グループと一緒だったわけではないんだね？」

また頷いて、囁くような、小さな声で続ける。

「……はい。一緒では、ありませんでした」

「じゃあ、いつまで犯人グループと一緒だったんですか」

この質問で、副島はまたしばらく固まったが、管理官が根気よく繰り返すと、最終的にはこれにも答えた。

「……すみません。犯人グループは……いません」

「犯人グループがいないのに、副島さんと村瀬さんは誘拐され、身代金要求のメールが送られた、というわけだね？　じゃあ、あのメールは誰が送ったのかな」

「……私……たち、です」

「つまり、この誘拐自体が、自作自演だったと、そう解釈していいんですね？」

やや髪の薄くなった頭が、がくんと落ちる。

副島孝が狂言誘拐について、事実上、自白した瞬間だった。


以後は場所を取調室に移し、まさに「調べ」が始まった。

引き出さなければならない供述は山ほどある。犯行動機もそれに至るまでの経緯も、いずれは明らかにしなければならないだろう。

だがいま最も優先されるべきは、村瀬邦之の行方だ。

しかしこれを、副島は頑として明かさないという。

少し遅めの昼休み。指揮本部まで上がってきた取調担当の管理官は、首を捻りながら溜め息をついた。

「……調室に入れた途端、なんにも喋らなくなっちまった。村瀬の行方は疎《おろ》か、最後はどこで別れたのかも、拠点やアジトはどうしてたのかも、なんにも喋らない。なんなんだろうな、あれは……大勢いるところでは、あんなにボロボロ喋ったのに」

でも久江には、なんとなく分かる気がした。

それまでは被害者という扱いで、デカ部屋でも優しくされていた。善人と見られており、自分もそのように振舞っていた。しかしその善人の仮面に亀裂が入り、引き剝がされそうになり、慌てふためき、ボロを出した。今度は一転被疑者となり、悪人扱いされるようになった。だったらもう、どうにでもなれと居直った。どうせ俺は悪人だ、だったらペラペラ要らんことまで喋る必要はない。現在の副島は、そんな心境なのではないか。

でもそれでも、村瀬の行方だけは突き止めなければならない。

副島の所持品から、上野のウィークリーマンションのレシートが出てきた。三月四日の正午過ぎにチェックインし、二泊して六日正午前にはチェックアウトしている。タイミングとしては、その前に町村外科整形外科にいったことになるだろうか。それから渋谷にいき、二度目の身代金受け取りに挑むが失敗し、品川まで移動。最終的には午後三時二十二分、品川駅高輪口交番に駆け込み、自ら保護を求めた。

村瀬はこの間、どこまで副島と一緒だったのだろう。渋谷の現場か、それとも品川駅までか。

管理官が怖ろしいことを口にした。

「まさか、口封じのために殺した……なんてことは、ないと思いたいがな」

可能性は、ゼロではないと思う。しかし、それにしては渋谷から品川に移動して、保護されるまでの時間が短い。あまり現実的ではないように、久江は思う。

村瀬邦之。彼は今、どこにいるのだろう。左手小指を切断され、その治療も碌《ろく》にしないまま、何をしているのだろう。

取調担当の管理官が、あの中森管理官に訊く。

「居宅に店、それと、なんだ……偽装結婚の相手の家、どこにも村瀬は、姿を現わしてないのか」

中森がかぶりを振る。

「どこにも現われてない。いま会社の人間にも聴取して、村瀬のいきそうな場所を聞き出してるんだが、あまり遊び歩かない男だったのか、誰も心当たりがないと言っている」

瑶子。そう、瑶子はなんと言っているのだろう。

管理官同士の話に割り込むのはどうかと思ったが、久江は、思いきってひと声かけてみた。

「あの……ちょっと、よろしいでしょうか」

反応したのは中森の方だった。

「ああ、あんたか。なに」

「その、結婚相手の、楊白瑶《ヤンバイヤオ》ですが。彼女にも、村瀬のいきそうなところは訊いてみたのでしょうか」

中森は、近くにいた殺人班の係長に目をやったが、彼はかぶりを振るだけだった。

「……直接は、訊いてないようだが。しかし、そもそも生活実態のない、偽装結婚の相手なんだろう。そんな、村瀬のことを深く知りはしないだろう」

久江は、そうは思わない。しかし、瑶子の目は真剣だったとか、必死そうだったとか、そんな個人的な印象を並べたところで管理官を説得することはできないだろう。

ならば。

「管理官。では私に、楊白瑶のところにいかせてください。私が直接、彼女に訊いてみます」

「そんな……今はとりあえず待機の……」

そこに、いいタイミングで金本が割り込んできた。

「いいじゃないですか。どうせ捜査員遊ばせてるくらいだったら、当てのある奴はどんどん外に出させりゃいいじゃないですか」

よし、と勝手に言って、久江の肩を叩く。

「いこう。俺も付き合ってやるよ」

金本も、この線に可能性を感じているということか。

「うん、よろしく」

管理官は、最後まで「いけ」とは言わなかったが、逆に「いくな」とも言わなかった。

情報デスクで確認すると、瑶子はまだ自宅にいるということだった。

峰岸の組も誘い、四人で練馬区北町までやってきた。

午後二時。瑶子の部屋を見張っている組に断りを入れてから、マンション出入り口、インターホンで三〇三号を呼び出した。

応答は、わりとすぐにあった。

《……はい、どちらさまですか》

「こんにちは。先日、お店の方に伺いました、警視庁の魚住です。またちょっと、お話を伺いたいと思ってきたんですけど、今、お時間ありませんか」

《それは、村瀬さんのことですか》

「そうです」

《分かりました。開けますから、入ってください》

「ありがとうございます」

久江はインターホンに言ってから、後ろにいる峰岸組と行確組の四人を振り返った。

「ごめん。ここは、私と金本さんの二人でいかせて。六人もいって、しかも五人が男だったら、彼女、萎縮《いしゅく》しちゃうと思うから」

真っ先に頷いてくれたのは峰岸だった。

「分かりました。じゃあ、我々はここで」

「うん」

金本がエントランスのドアを開けて待っている。久江は急いで入り、そのまま右手、階段室まで進んだ。

三階まで上って、真ん中の部屋。そこにもインターホンはあったが、呼び鈴を鳴らすまでもなく、ドアは開いた。

「……どうぞ、入ってください」

前回よりも、さらに瑶子は色白に見えた。それでいて、艶《つや》やかな黒髪が美しい。ロングにしたら、きっともっと華やかになるに違いない。

「失礼いたします」

リビングダイニングに通され、丸座卓の片側に金本と並んで座った。瑶子は何か飲み物を用意しようとしたが、本当に急いでいるからと、まず座ってもらった。

「瑶子さん。取り急ぎ、今の状況から、簡単にお話しします。例の、副島さんと村瀬さんの行方が分からなくなっていた件ですが、実はこれが、副島さんと村瀬さんの仕組んだ、狂言誘拐であることが判明しました」

キョウゲン？　と瑶子が首を傾げる。

「嘘だった、ということです。実は誘拐なんてされていないのに、されたみたいに言って、社長にお金を要求した、ということです」

「そんな……村瀬さん、そんなことする人ではありません」

副島のことは、擁護しないと。

「村瀬さんがどれくらい犯行に関わったのか、それは今のところ分かりません。でも、実はもう副島さんは、警察に連れてこられて調べを受けているんです。それなのに、村瀬さんの行方だけが、いまだに分からない」

瑶子の、綺麗に整えた眉が、きゅっと中央にすぼまる。

「どういう、ことですか」

「副島さんと村瀬さんは一緒に行動していたのに、途中で別れてしまった。副島さんは警察署にいるのに、村瀬さんはまだどこにいるか分からない……私たちは今、一所懸命、村瀬さんがどこにいるのかを調べています。村瀬さんを捜しています」

瑶子はおそらく、村瀬が捕まったときのことを考えたのだろう。にわかに表情が険しくなった。しかし今は、そういうことを案じている場合ではない。

「瑶子さん。率直に、申し上げます……村瀬さんは今、大変な怪我をしてます」

「怪我？」

「はい。左手の小指が、ここから、切れてしまっています」

ハッ、と息を呑み、瑶子が自分の口を塞ぐ。

久江は続けた。

「どういう切り方をしたのかは分かりませんが、たぶん、包丁か何かを当てて、重たいもので上から叩いて、ガツンッ、と一気に落としたのだと思います。しかも、病院での治療は受けていないことが分かっています。薬局でそれなりのものを買っていればいいですが、下手をしたら、ハンカチか何かでぐるぐる巻きにしただけとか、そういう可能性だってあります」

瑤子の、黒くつぶらな瞳に、小さく雫《しずく》が膨らんでくる。

「私は、医者ではないからよく分かりませんが、たぶんそういう傷の場合、骨を削ったり、周りの皮膚を引っ張って縫い合わせたり、そういう手術が必要なんだと思う。でもそれもしないで、村瀬さんはたぶん、一人でどこかを彷徨《さまよ》ってる……」

ぽろぽろと、止《と》め処《ど》なくあふれる雫が、瑤子の手に伝い、ボーダーのニットの袖口に染み込んでいく。

「傷口から、ばい菌でも入ったら大変です。下手したら、敗血症っていう、命に関わる症状にだってなりかねない」

また、ひきつけるように息を呑む。

「命に、って……村瀬さんが、死んじゃうって、ことですか？」

「そういう可能性だって、ゼロではない、ってことです」

両手で口を押さえ、イヤイヤをするようにかぶりを振る。そのたびに、涙が揺れながら頬を伝い落ちる。

「村瀬さん、村瀬さん……」

「ねえ、あなたなら、村瀬さんが今どこにいるか、心当たりあるんじゃない？」

すると、ふいに瑶子は驚いたような目で、久江を見た。

「……で、でも……私……本当は」

「偽装結婚だっていうの？」

またくしゃっと、泣き顔になってかぶりを振る。

「分かりません……もう私、なんにも分かりません」

「どうして？　何が分からないの。あなたは今、泣いてるじゃない。村瀬さんが大変な怪我をしてるって聞いて、涙を流してるじゃない。それは本当でしょう？　嘘でもなんでもないでしょう？」

うん、うん、と頷く。それでまた、涙がこぼれる。

「あなた、村瀬さんのこと好きなんでしょう？　どういうきっかけで知り合ったのかは知らない。どういう経緯で結婚したのかも知らない。なんでいまだに同居してないのか、それも私には分からない。でもね、あなたが村瀬さんを本気で好きだっていうのは、分かるよ。女だもん。同じ女だもん。それは分かるのよ」

瑶子の左手を手繰《たぐ》り寄せ、両手で握った。熱くなっていた。

華奢《きやしや》な、でも綺麗な手だった。白くて、いつまでも触っていたい。そんな、優しい手だ。

はい、と瑶子が、ようやく絞り出す。

「私……嘘の、お嫁さんだけど……ずっと、ニセモノの、お嫁さんだったけど、村瀬さん、本当のお嫁さんに、してくれるを、言いました……私は、それ、信じました。信じて、待ってました……なんで、村瀬さん、見つからない、ですか……なんで、専務は戻ってきて、村瀬さん、戻ってこないですか……」

だからね、と瑶子の手を握り直す。

「あなたにも、考えてほしいの。村瀬さんがどこにいったか、一緒に考えてほしいの。人はね、どこかにいくって言ったって、なんの心当たりもない、縁もゆかりもないところには、普通はいかないものなの。どこにいこうかな、って考えたとき、思い浮かぶのは、やっぱり故郷だったり、前にいって、楽しかった思い出があるところだったり、前からいってみたかった憧れの場所だったり、何かしら繋がりがあるものなの……どうかな。村瀬さんと一緒にいったところ、思い出の場所とか、ないかな」

それでも瑶子はかぶりを振る。

「私……村瀬さんと一緒のお出かけ、あまり、ありませんでした。その……すぐ近くの、『たかはし』ってお店は、よくご飯しました。あと、池袋とかは、居酒屋で、ご飯しました、けど、それだけです……私、本当のお嫁さんじゃないから……たくさんの、村瀬さんを、知らないから……ごめんなさい……ごめんなさい」

久江はその細い肩に触れ、抱き寄せた。

「いいのよ、謝らなくて。誰にも謝らなくていい……だから、落ち着いて考えて。じゃあ、いったところじゃなくてもいい。どこかにいく約束、しなかったかな。旅行とかで、北海道にいこうとか、沖縄にいこうとか、大阪にいってみようとか……」

そのとき、ぴくっ、と瑶子の体が反応した。嗚咽《おえつ》も、一瞬だけだが収まった。なんだ。

「どうしたの、瑶子さん。何か、思い出した？」

顔を上げ、震えながら、うん、と瑶子が頷く。

「横浜、中華街と、港の見える公園……私、いきたいを、言いました。村瀬さん、一緒にいこうを、言いました」

それは山下公園のことか？　それとも港の見える丘公園の方か？

24

すでに副島の目は、尋常なそれではなくなっていた。

「おい、村瀬。お前……指、落とせ」

しかし、さすがにそれは、はいと容易く頷けるものではなかった。

「なぜ、私の指を、落とす必要が……」

「いいから、お前は俺の言う通りやりゃいいんだッ」

キッチンにあった包丁を持ち出し、俺に向ける。

「いいか、警察が今の状況をどう見るか、そんなこたぁお前が一番よく知ってるよな。お前が巻き添えを喰って誘拐されたってのは実は嘘っぱちで、本当はお前が俺を誘拐した。お前が俺を誘拐して、親族である社長に身代金を要求した。そういう筋書きが一番真っ当だってことくらい、お前は理解してるんだよな」

電気スタンドのコードを引き抜き、俺に差し出す。

「……分かったら、小指の根元を縛れ」

俺がコードを受け取らずにいると、副島はさらに狂ったように続けた。

「いうこと聞けよッ。疑われてんのはお前なんだぞ。それを、俺が晴らしてやろうって言ってんだ。さすがに、自分の指を切り落として送りつける犯人はいねえだろう。これさえやっとけば、お前はもう疑われなくて済む。さらに言やぁ、警察だってこっちが本気だってことを思い知る。舐めた真似も、下手な手出しもできなくなる。あの女だって、もう警察は引っ込んでてくださいって、泣いて土下座して頼むさ……ああ、全部上手くいく。これで全部、完璧に上手くいくさ」

包丁で脅され、結局俺は、副島の言うことを聞くしかなくなっていった。

「……こういうのにはよ、ちゃんと、やり方ってのがあるんだよ」

副島はまず、俺の左手小指の根元を電気コードで縛り、指を氷水に浸けて徹底的に冷やした。俺の口には猿轡をし、さらにバスタオルを巻きつけた。叫び声をできるだけ外に漏らさない工夫だろう。

「……ま、こんなもんでいいだろう」

そして感覚もなくなった俺の指と、ずっと持っていた包丁を、ドアとドア枠の間に固定し、

「いくぜ」

蹴飛ばして、一気にドアを閉めた。

「……ンッ、ングゥーッ」

ドアと包丁が衝突する金属音。一瞬にして骨が断たれる、ゴツンッ、という硬く鈍い音。カラン、と包丁がフローリングに落ちる、罪のない軽やかな音。

「ンッ、ンンーッ……ンッ、ンッ、ンンンーッ」

しかし、そうまでしても指は、最後まで綺麗には落ちなかった。指の、腹側の皮膚が少し残って、繋がっていた。

「……惜しいな、あとちょっとだったな」

副島は包丁を拾い、第一関節とわずかに繋がっている、指先をつまみ、

「ンッ、ンンーッ」

「あとちょっとの辛抱だよ」

ぷちんっ、とごく簡単に切り離した。

副島はその指先をラップで包み、どこかに持って出かけた。

俺は何もする気になれず、だがなんの処置もしないわけにもいかず、自分で傷口にラップを巻いた。でもすぐ血が溢れてきてしまうので、手ごとぐるぐる巻きにして、さらに上からタオルで覆った。

しばらくすると痛みがさらに強まり、俺は堪《たま》らずタオルとラップを解き、再び手を氷水に突っ込んだ。水は赤く染まり、すぐに氷は解けてしまったが、俺は水がこぼれるのもかまわず氷を足し、さらに足し、とにかく手の感覚を麻痺《まひ》させ続けた。

副島が戻ってきたのが何時だったのかも、俺にはよく分からなかった。

「動けるか」

返事をする代わりに、俺はかぶりを振った。実際、すごく熱っぽかった。それが痛みによるものなのかどうかは分からない。とにかく全身が怠く、重たかった。

「しょうがねえな……病院、連れてってやるよ」

副島はそう言って、俺を近所の外科に連れていったが、受付をして順番待ちをしていると、

「……おい、ここは駄目だ。帰るぞ」

なぜだか分からないが、すぐに連れ出されてしまった。むろん、治療はしてもらっていない。

部屋に帰り、荷物をまとめ、副島はチェックアウトの手続きをしにいった。俺は先に車に乗っているよう言われ、そのようにしたが、とてもではないが運転できる状態ではなかった。

あとからきた副島は、さも面倒臭そうに言った。

「まったく……肝心なときに、役に立たねえ野郎だな」

俺は後部座席に移り、副島が運転してマンションを出た。

その後は、何をどうしたのかよく覚えていない。いつのまにか副島はいなくなり、俺の体調はどんどん悪くなり、後部座席で唸《うな》りながら寝ていたら、苛立った様子の副島がどこから戻ってきて、いきなり怒鳴った。

「もうやめだ、全部ナシッ。この計画は全部なかったことにする。お前はこの携帯を、とにかく遠くまでいって捨ててこい。ほんの何分か、電源を入れてから捨てろ。いいな」

その理由を説明されたが、俺にはもう「分かった」と、頷く気力も残っていなかった。

「そこに捨てて、できれば二十三区外で捨てて、それから都内に戻ってきて、どっかの交番に駆け込め。近くで犯人グループから解放されたとかなんとか言って、その後に事情を訊かれても、誘拐されてる間のことはなんにも覚えてないって、白《しら》を切り続けろ。いいな？　バレて困るのはお前なんだからな。誘拐犯として疑われてるのはお前の方なんだからな。そこんとこ、よく考えろよ」

レンタカーは東京駅近くの店舗に返却し、副島とはそこで別れた。というか、置き去りにされた。

俺は、コンビニで絆創膏《ばんそうこう》やタオルを調達し、駅のトイレで巻き直し、途中で一杯ラーメンを食べてみたが、かえって気持ちが悪くなったので、また駅のトイレにいって、吐いた。

その後、なんとなく乗ったのは山手線だった。池袋にくると、そのままアパートに帰ってしまいたくなったが、副島に持たされた携帯電話が、懐にあるのを思い出した。そうか、これを処理しなきゃならないのかと考え直し、池袋で降りるのはやめにした。

自分でも馬鹿だなと思いつつ、また上野まで戻ってきてしまった。ウィークリーマンションではなく、安いビジネスホテルを探してチェックインした。副島がいなかったので、この日はゆっくりと寝られた。

翌日になると、少し気分はよくなったが、左手小指は相変わらず痛んだ。指先に針を百本ぐらい刺して、そのままぶら下げているような痛みだ。脈拍、振動、風、物音。すべての刺激がそのまま痛みに置き換わった。この痛みを忘れるため、いっそ手首から切り落とす、というのを思いついたが、さすがに笑えなかった。

ホテルを出て、また町を彷徨い始めた。

瑶子のことや、死んだ母親のこと、帰るに帰れない自分の部屋の様子などを、なぜか繰り返し思い浮かべた。でも途中で、また携帯電話のことを思い出した。そう、こいつを処理しなければいけないんだった。仕方なく駅までいって、また山手線に乗った。

電車に乗っていると、どんどん熱が出てくるように感じ、気分が悪かった。それよりは、風に当たって外を歩いている方が気持ちはよかった。

あとから考えると、よくあの状態で一時間も電車に揺られて、横浜中華街までこられたものだと思う。ほとんど無意識だったに違いない。

中華街まできて、通りをあちこち歩いてみた。こういうところにきたら、瑶子は客引きをする中国人店員たちと、流暢《りゅうちょう》な中国語で話すのだろうか。あの瑶子が、ペラペラと中国語を喋る。それはそれで、けっこう違った感じに見えるかもしれない。頭が良さそうというか、才女っぽく見えるのかもしれない。でもそれは、俺の好きな瑶子ではない気がした。瑶子は、ちょっとヌケてるくらいが可愛いと、俺は思う。

瑶子。俺の、瑶子。

夕方、中華街のはずれまでくると、「たかはし」に似た雰囲気の居酒屋を見つけた。色褪せた和風の暖簾、横引きのガラス戸。でも、中の造りはちょっと違っていた。「たかはし」は右側にカウンター、左側に小上がりがあったが、その店はカウンター席だけだった。でも、それでもいい。俺は空いている席に座って、瑶子がよく飲んでいたレモンサワーを注文した。

それと、生姜焼き定食。そろそろ何か食べたかったし、こういうところの料理なら、ゆっくり食べれば、吐き戻すことはないと思った。

「……お客さん、大丈夫ですか」

たまに、そんなふうに声をかけられた。顔がまだ腫れていたからか。あるいは途中で、居眠りでもしてしまったのか。でも、俺は至って大丈夫だった。少なくとも、この店に入って悪くなった感じはなかった。

「……ご馳走さま。お勘定」

「はい、毎度どうもぉ……千二百円ちょうどです」

店を出て、また当てもなく辺りを歩いた。外はもう、すっかり夜の暗さになっていた。

火照った体に夜風が心地好かった。でも、どうにも足元が覚束ない。空きっ腹に二杯のサワーが応えたのか。それとも傷口からばい菌が回って、いよいよ頭までおかしくなってきたのか。

地面がぶわぶわと膨らむような錯覚、曇った夜空まで伸しかかってくるような幻覚。それでも一応、前進できているのは間違いなさそうだった。真っ直ぐか、と言われたら自信はないが、よろけながら、曲がりくねりながらも、人や車にぶつかることなく、なんとか一人で倒れず歩けていた。

しかも、ちゃんと山下公園までたどり着いた。だいぶ時間はかかったが、でもイメージ通り、海が見えるベンチに座ることができた。

だが座った途端、体が動かなくなった。指を落とした左手が、というのではない。もう、全身が怠くて、指一本動かせない状態だった。でも、このまま気を失っては意味がない。せっかく横浜まできたのだ。ここで携帯の電源を入れて、そう、つまり、犯人はここら辺まできていたという、痕跡を残して、そして、携帯電話を処分するのだ。

ようやくポケットから取り出すと、ぞわりと、視界が黒く転じた。また吐き気がした。電源スイッチを入れようとするけれど、それが上手くいったのかどうかも、自分ではちゃんと確かめられない。

もう一回。もう一回、電源を――。

しかし、それについて考える力も、もはや限界にきていた。

ああ、瑶子。君と出会えて、俺は、本当によかった。なんの取り得もない、金もない、社会から見たら虫けら同然だろう、俺みたいな男でも、君みたいな素敵な子と、恋をすることができた。

初めてだった。君といると、君のことはもちろん、自分で自分のことを、好きになれた。君が好きだと言ってくれた、たったそれだけの理由で、自分という人間を、肯定することができたんだ。

ああ、瑶子。今、嘘みたいに君の顔が、はっきりと見えるよ。何を言ってるんだい？　全然聞こえないよ。でも、君の匂いはする。生米《なまごめ》みたいな、少しすーっとする、さらさらとした、清潔な匂いだ。

もう一度、あと一度だけでいい。

君に抱かれて眠ることができたら、俺はきっと、幸せに死ぬことができただろうに——。

しい。

何度も確かめたが、瑶子が村瀬とどこかにいく約束をしたのは、横浜中華街だけだったら

金本が中野の指揮本部に連絡を入れる。

「イチかバチかですよ。俺たちでいってみますから……俺と魚住、峰岸、原辺、高木と長田、それと、念のため楊白瑶さんにもご同行願います……いえ、写真は彼女に提供してもらいましたんで、何種類かあります。大丈夫です」

計七人で、練馬区北町を出発した。

まず、東武東上線で池袋駅、その後は副都心線に乗り換えて元町・中華街駅までいく。

瑶子は、ずっと不安げに窓の外を見ていた。

「……村瀬さん、横浜、きますか……」

それには、久江も首を傾げざるを得ない。

「分からないけど。でも、思い当たるところは、全部いってみなくちゃ。一分一秒でも早く、

村瀬さんを見つけてあげなきゃ」

頷きはするけれど、瑶子の表情は暗く沈んだままだ。

ドア横に立ち、高速で過ぎていくトンネルの闇を見つめながら、瑶子が口を開く。

「……村瀬さんは、とても、優しいです。最初に会ったときは、池袋のお店でした。重たいお酒、どんどん運んでて、腕とかも、細マッチョです。真面目だな、を、思いました。私は……」

また、瑶子の目に涙があふれる。久江は慌ててバッグからハンカチを出し、瑶子の頬に当てた。

「ありがとう、ございます……私は、駄目です。留学して、でも、勉強も続かなくて、お金、無駄にして……キャバクラで働いて、副島さんと知り合いました……刑事さん、知ってましたか。私は、副島専務の……愛人でした」

そういう可能性を、まったく考えなかったわけではないが、改めて正面から聞かされると、さすがにちょっとショックだった。

「んーん、知らなかった」

「だから、私は駄目です……勉強しない、キャバ嬢やって、専務の愛人になって……だから、村瀬さんの真面目を、とても好きでした。本当は、こういう人が偉いを、すごく、思いました。私の家族の人は、みんなそうです。よく働く人です。でも、大学もない、田舎だから、日本で成功して、お金稼いで、マンション建てるを、パパが言い出して、そのために、私が日本にいくお金を、親戚から借りて、いっぱい借りて、私は日本にきました。でも……駄目だから、駄目になってしまったから、でも、駄目になってしまったけど、村瀬さんみたいに、真面目をやり直したくて……やり直したいを、思って……どんどん、村瀬さんを、好きになって……」

電車は渋谷駅まできていた。元町・中華街駅まではあと四十分くらいか。

瑶子が続ける。

「専務は、ひどいこと、いっぱいしました。私のお金、勝手に使いました。それを分かったの、村瀬さんです。村瀬さんは、使うのやめろを、専務に言ってくれました。違う銀行を使うを考えたのも、村瀬さんです。村瀬さん、私にいろいろ、してくれました。私は、専務と別れたいを言いました。村瀬さんは、それを専務に言って、喧嘩になって……でも私に、信じろを、言いました。私は、村瀬さんを、信じました……私は村瀬さんを、信じています」

だとすると、瑶子との別離を餌に、副島が村瀬に狂言誘拐の片棒を担《かつ》がせた、という線もあり得るか。

ようやく元町・中華街駅に着いた。

「瑶子さん、こっち」

「はい、すみません」

中華街東門まで歩いて、そこで三組に分かれることになった。

金本が地図を見ながら指示する。

「高木たちは、大通りから北の、この三角のブロック。峰岸の組は、この下の、東のふたブロック、俺たちが西のブロックを当たる。よろしく頼む」

瑶子は、久江と金本と一緒に回ることになった。それぞれが写真を持ち、こういう人を見かけなかったか、左手に怪我をしているんですがと、一軒一軒訊いて回った。

当然といえば当然だが、瑶子は相手が中国人のときは中国語で話しかけた。その様が意外なほど凛としていて、久江は何か、彼女の別の魅力を発見したようで嬉しくなった。普段は日本語がたどたどしいため、若干おっとりめの性格のように思っていたが、本来はもう少しキビキビした人なのかもしれない。

しかし、大勢の人で賑わう中華街で、いるかいないかも分からない中年男を捜して回るのは、容易ではなかった。しかも、今日村瀬がどんな恰好をしているかは分からないのだ。唯一ある特徴といえば、顔に殴られたような痣があることだが、それは逆に写真の人相と乖離する情報でもある。扱いには注意が必要だった。

何度か峰岸組や高木組から連絡があったが、あっちも目ぼしい情報は得られていないようだった。それでも諦めず、一軒一軒丁寧に回った。中華料理店、中華まん専門店、土産屋、主に中華食材を扱うお店、パンダグッズ専門店、ホテル。特に呼び込みをしている店員には漏れなく写真を見せて尋ねた。

夕方六時を過ぎ、空もすっかり暗くなった頃、金本に電話がかかってきた。

「はい、金本……え、本当ですか」

久江は、なに？　と目で訊いてみたが、金本は小さく頷くだけで答えない。

「……はい、はい」

手にした地図を見ながら、何やら確認している。様子からすると指揮本部からのようだが、なんだろう。横浜に関する何か情報が得られたのだろうか。

ちょうどそこで、久江の携帯も震えだした。見るとディスプレイには「峰岸」と出ている。

「はい、もしもし」

『あの、峰岸です。金本主任がお出にならないので』

「うん、金本さんはいま話し中。何かあった？」

『はい。あの、ちょっと中華街からはずれたところなんですが、居酒屋で訊いてみたところ、村瀬によく似た人相の男が、さっきまで食事をしていたって言うんです』

「えっ、どこそれ」

急いで住所を書き取り、金本の持っている地図を横から覗いて確認した。確かにちょっと賑やかな通りからははずれている。

「分かった、今からそっちいく」

久江が切ると、金本も同時に携帯から耳を離した。

「指揮本部が、副島の携帯の識別信号を受信したと言ってきた。それが、どうもこの近辺らしいんだ」

「こっちも情報あった。この辺りにある……」

金本の地図で示す。

「居酒屋で、村瀬らしき男が食事をしてたって」

「よし、いってみよう」

そこから三人で、件《くだん》の居酒屋まで走った。一番足手まといになったのは、恥ずかしながら久江だった。瑶子は若い上に痩せていて、脚も長くて、しかもスニーカーを履いている。さすがに金本を追い抜きはしなかったが、ただ走るだけだったらそれもできるくらい、彼女は速足だった。

だが到着した途端、瑶子は、ひっと息を呑み、また泣きそうな顔をして口を押さえた。

「どうしたの、瑶子さん」

「このお店……私が、村瀬さんとよくいったお店に、似てます……」

まもなく高木組も到着し、峰岸が報告を始めた。

「その客は夕方五時前に、ここにきたそうです。顔のあちこちが紫に腫れていて、試合後のボクサーみたいだったと。それと、左手。食事中も左は一切使わず、こう、腹に隠すように、ずっと動かさなかったそうです。注文はレモンサワー二杯と生姜焼き定食。全部食べて、三十分前くらいに出ていったとのことです」

腕時計を見ると、十八時二十二分。

「それと……入ってきたときも出ていくときも、ちょっと足がフラついていたそうです。それもあって、ボクシングの試合でもしたのかなと、ご主人は思ったらしいですが」

そのフラつく足で三十分。さして遠くにはいってないか。

金本が頷く。

「よし、ここを中心にして、もう一度割り直しだ」

「あ、でも……」

久江は手を挙げてそれを制した。

「なんだ」

「あの、瑶子さんはね、中華街だけじゃなくて、港の見える公園にもいきたいって、村瀬さんと話してたって……ね？　そうだったよね、瑶子さん」

はい、と小さく彼女が頷く。

「村瀬さん、港の見える公園は、二つあるを、教えてくれました」

金本が眉を怒らせて瑶子に詰め寄る。

「それは、山下公園か、それとも港の見える丘公園のことかッ」

「ちょっと、金本さん」

久江は思わず二人の間に割って入ったが、瑶子は「大丈夫です」と金本を見上げた。

「……たぶん、中華街から近い公園と思います」

「山下公園ってことか。よし、いくぞ」

そこからまた、山下公園まで走らされた。いや、実際はマリンタワー前から公園に入り、中でも走り続けた。

「高木はそっちを回ってくれ」

「了解です」

高木組は「石のステージ」方面、久江たちは氷川丸《ひかわまる》が係留されている港の方に向かった。

人捜しといっても、「村瀬さーん」と呼びかけるわけではない。通行人、ベンチに座っている人、柵にもたれて海を見ている人。一人だろうとカップルだろうと、男性であれば全員村瀬かどうかを確認して回った。

山下公園は広いし、何しろもう暗いので、一人ひとり顔を確認して回るのは根気の要る作業だった。カップルの顔を覗き込むと、ときにはカレシに「なんだよ」と凄《すご》まれたり、カノジョに「なによ」と迷惑がられたりもした。

その点、瑶子は見極めが早かった。暗かろうが遠かろうが、村瀬とそうでない男の見分けくらいつく——そんな自信が、足取りの速さと確かさに表われていた。

氷川丸の前を過ぎ、中央広場の横を抜け、植え込み沿いに並ぶベンチをちらちら見てはいるものの、瑶子の歩は他の誰よりも速かった。峰岸組は植え込みの向こう、金本は後ろの方、どちらも十数メートル差がついている。結局、久江が一人で瑶子のあとを追う恰好になっている。

「瑶子さん……ちょっと……」

待ってよ、そう、言おうとした瞬間だった。

瑶子が、いきなりダッシュで走り始めた。

「ちょ……ちょっと」

むろん久江は追いかけたが、差を縮められる気はまったくしなかった。せいぜい瑶子の背中を見失わないよう、暗がりでもしっかり目を開けているのがせいぜいだ。

いや、途中ではっきりと聞こえた。

「ムラセさんッ」

瑶子の金切り声——。

水色のコートの背中が、通路の中央から植え込みの方にカーブして寄っていく。その植え込み前にもベンチは並んでいる。

「村瀬さんッ」

瑶子はそこで、倒れ込むように立ち止まった。暗くてよく分からないが、ベンチに座っている男の顔を、下から覗き込んでいるようだった。

あれが、村瀬なのか。

「村瀬さん、村瀬さん村瀬さんッ」

久江もようやく追いついた。黒っぽいジャンパー、ベージュっぽいチノパンに、白いスニーカー。確かに、左手はタオルでぐるぐる巻きになっている。顔は、どうだろう。

「村瀬さん、しっかりして」

瑶子が呼びかけ、何度か揺すると、村瀬はいったん顔を上げたが、またすぐにうな垂れてしまった。

「村瀬さん、私ですよ、瑶子ですよッ」

瑶子は両手で村瀬の頰をすくい上げ、だがその腫れ上がり具合に動揺したか、急に声を詰まらせ、村瀬に寄り添うように、ベンチに座った。

「村瀬さん……どうして、こんな……しっかりして。村瀬さん、目を開けて……目、開けてください」

声を聞きつけたか、金本もまもなく追いついてきた。峰岸たちはまだだ。

「あれが……村瀬か」

「たぶん、そうなんだと思う」

金本はすぐ様子を見にいこうとしたが、それは、久江が止めた。今、二人の間に割って入るなんて、していいはずがない。

「村瀬さん……」

瑶子は村瀬の肩を抱き、半ば強引に顔を上げさせ、その膨れ上がった唇に、自らのそれを重ねた。

「お、やるなぁ」

「シッ」

熱い熱い接吻《せっぷん》なのか、それとも人工呼吸なのか。微妙な感じではあったが、直後、

「……んっ……む、村瀬さん？」

瑶子の腕の中で、村瀬は薄《う》っすらと目を開けた。何やら童話の一場面を見ているようだったが、でも間違いなく、村瀬は瑶子の口づけで目を覚ました。

「……よう、こ」

朦朧《もうろう》としながらも、瑶子の頬に触れようとする。

「村瀬さん……よかった」

そこにようやく、峰岸たちも追いついてきた。

「なんですか、見つかったんですか」

「うん、そうみたい。高木さんにも知らせてあげて……その前に、救急車呼んだ方がいい

か」

隣では、金本が苛立った様子でタバコを銜えていた。

「早く、村瀬かどうか確認しようぜ。じゃねえと、報告もできねえじゃねえか……ったく、恥ずかしい連中だな。いい加減にしろよ。こんなとこで、いつまでもチュッチュチュッチュやってやがってよ」

まあ、そう言いなさんな。

場合によったら、しばらく二人では会えなくなるかもしれないのだから。


すぐに到着した救急車で、村瀬は横浜市内の救急病院に入院した。

検査結果を先にいうと、村瀬の症状は、傷口からばい菌が入っての菌血症、あるいはそれが全身に回っての敗血症――ではなく、まったく別の細菌に感染しての「一過性の発熱性疾患」ということだった。

また指に関しては、もう時間的にも切断指の再接着は不可能だし、創面も粗く不揃いなので、これを縫合、断端形成するのは患者の負担が大きいという判断から、被覆材による湿潤療法で治療することになった。

明けて翌朝五時の、病院の一階。

玄関前の喫煙スペースで、金本が煙を吐きながらぼやく。

「……しかし、まったく人騒がせな事件だったな」

久江と峰岸も、なんとなく付き合いで一緒に出てきた。いや、峰岸は吸わないので、彼の場合は完全なるお付き合いだ。指揮本部から駆けつけた管理官や、原辺と高木は院内、待合室のベンチに座っている。長田は瑶子と、病室で村瀬に付き添っている。

確かに、人騒がせな事件だった。誘拐は狂言で、指を落としたマル被も、瀕死の状態かと思えば実際は細菌性の風邪みたいなもの。肺炎にもなっていないという。

久江はタバコを揉み消しながら頷いた。

「まあね……でも、よかったんじゃない？　下手したら、副島が村瀬を口封じで殺害、なんてこともあり得なくはなかったんだから。そりゃ、指は戻ってこないけど。でも、瑶子の愛は勝ち取ったんだから、ある意味、名誉の負傷でしょう」

あの、と峰岸が金本を見る。

「こういう場合、副島と村瀬の罪状は、どのようになるんでしょうか」

金本は小首を傾げながら、もうひと口長く吐き出した。

「さてな……副島に関しては、誘拐そのものが狂言だったわけだから、脅迫罪も強要罪も成立しない。せいぜい、中江社長に対する恐喝罪ってとこだろうな。しかも、金はとれてないから、未遂か……あとは、どういう状況で村瀬の指を切断したのか、ってことだな。場合によっては傷害罪、じゃなかったら強要罪……双方の供述次第ってとこか」

「村瀬の方は、やっぱり、共同正犯ですか」

「恐喝未遂に関しては、そうならざるを得んだろう……ま、魚住の見立て通り、副島が瑶子をネタに村瀬を脅し、協力させたのだとしたら、多少は情状酌量の余地もあるだろうが……それも、今後の調べ次第かな。どっちにしろ、俺にもお前らにも、もう手出しのできねえ話さ」

そう。村瀬の身柄が確保されたことで、この事件は一応の収束を見た。これによって久江たちは練馬署に、金本もそれまで手掛けていた殺人事件の特捜に戻ることになる。

しばらくはまた、顔を合わせることもなくなるだろう。

久江は、金本がタバコを捨て、顔を上げるのを待って声をかけた。

「……金本さん。今回は、いろいろありがとね」

すると金本は、変な形に唇を歪ませた。

「何が」

「金本さんがいろいろ引っ張ってくれたお陰で、要所要所、私も事件に絡めた。瑶子を横浜に連れてきて、彼女に村瀬を見つけさせられたのって、ちょっとよかったなって思う。いいアシストっていうの？　なんか、そういうのができた気がする」

金本はそれを、フンッと鼻で笑った。

「そんなことで満足すんなよ……ま、いかにもお前らしいけどな」

　そうですね、と峰岸が頷く。

「状況的には偽装結婚でしたけど、実際は……本当のところ瑶子は、村瀬のことを心から想ってるんじゃないかって、魚住さん、最初から仰ってましたもんね。それが結果的に、横浜まで繋がったわけですから。これはやっぱり、魚住さんのお手柄だと思います」

　やめてよ、と久江は、峰岸を叩く真似をした。

「そんなの、峰岸くんだって言ってたじゃない。瑶子は、本気で心配してるみたいだった、って……いいのよ、別に、手柄なんてどうだって。そりゃ、副島には相当反省してもらわなきゃ困るけど、村瀬はね……できるだけ、穏便に済ませてもらえたらな、って思う。それで、瑶子と幸せになってくれたら……走り回らされたのも無駄じゃなかったな、って思えるじゃない」

　そこで、玄関の自動ドアが開いた。

　瑶子だった。

「あの、刑事さん、村瀬さんが、目を覚ましました。目を開けて、私のことを分かりましたよ。もう、大丈夫ですよ」

　本当にこの娘《こ》は、可愛い顔をして笑うんだな、と思う。おそらくこの笑顔に、オヤジたちはヤラレてきたのだろう。決して、悪い意味ではなく。

　代表して久江が答える。

「そう、よかった。看護師さんか、先生には知らせた？」

「あ、まだでした。忘れてました」

「うん、じゃ、私が一緒にいってあげる……ほら、そんな恰好じゃ寒い寒い。風邪ひいちゃうよ。あなたまで具合悪くしたら、誰が村瀬さんの面倒見るの？　しっかりしてちょうだい」

言いながら瑶子の、薄いニットに包まれた肩を抱く。

細いけど、あたたかな体だった。

これは、守りたくなるよな——。

そんなことを、まだ暗い、早朝の病院内を歩きながら、久江は思った。

〈参考・引用文献〉

『警視庁捜査一課刑事』飯田裕久／朝日新聞出版
『君は一流の刑事《デカ》になれ』久保正行／東京法令出版
『刑事《デカ》魂』萩生田勝／ちくま新書
『第一線捜査書類ハンドブック』警察実務研究会／立花書房
『取調べと供述調書の書き方』捜査実務研究会／立花書房
『新　事件送致書類作成要領　一件書類記載例中心』高森高徳／立花書房
『警視庁捜査一課特殊班』毛利文彦／角川書店
『ミステリーファンのための警察学読本』斉藤直隆／アスペクト

解説――温《ぬく》もりと恋愛の交差点

村上貴史《むらかみたかし》
（ミステリ評論家）

なんて温かい小説なんだろう。

誉田哲也の魚住久江シリーズを読むと、そうした想《おも》いを抱く。作品にはほんわかとしたシーンばかりではなく、ときに痛々しい描写もあるのだが、主役の魚住久江の思考や判断が、小説全体に温もりを与えるのだ。

四十三歳になる魚住久江は、二十九歳からの二年間、警視庁刑事部捜査一課という殺人事件捜査の専門部署に所属し、殺人犯捜査係員として活躍した人物である。昇任試験に合格してからは、その花形部署を離れ、八王子署、上野署、練馬署と所轄《しょかつ》を渡り歩いてきた。その間に捜査一課に復帰しないかという誘いも受けていたが、彼女は所轄勤めを貫いた。それも、所轄の強行犯捜査係をずっと続けていたのである。

そこには、彼女の想い――誰かの死の謎《なぞ》を解き明かすことより、誰かが生きていてくれることに、喜びを感じる――があった。だからこそ、誰かが死ぬ前に事件に係わることができる強行班での仕事を選んでいたのだ。

彼女のそうした想いが貫かれている魚住久江シリーズからは、そう、確かな温もりが感じられるのである。

シリーズ第一作は、二〇一一年に刊行された『ドルチェ』（二〇二〇年に光文社文庫版）だ。六篇が収録された短篇集であった。練馬署の強行犯係の巡査部長として登場した四十二歳の久江は、女子大生が刺された事件や強制わいせつ事件、印刷工場で起きた傷害事件などの捜査に挑む。そしてそのそれぞれにおいて、被害者やその家族などといった事件関係者との会話を重ね、真相に到達するのだ。

例えば、第一話「袋の金魚」では、幼い子供が溺死《できし》して母親が失踪《しっそう》した事件が描かれる。この事件の捜査において、久江は事件の鍵《かぎ》を握る人物との対話にたっぷりと時間をかける。言葉少ないその人物に対して、強要や圧迫で性急に答えを求めるのではなく、きっちりと観察と情報収集を進め、それに基づいて揺さぶりをかけたりして自分から口を開くように仕向けていくのである。このあたりの久江の手際《てぎわ》が、人の心を操る技術としてではなく、人の心に寄り添う姿として伝わってくる点が嬉《うれ》しい。しかもこの「袋の金魚」においては、その結果として予想外の真実が浮かび上がってくるというミステリとしての妙味も備わっていて二倍嬉しい。謎めいたタイトルの意味も中盤で明らかになり、それはそれでプラスアルファの嬉しさをもたらす。幼子の溺死という痛ましい事件を描きつつも、後味は良好。久江の自己紹介の役割も果たすこのシリーズ第一作の第一話で、彼女は読者の心をしっかりとつかんでしまうのである。

そんな久江の初長篇となるのが本書『ドンナ ビアンカ』(二〇一三年)だ。

中野署の管内で誘拐《ゆうかい》事件が発生した。被害者は飲食チェーン店専務の副島《そえじま》という男だ。身代金は二〇〇〇万円。魚住久江も指定捜査員――誘拐事件への対処訓練を受けた女性捜査員――として練馬署から呼び出され、事件の捜査に加わる……。

という具合に、久江がこの初長篇で挑むのは誘拐事件の捜査である。本文にも記載のあるように、これはまさに久江向けの事件といえよう。なにしろ現在進行形の犯罪であり、首尾よく解決すれば死者を出さずに済む可能性があるのだ。だが、この誘拐事件は少しばかり妙だった。身代金の要求先が勤務先の社長である点や、その金額が中途半端《ちゅうとはんぱ》である点、さらには誘拐されたのが副島だけではないらしい点などだ。そうした事件に対し、久江は、あくまでも久江らしく捜査を進めていく。かつての捜査一課での先輩、金本とコンビを組んで。

この誘拐事件捜査の物語は、しかしながら、本書の半分に過ぎない。残る半分は、小細工が苦手で純粋な男が、一人の女に惚《ほ》れ込んだ姿を描く恋愛劇なのである。

酒屋に勤めている村瀬は、配達で訪れたキャバクラで瑶子《ようこ》という女を知った。彼は徐々に彼女への恋心を深めていってしまう。瑶子の隣に男の影を認めながらも……。

村瀬と瑶子の関係は、焦《じ》れったくなるほどに遅々としているのだが、それ故《ゆえ》に二人の気持ちがとことんピュアであることが伝わってくる。そのピュアな想いが、残念ながらいびつな形でスタートし、さらに周囲の都合によってねじれていく様を、それでも純なまま深まっていく様を、読者は読み進むのである。こちらのパートは逆風のなかでの恋愛劇として、十二分にスリリングに読ませる。

本書では、誘拐事件パートと恋愛劇パートが交互に進んでいくが、その両者の時間の進み方はまったく異なる。誘拐事件の方が〝時間〟や〝分〟という単位で進むのに対し、恋愛劇パートでは年単位の物語が語られているのだ。このテンポの相違が、物語に心地よいうねりをもたらしている。また、誘拐事件パートで久江自身の女性としての意識が語られる一方、恋愛劇パートにも徐々に犯罪小説としての要素が忍び込むという〝共鳴〟も愉《たの》しめる造りになっている。特に、久江の心境は、『ドルチェ』の各篇で語られたエピソードを受け継いでいるので、前作の読者はよりいっそう愉しめるだろう。もちろん、この二つのパートがいつどんなかたちで交差するのか、という読者の興味も維持しつつ、両者は進んでいく。そしてその交差の様子は、期待以上に素晴らしい。久江が後押しして交差する点も嬉しいし、そこで繰り広げられるギリギリのサスペンスも読み手の心を捉《とら》える。誘拐事件が解決に至る展開もユニークだ。両者が交差してからの余韻も素敵であって読了時の満足感は極めて高い。

そしてその余韻のままに本を閉じてようやく、この小説が実に巧みに構築されていることに気付く。序章でシーンの見せ方や提示する情報量がきっちり操られていることもそうだし、そこから終章に至るまでの二つのパートの進め方の制御もそうだ。さらに、『ドンナ ビアンカ』というタイトルについて深く語らない点も情報制御の一例として捉えてよかろう。未読の方の興を削《そ》ぎたくはないのでここにタイトルの意味を明記することは避けるが、本書を読み終えた方は是非この言葉の意味を調べてみて欲しい。内容とタイトルの密な関連が把握できるはずだ。隅々まで誉田哲也の計算が行き届いた一冊であり、それ故に夢中になって読み進められる一冊なのである。

さて、誉田哲也は警視庁捜査一課の警部補・姫川玲子が主人公の『ストロベリーナイト』（二〇〇六年）をはじめとして、数々の警察小説を書いてきた作家である。警察小説は、組織力を活《い》かした捜査で事件を解決する小説として発展してきたが、刑事ではない警察官を主役とした横山秀夫『陰の季節』（一九九八年）を契機に大胆なバリエーションが数多く誕生してきた。魚住久江のシリーズも、犯罪の未然防止を主眼とする点や、恋愛を中心に人の心の動きを重視した小説となっている点で、新鮮な警察小説である。

誉田哲也を代表する警察小説に『ジウ』三部作がある。その第一部『ジウI　警視庁特殊犯捜査係』（二〇〇五年）は、本書の読者にとって是非注目しておきたい一冊だ。なぜなら、主人公の一人である門倉美咲が久江と同じく指定捜査員として誘拐事件の捜査に駆り出されることや、その誘拐事件において犯人側が脅迫相手に圧力を加えるために用いた手法が本書と同一であることなど、本書との共通点を備えているからである。美咲と久江とは年齢も異なるし、凄惨《せいさん》さや悪意の濃さなどの面で小説のテイストもまったく異なるが、読み比べてみるのも一興である。

警察小説と並行して『武士道シックスティーン』（二〇〇七年）などの〝非警察小説〟もいくつも発表してきた誉田哲也。そうした経歴を考えるに、警察小説と恋愛小説が共存したこの『ドンナ　ビアンカ』は、まさに彼らしい一冊だ。こんなに素敵な作品を読んでしまうと、次作が待ち遠しくて仕方なくなる。魚住久江がこれからどんな警察官として生きていくのか、あるいはどんな恋愛をしていくのか、短篇集でも長篇でもかまわないので、是非とも読ませて戴《いただ》きたいものである。

二〇二〇年五月現在、シリーズの第三作はまだ刊行されていない。だが、この五月に誉田哲也は『妖の掟』という新作を発表した。なんと二〇〇二年に第二回ムー伝奇ノベル大賞優秀賞を受賞した『妖《あやかし》の華』の続篇にして前日譚が、長い長いブランクを経て刊行されたのである。ならば魚住久江の第三作も――そんな期待をついつい抱いてしまう。

二〇一六年二月　新潮文庫刊

光文社文庫

ドンナ ビアンカ
著者 誉《ほん》田《だ》哲《てつ》也《や》

2020年6月20日 初版1刷発行
2024年1月30日 2刷発行

発行者 三宅貴久
印刷 新藤慶昌堂
製本 ナショナル製本

発行所 株式会社 光文社
〒112-8011 東京都文京区音羽1-16-6
電話 (03)5395-8149 編集部
8116 書籍販売部
8125 業務部

ISBN978-4-334-79035-6 Printed in Japan

組版 萩原印刷

誉田哲也の本

好評発売中

ブルーマーダー

次々と惨殺される裏社会の人間たち
犯人の殺意は、ついに刑事たちにも向かうのか⁉

池袋の繁華街。雑居ビルの空き室で、全身二十カ所近くを骨折した暴力団組長の死体が見つかった。さらに半グレ集団のOBと不良中国人が同じ手口で殺害される。池袋署の刑事・姫川玲子は、裏社会を恐怖で支配する怪物の存在に気づく――。圧倒的な戦闘力で夜の街を震撼《しんかん》させる連続殺人鬼の正体とその目的とは？　超弩級《ちょうどきゅう》のスリルと興奮！　大ヒットシリーズ第六弾。

光文社文庫

誉田哲也の本

好評発売中

ついに、姫川班再結成へ――。
全八編を収録するシリーズ第二短編集。

インデックス

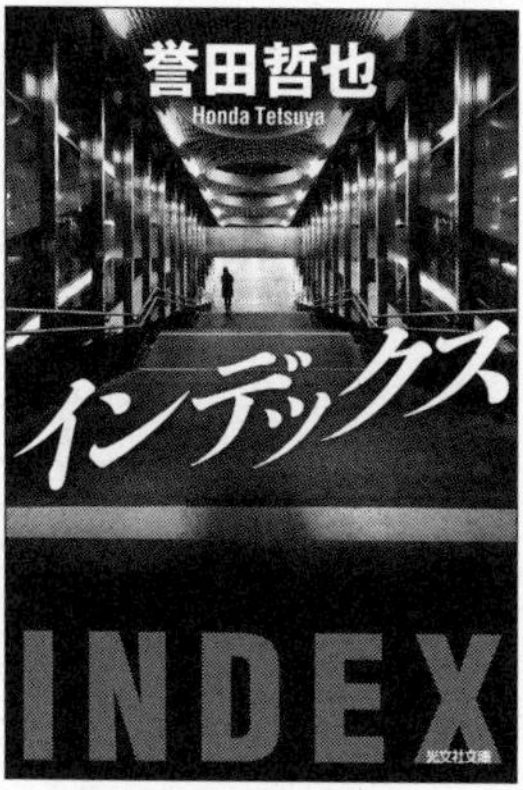

裏社会の人間が次々と惨殺された「ブルーマーダー事件」。その渦中で暴力団組長・皆藤が行方不明になっていた。組長の妻は、彼も巻き込まれたのではというのだが（表題作）。マンションの一室で男が合成麻薬による不審死を遂げた。近くでは、車と接触事故に遭った女性が、被害届も出さずにその場を去っていた――（「女の敵」）。ほか、姫川玲子が様々な貌を見せる全八編！

光文社文庫